KB242951

관작루에 오르다

登觀雀樓

해는 산 너머로 지려 하는데
황하는 바다로 흘러들어가네
천리 머나먼 풍을 보려 하기에
다시 누각을 한 층 더 올라간다네

白日依山盡
黃河入海流
欲窮千里目
更上一層樓

一擊必殺

알녀팔살 3
석탄 新무협 판타지 소설

초판 1쇄 찍은 날 § 2005년 4월 10일
초판 1쇄 펴낸 날 § 2005년 4월 20일

지은이 § 석탄
펴낸이 § 서경석

편집장 § 문혜영
편집 § 장상수 · 이재권 · 한지윤

펴낸곳 § 도서출판 청어람
등록번호 § 제1081-1-89호
등록일자 § 1999. 5. 31
어람번호 § 제2-0573호

주소 § 경기도 부천시 원미구 심곡1동 350-1 남성B/D 3F (우) 420-011
전화 § 032-656-4452 팩스 § 032-656-4453
http://www.chungeoram.com
E-mail § eoram99@chollian.net

ⓒ 석탄, 2005

ISBN 89-5831-464-8 04810
ISBN 89-5831-461-3 (SET)

一擊必殺

일격필살

Fantastic Oriental Heroes

석탄 新무협 판타지 소설

3 □ 사랑

목차

제7장
마왕의 분노

❶

떠지지 않는 눈을 뜨려 모용화연은 안간힘을 썼다. 비몽사몽 헤매던 잠은 달아난 지 오래였다. 하지만 아직도 몸을 붙잡은 몽마의 그림자는 쉬 떨어지지 않았다. 술기운 때문이 분명했다. 지끈거리는 두통도 그 때문이었다.

"후우……."

긴 숨과 함께 눈을 떴다. 침상을 둘러싼 사방은 온통 어둠이 괴괴했다. 흐리디한 어둠 속으로 침실의 집기들이 하나둘씩 보였다. 어둠을 뒤집어쓰고 잠든 그 모습들이 기괴했다. 이십오 년을 지내온 집이건만 문득 너무 낯설었다. 그것이 어둠 때문인지 심란한 마음 때문인지는 확신이 안 섰다.

두통은 계속됐다. 계장수 일행이 떠난 어제 낮부터 술을 마셨다. 사람들이 만류했지만 해질 무렵부터 취해 쓰러질 때까지 마셨던 것 같다.

그 후론 기억이 나지 않는다. 아마도 정신 잃은 후에 침상으로 옮겨졌겠지. 그리고 지금까지 내쳐 자고.

고개를 후드득 흔든 모용화연은 관자놀이를 문질렀다. 두통은 조금 가시는 듯했지만 목에서 갈증이 일었다. 갑자기 느껴지는 갈증은 참기 힘들었다. 술을 마셔본 경험이 없는 것은 아니지만, 이런 폭음은 처음이었다. 그 때문에 몸의 증상은 훨씬 더 심했다.

침상에서 일어난 모용화연은 거적 같은 휘장을 걷고 침실을 나섰다. 곧바로 실내 중앙의 탁자로 걸어가 찻잔에 찻물을 따랐다. 식은 찻물을 연거푸 따라 마신 후, 의자에 털썩 주저앉았다. 그리곤 두 손으로 머리를 붙잡고 흐느꼈다.

"바보 같은 놈……."

누굴 욕하는 소린지 작은 목소리가 새어 나왔다.

"나쁜 놈."

욕과 함께 눈물도 떨어졌다.

탁자에 한 방울, 두 방울… 흩어지는 제 눈물을 보던 모용화연은 손으로 목을 더듬었다. 손끝에 만져지는 두 개의 가락지. 떠나 버린 남자가 주고 간 정표. 검은 쇠가 그 님의 얼굴처럼 투박한 한 쌍의 용봉지환.

"후우우……."

흐느낌은 어느새 다시 한숨으로 변했다. 손끝에서 만져지는 철가락지는 느낌이 생생하건만 떠나가 버린 남자의 자취는 기억만으로 남아 버렸다.

언제 그 남자를 다시 보게 되려나… 알 수 없었다. 아니, 어쩌면 이대로 영영 다시 볼 수 없을런지도 모른다. 그 남자가 하려는 일은 복수다. 상대는 철무련이라고 들었다. 최강의 무력 집단. 그들을 상대로 사내는 싸우려는 거다.

과연 어떤 생각을 가지고 있는 걸까? 자신은 친구 몇몇이 전부이고 그들은 천하를 지배하는 집단이란 걸 알고 있는 걸까? 비록 지금은 둘로 갈라지고 세가 약해졌다고 해도 그들은 철무련인 거다. 그게 뭘 의미하는 지는 자신 같은 여자도 안다. 그런데 거기에 사내는 부딪치려는 거다.

그 결과가 어떨지는 누구라도 예상할 수 있다. 그럼에도 불구하고 사내는 떠나갔다. 마치 불로 뛰어드는 나방처럼. 임홍빈과 용태웅이 하는 말을 얼핏 들은 바로는 사내를 흑마왕이라 부른다고 했다. 지닌 바 무예도 상상을 초월하는 강자라는 것 같았다. 하지만 그건 말 좋아하는 세상 사람들의 얘기일 뿐, 그는 사람이다. 그가 하려는 일은 사람이 할 수 없는 일인 것이다.

사내, 계장수. 이십오 년간 빗장을 걸어뒀던 마음을 한순간에 풀어헤친 남자. 왜 그 남자를 보는 순간에 그런 격정에 휩쓸렸는지 알다가도 모를 일이었다. 언제나 남녀 간의 상사란 유치한 관념의 표출일 뿐이라고 생각해 왔다. 그런데 스스로가 그 유치함 속에 빠져 버렸다. 이젠 헤어나올 수도 없다.

"상사라니……."

자신 스스로가 너무 어리석게 여겨졌다. 한데 그 어리석음 속에 달콤 쌉싸름한 기쁨과 환희, 목메어오는 격정과 가슴이 온통 타 들어가는 그리움이 혼재했다. 그것들이 온통 뒤섞여 한 사람의 영상만이 머리 속에 보였다. 그리운 사람. 보고 싶은 사람. 곁에 두어 만지고 냄새 맡아도 꿈결일 것만 같은 사람. 사모하는 사람…….

"꺄아아아악!"

갑자기 들린 처절한 비명 소리는 모용화연의 상념을 확 깨버렸다. 퍼뜩 고개를 들어보니 문틈으로 밝은 빛이 일렁거렸다. 지금은 모두가 잠든 밤이다. 저런 빛이 문틈 사이로 보일 까닭이 없었다. 냄새도 났다, 타는 냄새가.

심장을 옥죄어오는 불안감에 밀려 모용화연은 문으로 달려갔다. 망설일 틈 없이 문을 열자 밝은 빛과 열기가 화악, 전신을 밀었다. 보이는 모두가, 마을 모두가 불길에 휩싸이는 중이었다. 불길은 초가지붕의 목조 가옥들을 태우며 찰나간에 화마가 되었다. 그 불길을 뚫고 사람들이 뛰쳐나왔다.

"으허어어억!"

온몸에 불이 붙은 채로 달려나온 자가 누구인지 알아볼 수 없었다. 집의 위치로 봐선 애령이와 동주의 아버지 송씨(宋氏)인 것 같았다. 송씨로 여겨지는 사람은 정신없이 제 몸을 휘둘렀다. 꼭 불장난하는 아이들이 불붙인 허수아비 같았다. 그런데 누군가 그 목을 뎅겅 잘랐다.

"허억!"

모용화연은 헛바람을 들이켰다. 불붙은 송씨의 머리가 날아가고 몸뚱이가 쓰러졌다. 그 옆에는 불에 타고 있는 또 다른 시체가 보였다. 첫 번째 들렸던 여자의 비명 소리, 송씨 부인이 틀림없어 보였다. 그렇다면 애령이와 동주는?

모용화연은 칼을 내려친 자에게서 놀란 시선을 돌렸다. 그제야 마을 안에서 움직이는 사람들의 그림자가 보였다. 불길에 비친 자들은 모두가 칼을 든 사내들이었다. 화염에 싸여 뛰쳐나오는 마을 사람들을 그 자들의 칼이 내리찍었다.

"이, 이게 대체!"

판단이 서질 않았다. 지금 일어나고 있는 일이 무슨 일인지, 왜 이런 일이 벌어지는지 가늠이 되질 않았다. 하지만 지금은 판단 따위를 할 시간이 없었다. 지금 이 순간에도 마을은 불타올랐고 사람들은 칼에 찔려 죽었다.

"이잇!"

모용화연은 담벼락에 세워뒀던 쇠스랑을 들고 달려나갔다.

"멈춰!"

소리치며 달려나간 모용화연은 횃불을 초가지붕에 던지는 한 사내에게 달려들었다.

"그만두란 말이야!"

모용화연은 쇠스랑을 사내의 머리에 내려쳤다. 하지만 사내의 칼이 더 빨랐다.

피이잇!

쇠스랑이 반 동강으로 잘려 나가는 순간 사내의 칼이 다시 돌아왔다. 흰 빛이 번뜩 하는 찰나에 시린 느낌이 목에 엄습했다. 보면서도, 알면서도 움직일 수가 없었다. 죽는다는 생각이 그 짧은 순간에 찾아들었다. 하지만 죽음은 비껴 나갔다.

캉!

눈앞에서 불꽃이 튀었다. 칼은 멈춰졌고 그걸 막은 또 다른 칼날이 보였다. 그 칼을 쥔 사내가 말했다.

"물러서라."

죽이려던 사내가 즉시 물러났다. 모용화연은 칼을 막은 자를 보았다. 군인, 밝은 불길에 비친 사내의 얼굴은 첫눈에 군인이란 느낌이 들었다.

"그대가 모용화연인가?"

사내의 물음이 모용화연의 입술을 떨게 했다. 사내는 이름을 알고 있는 것이다. 비단 알 뿐만 아니라 자신을 정확하게 골라냈다. 하지만 모용화연 자신은 사내를 본 적이 없었다. 저런 군인 같은 느낌의 사내는 기억 속에 없었다. 뭔가? 이 사내는 뭔가? 그리고 이들은 대관절 왜 이러는가?

"궁금한 눈이구나?"

가슴속이 꽉 막혀 묻지도 못하는 모용화연에게 사내는 무덤덤하게 말했다. 하지만 사내의 다음 말은 모용화연의 머리 속과 가슴을 뒤집어 올렸다.

"조금만 기다려라. 다 끝나간다."

사내의 말처럼 마을은 이제 완전한 불구덩이였다. 그 속에서 불붙은 마을 사람들의 몸뚱이는 비명과 함께 나뒹굴었고, 그런 사람들을 수십의 사내들이 칼로 도륙 냈다. 모용화연은 비명 같은 고함을 지르며 사내에게 달려들었다.

"으아아아!"

사내는 몸을 슬쩍 피하며 주먹을 내질렀다. 주먹은 복부에 틀어박혔고 모용화연은 쓰러졌다. 쓰러진 그녀의 입에서는 묽은 침이 흘러나왔다.

"으으음……."

배를 움켜쥐고 땅에 엎드린 그녀는 온몸을 부들댔다. 앞으로 뻗친 한 손은 바닥의 흙을 긁어 쥐었다. 흔들리던 그녀의 고개가 천천히 들렸다. 붉게 충혈되어 부릅떠진 눈은 불길 속의 마을을 바라봤다.

마을은 이제 재가 되어 가는 중이었다. 팔십여 마을 사람들 중 살아남은 자들은 없는 것 같았다. 칼을 휘두르던 자들도 뜨거운 불길 뒤로 물러나는 중이었다. 냄새가 났다. 사람들의 살이 타는 냄새가 진동을 했다.

"커어억!"

모용화연은 토악질을 했다. 참을 수 없는 욕지기가 속 깊은 곳으로부터 밀려 올라왔다. 사람들이 타는 냄새가 역겨워서가 아니었다. 눈물과 함께 복받쳐 올라오는 이 구토는 결코 그런 게 아니었다. 이건, 분노와 슬픔이었다.

"이제 다 끝난 것 같군."

머리 위에서 들리는 사내의 목소리에 모용화연은 고개를 바짝 쳐들었다. 뒷짐 진 사내의 얼굴은 처음과 변함이 없었다. 무표정함을 그대로 담은 채, 사내는 불타는 마을을 감흥없이 바라보고 있었다.

소매로 입을 닦은 모용화연은 사내에게 물었다. 두 눈은 불길을 받아 불처럼 빛을 냈다.

"넌 누구지?"

칼 든 손을 뒷짐 진 사내가 느릿하게 시선을 돌렸다. 그렇게 말없이 내려다보던 사내가 대답했다.

"황남송이다."

사내가 말한 이름을 뼛속에 새기려는 듯, 모용화연은 황남송이란 세 글자를 계속해서 되뇌었다. 그 모양을 가만히 보던 사내, 황남송은 다시 말을 꺼냈다.

"내 이름보다는 저자의 이름이 더 흥미로울 거다."

황남송의 말에 의문을 느낀 모용화연은 시선을 좇아갔다. 사내의 시선이 돌아간 곳, 그 곳에 한 사내의 모습이 보였다. 눈에 익은 모습이었다. 아니, 대낮 같은 불길에 드러난 그 얼굴은 결코 잊을 수 없는 얼굴이었다. 사내는 마을의 집사 노릇을 하던, 아버지 때부터 함께해 왔던 양준구였다.

"당신이 왜……?"

양준구는 처연한 얼굴로 다가서며 입을 벌렸다.

"널… 오래전부터 마음에 담고 살아왔다……."

모용화연은 하늘이 무너지는 것 같았다. 한줄기 지탱하던 힘이 몸에서 빠져나가고 시야가 흐릿해졌다. 흩어지는 정신 속으로 누군가 소리쳤다.

"화연아!"

그 소리가 누구의 목소리인지 모용화연은 알 수 없었다. 하지만 보고픈 님이 다시 돌아와 불러주는 소리였으면 좋겠다고 생각하며 정신을 놓았다.

❷

동주는 똥통 속에서 몸을 끄집어내고 애령이에게 손을 내밀었다.

"어서 나와."

똥 범벅이 된 애령이는 손을 내밀지 못하고 계속 떨기만 했다. 그래서 동주는 화가 났다.

"얼른 손 잡아!"

그때서야 울먹이는 얼굴로 애령이가 손을 붙잡았다.

“끄응차!”

동주는 온 힘을 다해 애령이를 끄집어내고 바닥에 주저앉았다. 애령이는 계속 떨면서 울먹거렸다.

“울지 마, 이 계집애야!”

애령이에게 소리쳤지만 동주 자신도 울고 싶은 마음뿐이었다. 지붕과 벽이 쓰러진 뒷간 주위로 마을은 남아 있는 게 없었다. 다 불에 탔고 재가 되었다. 아직도 불길이 남아 훨훨 타올랐다. 그 속에 형체를 알아볼 수 있는 건 아무것도 없었다.

자신과 애령이도 죽을 뻔했다. 애령이가 배가 아프다며 칭얼대지 않았다면, 그래서 졸린 눈을 비비면서 뒷간에 오지 않았다면 둘 다 저 불 속에서 타 죽었을 것이 분명했다.

마을 사람들은 다 죽었다. 아버지와 엄마가 죽는 것도 봤다. 너무 무서웠다. 그런데 칼 든 사람들이, 마을 사람들과 엄마, 아버지를 죽인 사람들이 뒷간에도 불을 지르려고 다가왔다. 문틈으로 보다가 얼른 똥통에 뛰어들었다.

똥 냄새 같은 건 맡아지지도 않았다. 그냥 너무 무서워서 애령이의 입만 틀어막았다. 문이 열리고 횃불이 안을 비췄다. 곧이어 횃불은 여기저기 불을 붙였다. 그 불이 타올라 지붕과 벽의 판자들이 떨어져 내릴 때도 움직이지 않았다.

불은 뒷간 바닥의 판자까지 태우다가 사그라졌다. 머리가 타고 이마가 그슬렸지만 꼼짝도 하지 않았다. 열기가 사라지고 더 이상 아무 소리도 들리지 않았지만 나오지 않았다. 언젠가 얘기책에서 들은 이야기 속의 사나이는 이렇게 똥통에 숨었다가 나왔다고 했다. 하지만 그때까지 몰래 기다린 호랑이에게 결국은 잡혀 먹었다고 들었다.

애기책 속의 이야기를 떠올리며 참을 수 있는 데까지 참았다. 애령이가 걱정이 되었지만 동생도 떨면서 잘 참았다. 하지만 새벽닭이 울 때는 더 이상 참기 힘들었다. 온몸이 굳어버려 그대로 똥이 될 것만 같았다. 그래서 살짝 일어나 머리를 내밀었다. 아직도 뜨거운 연기를 뿜는 나무판자들을 밀어내고 사방을 보니 아무것도 보이지 않았다. 그냥 불만 보였다.

마을에선 동주 자신과 동생 애령이만 살아남았다. 나머진 다 죽은 것이다. 아니다. 똥통에 숨기 전에 의원 아줌마가 넘어지는 걸 봤다. 집사 아저씨가 아줌마를 붙잡았다. 그 두 사람은 살았을 거다. 하지만 나쁜 놈들에게 붙잡혀 간 거다.

"오빠."

애령이가 부르는 소리에 동주는 두 사람 생각을 지웠다. 고개를 돌려보니 똥 범벅인 애령이는 오들오들 떨면서 눈물을 흘렸다. 애령이는 자신처럼 엉성한 판자 문틈으로 엄마, 아버지가 죽는 걸 봤을 것이다. 마을 사람들이 죽는 것도.

"일어나."

애령이에게 말을 하고 동주는 몸을 일으켰다. 하지만 애령이는 더 크게 울면서 말을 듣지 않았다.

"오빠… 무서워. 히잉……."

"일어나, 계집애야! 나도 무섭단 말이야!"

동주가 빽 소리치자 애령이는 울음을 뚝 멈추었다. 대신 놀란 눈으로 동주를 보며 딸꾹질을 해댔다. 동주는 애령이 앞에 다시 주저앉으며 울음을 터뜨렸다.

"무서워… 허엉… 나두 무섭단 말야……. 흐어어엉."

딸꾹질을 하던 애령이는 동주에게 무릎걸음으로 다가와 팔을 붙잡았다.

"오빠, 울지 마. 히이잉… 울지 마아… 울지 마아……."

애령이는 동주의 팔을 흔들면서 울었다.

두 아이가 흐느끼는 소리가 어둠 속에 스며들었다. 자취만 남은 마을의 자리에선 여전히 불길이 너울댔고 사방은 캄캄했다.

한참을 그렇게 어둠 속에서 울던 두 남매 중 동주가 얼굴을 닦아내고 몸을 일으켰다.

"그만 울어."

애령이가 울던 얼굴을 들고 쳐다보자 동주는 짧게 말했다.

"가자."

"어디로 갈 건데?"

"약포 아저씨네."

"거긴 멀잖아?"

"거기 가야 해."

"홍빈 아저씨한테 가면 안 돼?"

"바보야. 홍빈 아저씨는 지금 어디 있는지 모르잖아. 약포 아저씨한테 가서 찾아달라고 하면 되지."

여덟 살 동주의 생각이고 계획이었다. 다른 선택의 여지도 없었다. 동주가 지금 아는 사람이라곤 오직 한 사람, 홍빈과 의원 아줌마를 좇아 몇 번 놀러 갔던 약포 주인뿐이었다.

❸

길성약포(吉星藥鋪) 주인 신달호(申達浩)는 잠든 두 아이를 보고 한숨을 내쉬었다.

"휘유우."

신달호는 갈증이 일었다. 찻물을 따를 사이도 없이 찻 주전자를 들어 입에 박았다.

"꿀꺽, 꿀꺽, 꿀꺽."

정신없이 물을 삼키는 모양을 동생 신율호(申律浩)가 지그시 바라보았다.

"그윽."

트림을 내놓는 형 신달호에게 신율호는 물었다.

"어쩔 거요?"

동생의 물음에 신달호는 미간을 구기고 노려봤다. 그러다가 다시 잠든 아이들에게로 시선을 돌렸다.

동주와 애령이. 그게 저 애들 이름이었다. 문둥이 촌인 의림의 아이들. 부모들이 문둥병 환자지만 정상인 아이들. 촌장이자 의원인 모용화연과 사이비 도사 임홍빈을 좇아 몇 번인가 왔던 아이들. 그리고 지금은 살기 위해 자신을 찾아온 아이들.

"어쩔 거냐고요?"

다시 들리는 신율호의 목소리에 신달호는 미간을 와락 찡그렸다. 하지만 옆에서 신율호는 또 말을 걸었다.

"얘네들 이거, 불붙인 기름통과 같소. 그거 알지요?"

신달호의 손이 쌩, 소리를 내고 돌아갔다.

"이 새끼!"

딱!

"아이쿠!"

신율호가 머리를 감싸 쥘 때 신달호는 으르렁거렸다.

"또 주절대면 이를 다 뽑아버릴 테여! 알아들어?"

찔끔거리는 눈으로 신율호가 물러나자 신달호는 다시 아이들이 누운 침상을 내려다봤다.

아이들은 강아지들처럼 새근대며 잠이 들었다. 날이 밝기도 전에 닫힌 문을 두드린 아이들이다. 새벽에 똥투성이로 문을 두드린 아이들의 행색은 놀랄 수밖에 없었다.

안으로 들여 물을 데우고 씻길 때까지 아이들은 계속 울먹이며 웅얼웅얼댔다. 단편적으로 들린 그 소리들을 조합해 보면, 어미, 아비가 죽었고, 마을 사람들도 죽었고, 마을은 불에 탔고, 모용화연과 집사 양준구는 그 짓을 한 놈들에게 잡혀갔다는 내용이었다.

신새벽에 아이들이 말도 안 되는 모습으로 나타났을 때 이미 마을에 변고가 있었음을 짐작했다. 하지만 생각보다 훨씬 큰일이었다. 아이들 말에 따르면 모두가 몰살당했다는 거다. 알 수 없는 무리들이 마을에 불을 지르고 모두를 죽였다는 거다. 거기에다 모용화연은 잡혀가 버리고.

하지만 이상한 점이 있었다. 문둥이 촌을 습격한 무리들이 무엇 때문에 그런 일을 저질렀는지는 모르겠으나 남다른 목적이 있었기에 그랬음은 두말할 필요도 없었다. 그렇다면 다 죽이지 않고 모용화연과 양준구를 잡아간 것은 그들이 그 목적에 관련이 있다는 얘기였다. 그러나 모용화연이 아닌 양준구는?

양준구, 그는 그냥 의림의 집사 노릇을 하던 자다. 그런 자가 비밀에 관계된 이유가 뭐가 있을까? 모용화연은 다르다. 그의 아버지는 천재 의원 모용민이다. 그가 젊었을 적에 무림인들과 교분이 있었다는 건 그를 아는 사람이라면 모두 알 것이다. 자신 또한 오랫동안 약재를 거래하다 우연히 알게 된 사실이다. 그 시절의 일이 지금에 영글어 이루어졌다면 이해가 된다.

그러나 양준구는, 그자는 그냥 의림의 일원일 뿐이다. 몸이 성한 자이긴 했지만, 오래전에 모용민에게 구함을 받아 마을에서 지내온 자로 알고 있다. 그자가 죽지 않고 모용화연과 같이 끌려갔다는 거다. 두서없는 아이들 말을 들어보면 뭔가가 이상했다. 한데 그 뭔가가 명확하지가 않았다.

"뭔 생각을 그렇게 하는 거요?"

신율호가 다시 다가와 말을 걸었다. 설핏 돌아본 신달호는 아무 기대 없이 물었다.

"뭔가 좀 이상하지 않냐? 촌장 아가씨는 그렇다 치고… 양준구는 왜 안 죽였을까?"

"이런 제길, 그 생각 하고 있었던 거요? 자칫 잘못하면 우리 처지도 간당간당하게 생긴 판에?"

"다 죽이고 그자는 왜 안 죽였을까? 젊은 의원 아가씨 시중들라고 안 죽인 것도 아닐 테고… 정말 이상해."

"아, 이상하긴 개뿔이 이상하오? 그놈이 그놈들하고 한패라면 딱 맞는 얘기지."

"뭐, 뭣?"

"지지난 밤에 천향루에서 술 마시는데 그자를 봤소. 술 취해서 소피 보러 가려고 문을 열었는데 그자가 복도 끝 특실에서 나왔소. 황급하

게 계단으로 사라지는 그자를 보고 이상하다고 생각했었지. 저런 자가
기루에 온 것도 그렇지만 특실이라니, 거기다가 얼핏 본 얼굴은 술을
마신 것 같지도 않았소.”

다시 그날의 기억을 떠올리는 듯 손으로 턱을 짚고 곰곰이 생각하는
신율호의 머리를 신달호는 냅다 후려쳤다.

딱!

“아이구야!”

머리를 급히 쓸어 만지던 신율호는 버럭 소리 질렀다.

“아, 왜 또 때려요?”

신달호는 이를 갈아붙이면서 얘기했다.

“너, 이 빌어먹을 새끼야! 네가 그걸 봤으면 너도 특실에 있었다는
얘기잖아! 말해 봐라! 넌 무슨 돈으로 거기서 술 처먹었냐? 엉? 말해
봐! 이 씹어먹을 놈아!”

“헉, 그, 그게…….”

또다시 들려지는 신달호의 손을 피해 신율호는 두 손을 올려 막는
시늉을 했다. 하지만 패악을 부릴 것 같던 신달호는 손을 내리고 숨만
들이내쉬었다. 그렇게 잠시 동안 노려보다가 소란스런 소리에 뒤척이
는 아이들을 돌아다보았다.

천천히 제 형의 눈치를 살피던 신율호는 조심스럽게 다시 입을 열었
다.

“분명 양준구 그놈이 연루된 게 틀림없소. 바뀐 천향루의 주인이 홍
택 일대의 밤거리를 장악한 거 알지요? 양준구 그놈이 그놈들과 관계
가 있다니까요? 틀림없어요.”

아이들을 보던 신달호의 고개가 확 돌아왔다.

“그런 얘기를 왜 이제야 하는 거야?”

“그, 그거야 우리한테 뭐 득될 게 있다고…….”

“이놈아, 의원은 아니지만 우리도 약포를 운영하는 반의원이나 진배없다. 그런데 우리와 연을 맺고 살던 사람들이 씨몰살을 당했는데 넌 아무렇지도 않으냐? 저 아이들을 봐라. 저 애들이 무슨 죄가 있겠느냐?”

신달호의 말에 우물쭈물 말을 못하고 아이들을 보던 신율호는 궁색한 얼굴이 되었다. 하지만 곧 자신의 생각을 밝혔다.

“죽은 사람들은 안됐지만… 우리도 그렇게 될 수 있다는 걸 알아야 하오. 그자들이 뭘 노렸는지는 모르지만, 그 많은 사람들을 죽일 정도로 잔혹하오. 만일 생존자가 있다는 것이 발각되면 우리도 살지 못할 거요.”

동생의 말에 신달호는 한숨을 내쉬었다. 그러다가 입을 열었다.

“네가 뭘 염려하는지 잘 안다. 하지만 우리가 하찮은 장사치지만 장사의 근본이 신의로부터 비롯됨을 잘 알고 있다. 잠든 저 아이들이 뭘 믿고 우리를 찾았겠느냐? 저 아이들은 우리의 신의를 믿고 죽음을 피해온 것이야.”

형 신달호의 말에 신율호의 눈동자가 흔들렸다. 그 눈을 바라보며 신달호는 다시 말했다.

“네 말대로 양준구가 그들과 한 손이고 원흉들이 천향루의 그자들이라면… 아이들이 없다고 해도 우리는 이미 위험하다.”

“예? 그게 무슨 말이오?”

“그날, 네가 양준구를 본 날 말이다. 양준구도 너를 보았느냐?”

“아니, 보지 못한 것 같소. 특실이라곤 하지만 기루가 워낙 소란스러

웠고 복도 끝에서 내려가는 걸 잠깐 본 것이오. 그러니 그자가 나를 볼
틈은 없었지요."

고개를 끄덕인 신달호는 자신의 의중을 꺼냈다.

"그래, 그렇다면 다행이다. 그러면 이제 저 아이들도 살고, 우리들도
살 방법을 찾아보자."

"그런 방법이 있겠소? 있다면 아이들을 데리고 야반도주하는 것밖
엔……."

"임홍빈을 찾는 거다."

"예?"

"하루 전에 떠났다고 했지?"

"그렇게 들었소만……."

"그의 친구들이 무림인이라고 들었다. 떠나기 전 홍빈이 놈이 아이
들을 데리고 여기 왔을 때, 아이들이 얼굴 검은 아저씨에 대해서 묻는
걸 얼핏 들었다. 작은 소리였지만 홍빈이 놈이 흑마왕 어쩌고 하는 걸
말이야."

"흑마왕이오? 그건 요즘 강호를 진동시키는 사람의 별호가 아닙니
까? 북마련을 몰살시켰다는……."

"그래, 바로 그자다."

"설마 홍빈이가 그런 자들과 관계가 있겠습니까?"

"그건 알 수 없다. 임홍빈 그놈이 사기꾼 기질은 있지만 범상히 볼
놈은 결코 아니다. 떠돌이에 불과한 그놈이 매년 의림을 돌보기 위해
돌아오는 것만 봐도 그렇다. 더군다나 지금 우린 선택의 여지가 없다."

눈빛이 굳어지는 신달호의 표정을 본 신율호는 말을 더 꺼내지 못했
다. 그러다가 궁금한 듯이 다시 입을 열어 물었다.

"하루 전에 떠나간 자들을, 더군다나 행적도 자세히 모르는 자들을 누가 찾습니까?"

신달호는 표정을 풀며 여유롭게 대답했다.

"뱃길 아니면 뭍 길이겠지. 하루 길이니까 수소문해서 찾으면 힘든 일도 아니다. 예서 제일 큰길은 회남(淮南)과 합비(合肥)로 가는 길이니 그 길부터 뒤지는 게 좋을 거야."

볼이 뚱해진 신율호는 다시 물었다.

"그러니까 그 일을 누가 하냐고요?"

신달호는 희미하게 웃으며 대답했다.

"물론 네가 해야지."

❹

회남을 거쳐 합비로 가는 관도엔 사람들의 행적이 끊이지 않았다. 세상이 전란과 민란으로 어수선했지만 사람들은 끊임없이 살기 위해 움직였다. 장사치들은 바닷물건을 내륙에 팔기 위해 등짐에 마차를 몰았고, 내륙의 거간꾼들은 사방의 이문을 찾아서 길을 누볐다. 그 길을 계장수 일행도 걸었다.

"어, 속이 헛헛한 것이 밥 달라고 하는 모양인데?"

풍오자가 자신들 옆을 지나는 장사치들의 행렬을 보며 말했다. 눈길은 바라바리 쌓인 저 물건들 속에 과연 먹을 건 뭐가 있을까 하고 가늠하는 눈빛이었다. 그 모양을 마뜩찮게 보던 용태웅이 한 소리를 걸었다.

"회남 지날 때 점심 자신 지가 얼마나 됐다고 벌써 밥 타령입니까?"

"뭐, 임마? 밥 때가 됐으니까 배에서 소식을 보내지 그냥 이러겠냐?"

"밥 때요? 도장 어른 배가 언제 밥 때 맞춰서 그랬습니까? 떼거리 거지패마냥 시도 때도 없이 그랬지? 대관절 그 뱃속에 뭐가 있는지 한번 보고 싶을 지경입니다."

"뭐, 이 자식아? 오냐, 네놈이 그냥 길 가기 심심했던 모양이구나? 어디 한번 얼러볼 테냐? 엉?"

두 팔 소매를 걷는 풍오자를 보고 용태웅은 어이없는 표정으로 입을 벌렸다. 옆을 걷던 임홍빈은 두 사람에게서 떨어져 나오며 한 소리를 했다.

"정말 창피해서 같이 못 다니겠다니까."

계장수의 뒤로 붙는 임홍빈을 보고 풍오자는 공격 상대를 바꿔 소리 질렀다.

"야, 이 자식아! 뭐가 창피해? 뭐가 창피하다는 거야?"

삿대질하며 쫓아 붙는 풍오자를 관도 위의 행인들이 돌아다보았다. 하지만 풍오자는 계속 소리쳤다.

"도대체 뭐가 창피하다는 거야? 말해 봐! 어서 말해 봐, 이 자식아!"

묵묵히 등을 보이고 걷던 계장수가 멈춘 것은 그때였다. 불쑥 뒤돌아선 그는 임홍빈의 코끝에 걸린 풍오자의 손가락을 걸어 내리며 입을 열었다.

"이 꼴이 안 창피하다면 당신이 이상한 거요. 아시겠소? 주변을 한 번 보시구랴."

계장수의 얼굴을 껌벅대고 쳐다보던 풍오자는 주변을 돌아보았다. 그리고 깨달았다, 길 가던 모든 사람들이 자신을 바라보고 있음을. 하지만 그렇다고 해서 눈썹 하나 까딱한다면 풍오자가 아니었다.

"뭘 봐! 그렇게들 한가해? 가던 길들이나 가!"

버럭 소리치는 풍오자에게 놀라서 사람들은 잽싸게 걸음을 놀렸다.

"별 거지 깽깽이 같은 것들이."

소매를 터는 풍오자를 보고 세 사람은 혀를 찼다. 그중 임홍빈은 또 작게 소리를 냈다.

"누가 말리겠어."

풍오자의 눈은 바로 휘뜩대며 돌아왔다.

"너, 이 개아덜노무새끼!"

계장수는 바로 제지하고 나섰다.

"아아, 고만 하고 길이나 재봅시다."

용태웅이 옆에서 나섰다.

"길을 재? 무슨 길을 재?"

풍오자도 임홍빈도 계장수를 봤다. 세 사람의 시선을 받은 계장수는 관도 끝을 가리키며 말했다.

"이 길로 곧장 가면 안경(安慶)이오. 거기서 배를 타고 장강을 거스르면 무한이 하룻길이오. 하지만 뭍 길로 계속 가면 족히 너댓새는 걸릴 거요. 어찌하면 좋겠소? 난 뱃길이 좋겠소만, 중간에 볼일이 있다면 미리 말하시오."

계장수의 말을 들은 세 사람은 서로서로 눈을 바꿔가며 맞췄다. 그러다가 임홍빈을 시작으로 킥킥대고 웃기 시작했다.

"뭐야? 왜 웃는 거야?"

계장수가 의아한 얼굴로 묻자 세 사람의 웃음은 더욱 커졌다. 그럴 수밖에 없었다. 계장수가 보이는 언행이 세 사람을 웃게 만든 것이다.

그들이 아는 계장수는 저렇게 갈 길을 묻는 자가 아니었다. 제가 간다고 정하면 그냥 내쳐 가는 자였다. 표정도 저렇게 부드럽지 않았다. 한데 지금은 여유롭고 부드러운 표정으로 갈 길을 묻는 것이다. 그게 웃겼다.

조그마한 변화, 그러나 계장수를 아는 세 사람에겐 커다랗게 보이는 저 변화. 그것이 무엇으로 인해 비롯했는지 알기에 세 사람은 웃을 수밖에 없었다. 쇳덩어리로 빚어놓은 것 같은 자가, 북마련을 혼자서 도륙 낸 흑마왕이 한 여자의 사랑을 받아 저렇게 된 것이다.

생각해 보면 너무나도 불길 같은 감정이었다. 세 사람이 보기에도 계장수와 모용화연, 두 남녀는 처음 보는 순간부터 무언가 파다닥파다닥 번개 같은 것이 튀는 걸 느꼈다. 그 사이에 끼어보려고 용태웅이 잠깐 용을 썼지만 택도 없었다.

불과 보름 만에 두 사람은 서로를 향한 지남철이 되어버렸다. 거기엔 물론 모용화연의 거침없는 감정 표현과 접근이 한몫을 했다. 그렇지 않았다면 계장수는 떠날 때까지 한마디도 건네지 않았을 것이다. 하지만 지금은 그렇지가 않았다. 비록 몸은 떠나왔고 기약의 말 한마디 남기지 않았지만, 계장수의 눈은 작은 희열로 반짝였다. 그건 미래를 생각할 수 있는 여지였다.

"너 많이 변했다? 말도 사근사근해지고?"

샐쭉한 눈으로 풍오자가 말하자 계장수는 당황한 빛을 띠며 말을 더듬었다.

"뭐, 뭐가 변했다는 거요?"

용태웅이 잽싸게 한발 끼었다.

"노인네가 뭐 그런 말을 하십니까? 남녀 간에 상사의 염을 가지게

되면 다 저리되는 게지요. 아, 저 친구라고 마냥 쇠몽둥이처럼 딱딱 부러지기야 하겠습니까?'

노인네라는 말을 풍오자가 되새길 틈도 없이 임홍빈이 낼름 말을 받았다.

"맞아, 맞아. 님이 기다리는 곳만 떠올려도 배가 부를 거야. 님 얼굴만 생각해도 코끝엔 향기가 나고 눈앞엔 구름이 낀 것 같겠지. 아, 사모하는 이여."

눈을 게슴츠레 뜨고 두 팔을 벌리는 임홍빈의 얼굴은 영락없는 춘삼월 봄빛이었다. 흉내 내는 그 모양을 계장수가 노려보았지만 세 사람은 그만둘 생각이 없는 모양이었다.

"낭군께서 돌아오실 때까지 소저 백골이 진토가 되더라도 기다리겠사와요."

거구의 용태웅이 몸을 꼬며 콧소리를 내자 행인들의 시선이 또 돌아왔다. 풍오자의 헤벌어진 웃음 속에 임홍빈은 장단을 맞췄다.

"소저의 생각을 하면 내 발길이 떨어지지 않는구려. 하지만 사나이 할 일이 어깨에 걸렸으니 날 밉다 원망 마시오. 때가 되면 돌아와 그대를 안으리다."

"아, 낭군님. 그날을 내일로 여기며 살겠사와요. 안아주시어요, 낭군님."

"소저, 이리 오구려. 한데 몸뗑이가 왜 이리 크오?"

임홍빈에게 다소곳이 안기는 용태웅의 짓거리에 풍오자는 끝내 폭소를 터뜨렸다.

"크하하하하하!"

배를 잡고 웃음을 참지 못하는 풍오자를 계장수는 못마땅하게 노려

봤다. 물론 해죽대며 풍오자의 뒤로 물러서는 임홍빈과 용태웅도 째려
봤다.

"다 했냐?"

계장수가 묻자 슬금슬금 눈치를 살피던 임홍빈이 잽싸게 다른 말을
꺼냈다.

"우리 배 타고 가자고. 어때? 배가 빠르고 좋겠지? 중간에 지척거릴
이유가 뭐가 있어? 안 그래요, 어르신?"

용태웅에게서 풍오자에게로 거듭 묻자 허리를 꺾던 풍오자가 웃음
을 털어내며 대답했다.

"그러자꾸나. 뭍 길로 가봐야 길가의 꽃들이 다 그 님으로 보일 테
지. 그렇지? 크흐헤헤헤헤헤!"

계장수의 표정이 일그러지는 것도 아랑곳 않고 풍오자는 또 웃었다.
하지만 계장수는 더 이상 대꾸하지 않고 뒤돌아섰다. 진로가 정해졌으
니 간다는 식의 거침없는 특유의 발걸음이었다. 뒤에서 용태웅이 또
딴지를 걸었다.

"여, 화난 거냐? 그런 거냐?"

계장수는 뒤돌아 갈겨주고 싶은 마음을 꾹꾹 눌러 참았다.

'참자. 참는 자에게 복이 있나니……. 근데 이거 어디서 들은 듯한
말인데? 어디서 들은 말이지?'

엉뚱한 생각을 하던 계장수는 뒤에서 세 사람이 계속 집적거렸지만
상대하지 않고 길만 걸었다. 풍오자의 말처럼 자신은 변했는지도 몰랐
다. 늙은 생강이 맵다고 그가 말한 그대로, 길가에 핀 꽃만 봐도 괜히
그녀 생각이 났다. 가슴이 벅차오르고 따듯하며 안온한 기운이 전신을
감쌌다. 아주 생소했다.

전생에도 이런 감정은 느껴보질 못했었다. 정소연 그녀를 처음 볼 때도 이렇게 벅찬 느낌은 없었다. 그냥 그녀의 미모에 취해 가지고 싶다는 욕망만이 있었을 뿐이다. 하지만 모용화연은 달랐다. 세속의 미모로는 정소연이 더 예쁠 터였다. 하지만 모용화연은 정소연이 가지지 못한 기품을 가졌다.

은은하게 빛을 내는 그것이, 아리하게 향기를 품는 그 기운이 처음 본 순간부터 계장수 자신의 눈과 마음을 사로잡았다. 그 기품과 그녀의 타인에 대한 열정과 헌신이 보석처럼 빛을 뿜었다. 자신은 그것에 취하고 물들어 그녀를 사모하게 된 것이다. 정녕 누군가에게 감사하고픈 마음이었다.

하지만 그녀는 자신의 무엇을 보고 연정을 품었을까? 그저 커다란 허우대에 검은 얼굴, 투박한 말투와 거친 외모, 떠돌이 무인에 불과한 자신을 그녀는 왜 사모한다고 하는 것일까? 그녀의 분에 넘치는 마음을 과연 받아도 되는 것일까?

'그녀에게 돌아갈 수 있을까? 내가 이런 생각을 해도 되는 걸까? 나 같은 놈이 다시 남녀의 정을 생각하다니… 차라리 몰랐던 사람이라면 좋으련만.'

모용화연에 대한 강한 그리움과 현실에 대한 이율배반 속에서 계장수는 갈등했다. 차라리 만나지 않았더라면, 처음부터 모르는 사람이라면 이렇게 고민할 이유도 없고 마음이 무겁지는 않을 것이다. 하지만 이미 맺어진 인연을 되돌릴 수는 없었다. 그러나 그녀에게 돌아갈 날이 과연 올 것인지…….

"너무 깊이 고민하지 마라. 머리카락 다 빠진다."

어디선 난 것인지 풍오자는 건량 한 조각을 우물거리며 말을 걸었다. 임홍빈과 용태웅도 똑같은 모양이었다. 밥 가지고 서로 티격대던 세 사람은 똑같은 모양으로 입을 오물거리는 중이었다. 그런 세 사람에게 계장수는 손을 내밀었다.

"나는 안 주냐?"

멍한 얼굴로 바라보던 임홍빈이 용태웅과 풍오자를 돌아봤다. 같은 눈으로 계장수를 보던 두 사람 중 풍오자가 컥컥대던 목을 가다듬고 말했다.

"줘라. 안 주면 너 맞겠다."

임홍빈은 얼른 자신의 행낭에서 건량 한 조각을 꺼내 내밀었다. 햇빛은 뜨거웠고 바람은 점점 더 더워졌다. 때문에 관도 위엔 마른 먼지가 푸석거렸다.

건량을 건네 받은 계장수가 한입을 뜯어 물며 다시 돌아서는 순간, 저 멀리 회남 쪽으로부터 먼지구름이 관도 한가운데로 달려왔다. 먼지구름의 주범은 말이었다. 뭐가 그리도 급한 일이 있는지 말은 맹렬하게 달려왔다.

"뭐야? 저 자식?"

용태웅이 불만스럽게 말하는 사이 말은 일행들의 옆으로 쏜살같이 스쳐 지나갔다. 말발굽이 일으킨 먼지는 그대로 일행을 휘감았다.

"에페페! 이런, 후레아들놈이!"

역시 풍오자는 욕부터 나왔다. 한데 임홍빈이 뭔가 이상한 표정을 만들었다.

"어? 저자는?"

"왜 그래, 아는 놈이냐?"

아는 놈이래도 한 대 패주고 말겠다는 표정으로 용태웅이 물었다.

그런데 그때 달리던 말이 급하게 멈춰 섰다.

"워! 워워!"

앞발을 들고 콧김을 푸릉대는 말 머리를 돌려, 달리던 자가 되돌아왔다. 두 눈은 반가워서 어쩔 줄 모르는 것 같았다.

"드디어 찾았구나!"

임홍빈이 나서며 말탄 사내에게 물었다.

"당신이 어쩐 일이오?"

사내는 말에서 내리며 급하게 말을 쏟아냈다.

"제기랄! 임 도사, 당신 쫓느라고 이 비싼 말까지 샀잖아! 어떻게 된 마방 놈들이 말을 안 빌려주는 거야? 원래 빌려주게 돼 있는 거 아냐?"

불안한 느낌이 드는 임홍빈은 잡소리를 늘어놓는 길성약포의 둘째 신율호를 다그쳤다.

"대관절 무슨 일이오? 왜 나를 찾은 거요?"

그제야 신율호는 전할 말을 꺼냈다.

"의림 마을이 씨몰살을 당했어. 애령이와 동주만 살아서 우리 집에 있지."

"뭐, 뭐요?"

"뭣이라?"

"그게 무슨 소리야?"

임홍빈과 풍오자 용태웅이 동시에 소리쳤지만 계장수의 손이 더 빨랐다.

"커헉!"

신율호의 멱살을 틀어쥔 계장수는 화등 같은 눈을 부릅뜨고 물었다.

"화연은? 화연은 어찌 됐나?"

"컥! 그, 그게 습격한 무리들에게 잡혀갔다고……."

"그놈들이 누구야?"

"호, 홍택에 천향루라고 있는데 그, 그곳이 놈들 본거지……."

계장수는 신율호의 멱살을 놓고 바람처럼 뒤돌았다. 그리고 검은 질 풍처럼 달려나갔다.

계장수의 뒷모습을 보던 풍오자는 주름진 미간으로 말을 뱉었다.

"여유 부리면서 걷는 건 역시 저놈 체질에 안 맞는가 보군."

풍오자는 용태웅에게 말을 던지고 계장수처럼 달려갔다.

"홍빈이 놈은 네가 책임져라."

멀어지는 풍오자의 뒷모습을 보던 용태웅은 두말없이 임홍빈에게 등을 내밀었다.

"업혀."

임홍빈 역시 군소리없이 그 등에 업혔다. 그리고 두 사람은 달려갔다. 뒤에 남은 신율호만이 말 등에 올라타며 소리쳤다.

"이봐! 같이 가!"

관도엔 또 한 번 먼지바람이 불었다. 하지만 이번은 죽음을 부르는 바람이었다.

❶

홍택의 중심은 오래된 버드나무였다. 수령이 삼사백 년은 족히 넘었을 그 나무를 중심으로 원형의 광장 같은 너른 마당이 있고, 뱅 돌아가며 방사형의 길이 나 있다. 사방으로 뻗친 그 길들의 주변으로 상점과 각종 점포, 주택과 객점 등이 오밀조밀 형성되어 있다. 홍택호의 습한 바람이 그 위를 항상 넘나들었다.

이제 푸른 잎들이 점점 더 많아지기 시작한 버드나무를 보며 신달호는 차를 마셨다. 차 맛도 느낄 수 없을 만큼 마음은 초조했지만 눈은 사방의 길을 훑었다. 다관의 창 옆 자리는 광장으로 통하는 모든 길이 다 보였다.

햇빛은 따듯하게 다관 안을 비췄다. 마주 앉은 동주와 애령이는 소면을 먹느라고 그릇에 얼굴을 박고 있었다. 그나마 다행이었다. 아이들은 충격을 받은 것이 확실하지만, 이상 행동을 보이거나 식음을 거부

하거나 하지는 않았다.

평상시에도 그렇게 보았지만, 원체 총기가 있는 아이들이라 무언가 큰일이 벌어질 것을 예감하는 것 같았다. 그 일이 자신들이 살던 마을의 몰살, 아비와 어미의 죽음과도 연관이 있음을 느끼는 것이다. 때문에 어른들에게 폐가 되지 않으려는 짓이 눈에 보였다. 영특한 아이들이었다.

죽음을 피한 한 가지만 봐도 아이들이 어떠한지는 알 수 있다. 그 새벽에 자신을 생각해 내고 찾아왔을 때는 유일한 방법으로 생각했기 때문일 것이다. 그러나 역시 아이들이다. 공포와 두려움으로 정신이 나갈 것 같은 모습이었다. 그럴 수밖에 없었을 것이다. 자신이 알던 세계가 무너지고 그 세상을 지탱해 주던 모든 가족들의 죽음을 보았으니 오죽할 것이랴.

하지만 아이들은 영특할 뿐만 아니라 걱정만큼 약하지도 않았다. 보통의 어른이라도 혼이 빠져 버릴 일을 당한 아이들은 의연하게 정신을 붙잡았다. 너무 어려서 그렇다고도 볼 수 없는 일이었다. 지금도 간간이 어깨를 오슬오슬 떠는 게 눈에 보였다. 그럴 때마다 동주가 애령이를, 애령이가 동주의 손을 잡으며 서로를 격려했다. 기특하고 가슴 아픈 모습이었다.

'개노무새끼들! 인두겁을 쓴 짐승 같은 놈들!'

천향루의 무리들을 생각하자 신달호는 이가 갈렸다. 과연 놈들의 진정한 정체가 무엇이고, 무슨 목적을 가지고 의림을 불태웠는지는 알 수 없지만, 놈들이 한 짓은 하늘을 머리 위로 두고 사는 짐승이 할 짓이 아니었다. 설령 금수라고 해도 그건 용서받을 수 없는 끔찍한 만행이었다.

이제 동생이 임홍빈 일행을 찾아 데려오길 기다리는 일만 남았다. 아이들이 저렇게 의연하게 버티는 것도 어쩌면 그들을 기다리는 마음이 있기 때문일지도 몰랐다. 그들이 진정 소문 속의 그들이라면… 천향루는 끝장이 날 것이다. 하지만 만일 그렇지 않다면, 동생이 그들을 찾지 못한다면…….

혹시 모를 만일을 대비해서 이미 짐까지 싸서 나온 참이었다. 여차직하면 이곳의 기반을 버리고 바로 도주해야 했다. 동생이 말까지 사서 찾아 나섰으니 곧 소식이 있을 것이다. 하루 길이고 그들이 무림인이라고는 하나 도보로 갔다 하니 금방 찾을 것이다. 동서남북의 모든 큰길을 뒤지는 데 하루면 족하다. 그 시간 범위의 반경을 넘어갔거나 산길 등 샛길로 빠졌다면… 가망없는 일이다. 그렇다면 아이들을 데리고 피신해야 한다.

하지만 다른 무엇보다도 중요한 건, 그들 일행이 그들이어야 한다는 것이다. 소문 속의 그들. 바람처럼 사람들의 입과 귀로 옮겨 천하로 번져 나간 그들. 북마련 오백 기마대와 그들의 선발대, 그리고 철혈대의 한 분대를 궤멸시켰다는 꿈같은 이야기의 주인공. 흑마왕이 그들이어야 했다.

'그들이 아니라도 만나졌으면 좋겠구나. 한 손이라도 더 보태져야 도망질도 맘 편하게 할 것인데…….'

착잡한 마음에 신달호는 찻물을 또 들이켰다.

관가의 서기 나부랭이들이 공문을 외쳐 대던 버드나무 주변으로는 사람들의 움직임이 끊이질 않았다. 홍택의 수면을 스치고 오는 바람은 습한 기운을 사방에 뿌려댔다. 그 모든 걸 보고 있는 눈과 마음이 자꾸만 더 초조해져 갔다.

‘지금쯤은 소식이 있어야 하는데……’

신달호는 초조하게 턱을 만지며 시선을 돌렸다. 때마침 올려다보는 동주와 시선이 마주쳤다. 소면을 오물거리는 동주는 눈을 동그랗게 뜨고 신달호의 표정을 살폈다. 내심을 들키지 않으려고 신달호는 웃어 보였다. 그때, 때마침 바깥으로 살짝 돌아간 동주의 눈이 크게 떠졌다. 그리고 일어서서 외쳤다.

"흑마왕 아저씨다!"

젓가락질하던 애령이도 벌떡 일어났다. 물론 신달호도 깜짝 놀라 돌아보았다.

보였다. 동주가 말하는 사내가 보였다. 버드나무 너머 저 끝의 회남으로 통한 길에서 사내는 달려왔다. 짙은 청의를 입은 사내였다. 행인들과 마차들의 사이를 귀신처럼 스치며 달려오는 사내는 질풍 같았다. 크고 건장한 사내였다. 그 사내에게 동주와 애령이가 소리치며 달려나갔다.

"아저씨!"

광장을 가로지르던 사내가 급격하게 방향을 바꾸며 달려왔다. 다관 앞에 다다른 사내는 동주와 애령이를 번쩍 안아 들고 급하게 물었다.

"너희들 괜찮은 거냐?"

아이들은 새새끼처럼 마구 고개를 끄덕였다.

"응. 안 아퍼."

"우린 괜찮아요."

눈빛이 한결 수그러드는 사내에게 신달호는 다가가며 손을 모았다.

"오셨구려. 신달호라 하오이다."

검은 턱수염을 기른 중년의 사내, 신달호를 보면서 계장수는 숨을 골랐다. 그리고 곧 답례를 했다.

"고맙소."

아이들을 살펴줘서 고맙다는 소리였다. 신달호는 곧바로 알아듣고 그저 고개만 끄덕였다.

"당연한 일이외다. 그보다는 비명에 죽어간 마을 사람들이……."

신달호는 말을 다 하지 못했다. 계장수가 바로 물었기 때문이다.

"그놈들 있는 곳이 어디요?"

커다랗고 얼굴 검은 사내, 계장수를 바라보던 신달호는 헛바람을 집어삼켰다. 계장수의 두 눈에서 비어져 나오는 시퍼런 살기는 온몸을 옭아매었다. 자신도 모르게 몸을 바짝 움츠린 신달호는 뒤편으로 손가락을 뻗었다.

"저, 저기, 사, 사층 주루요."

신달호의 손가락 끝이 가리키는 곳은 상점들이 밀집한 거리의 제일 끝 쪽에 솟은 우아한 기와 건물이었다. 불붙은 것 같은 눈으로 바라보던 계장수는 아이들을 다시 내려놓으며 말했다.

"여기 잠깐 있어라. 곧 홍빈 아저씨가 올 게다."

아이들은 계장수의 소매를 붙잡고 걱정스런 말을 꺼냈다.

"히잉. 아줌마가 잡혀갔어. 어떡해?"

"아저씨가 꼭 구해야 돼. 알지?"

동주는 다짐을 받아내려는 것 같았다. 그래서 계장수는 고개를 끄덕였다.

"걱정 마라."

울먹이는 애령이와 이를 앙다무는 동주의 머리를 쓰다듬고 계장수는 허리를 폈다. 걸음을 떼려는 그에게 신달호는 급히 말을 던졌다.

"집사 양준구가 그들과 한패인 것 같소. 조심해야 할 거요."

느닷없는 소리에 눈썹을 뒤튼 계장수는 주루의 기와 지붕 꼭대기를 보며 의문을 떠올렸다.

'집사 놈이? 그놈이 무엇 때문에… 오랫동안 몸담았던 곳을 어째서?'

순간, 계장수의 머리 속으로 번개같이 스쳐 가는 것이 있었다.

'인간강화비술?'

그렇다. 그것밖에는 달리 설명할 것이 없었다. 뭔가 제 주변의 모든 것들을 바꿀 만한 명분이나 목적이 있지 않고서는 설명이 되지 않는 일이었다.

놈은 애초에 의림의 일원이 아니었다. 처음 보는 순간부터 뭔가 꺼림칙함이 뒤에 남는 놈이었다. 하지만 흘려 버리고 말았다. 그놈이 인간강화비술을 노렸다. 그리고 의림을 불태우고 모용화연을 납치해 간 것이다.

'다 죽인다!'

계장수는 마음속의 살기를 억누르며 차분하게 걸음을 옮겨갔다. 거리의 풍경은 온화한 일상의 그것이었다. 상점 앞에서는 주인과 행인이 물건을 흥정했고 길을 가는 마차와 수레들은 바쁘게 작은 먼지들을 피워 올렸다.

그렇게 사람들은 저마다의 일상 속에서 하루를 보내고 있었다. 뒤에서는 뒤늦은 홍빈과 아이들의 재회 소리가 들렸다. 풍오자와 용태웅의 목소리도 들렸다.

부르는 소리가 들렸지만 계장수는 상관하지 않고 계속 걸어갔다. 걸음이 거듭될수록 천향루의 모습이 점점 더 가까워졌다. 그에 비례해서 마음속의 살기는 한층 더 끓어올랐다. 스쳐 가는 거리의 풍경들이 모두 실물 같지 않았다.

어느덧 발걸음은 중심가의 끝에서 변두리로 이어지는 천향루의 앞에까지 다다랐다. 문은 닫혀 있었다. 대낮인 터라 등도 켜 있지 않았다. 커다란 대문에 쓰여진 '내자만복(來者萬福) 지상극락(地上極樂)'이란 글자가 너무도 생경스러웠다.

가만히 대문을 노려보던 계장수는 오른 주먹을 내뻗었다.

슈웃!

콰앙!

여덟 자짜리 두 짝 대문이 산산이 부서져 터져 들어갔다. 조각조각 흩어지는 그 바람 뒤로 계장수는 걸음을 옮겼다. 뒤에서는 풍오자가 외쳤다.

"용가야! 넌 뒷문을 맡아라! 난 길목을 지킬 테다!"

용태웅의 대답 소리와 두 사람의 뛰고 나는 바람 소리가 뒤를 이었다. 용태웅은 자신처럼 뒷문으로 쳐 올라갈 테고 풍오자는 도망치는 놈들을 잡겠다는 소리였다.

계장수는 흩어진 대문의 파편을 밟으며 전진했다. 인공 가산과 연못이 꾸며진 정원엔 뒤늦게 장정들이 뛰어나오며 호들갑을 떨었다. 놈들은 부서진 대문과 계장수를 보고는 곧 달려들었다.

"웬 놈이냐?"

"서라! 네놈은 누구냐?"

"잡아!"

누군가의 격한 소리에 맞춰 사내들은 계장수의 몸으로 주먹과 발을 뻗었다.

계장수는 원앙각을 차 내리는 전방의 사내에게 발을 차올렸다. 단순하고 빠른 앞차기였다. 그 발이 찍어 내리는 사내의 장딴지를 끊고 올라갔다.

스피잇!

사내의 발이 작두로 쳐올린 것처럼 잘려 나갔다. 하지만 그게 다가 아니었다. 상대의 발을 칼날처럼 자르고 솟구쳤던 계장수의 발꿈치를 다시 찍어 내렸다. 상대의 눈이 다리 잘린 고통을 인지하기도 전이었다.

퍼억!

사내의 미간을 찍어 내린 발은 그대로 안면을 함몰시키며 사내를 땅으로 밟아 내렸다.

퍼석!

사내의 머리가 완전히 으깨져 흩어지는 순간, 가슴으로 들어오는 두 개의 주먹을 계장수는 붙잡았다. 그리곤 잡아당김과 동시에 끌려오는 자들의 안면에 양 팔꿈치를 박아 넣었다.

퍼퍽!

두 개의 머리가 박처럼 터지며 또 생명이 흩어졌다. 너무도 창졸간에 벌어진 사태는 장내를 얼어붙게 만들었다. 하지만 그 정적을 깨고 누군가 또 소리쳤다.

"카, 칼을 갖고 와! 놈을 죽여!"

그 말과 동시에 계장수의 전면에서 달려들던 자들은 뒤로 신속히 물러났다. 동시에 내원으로 통하는 문 안쪽에서 칼 든 자들이 몰려나왔다.

삼십여 명은 될 듯, 정원을 빙 둘러싸고 살기를 뿌리는 자들은 모두 젊은 자들이었다. 그런데 내원 문 앞에서 소리치는 자, 젊은 무사들을 명령하는 자는 낯이 익은 자였다. 삼십대 중후반으로 보이는 자는 분명 어딘선가 본 자였다.

사내를 보던 계장수는 사내에게 성큼성큼 다가갔다. 바라보던 사내는 다급하게 명령했다.

"뭐 해! 죽여!"

맞추던 균형이 무너지고 터진 봇물이 넘어나듯, 삼십여 사내들이 동시에 달려들었다. 그리고 무수한 칼날들이 계장수의 몸을 찍어 내렸다. 하지만 계장수는 그 많은 칼날들을 향해 두 손만을 들어올렸을 뿐이었다.

카카카카카카카카카캉!

머리를 막은 계장수의 두 팔과 어깨, 가슴과 배, 옆구리와 허리, 허벅지와 등에 칼날들이 몸을 비볐다. 하지만 살이 베어지는 느낌은커녕 철벽을 친 반탄력과 쇳소리가 요란하게 터졌다. 칼을 그은 자들은 놀랐다. 하지만 그들이 놀라는 순간에 계장수의 손과 발이 춤을 추었다.

슈파파파파파파파팡!

주먹이 터지고 발이 휘돌고 팔꿈치가 찍히고 무릎이 솟구치고, 그 모든 몸 동작이 검푸른 그림자의 움직임처럼 삼십여 무사들의 몸을 휘감았다. 마치 부챗살이 펴지듯 일시에 사방으로 터지는 계장수의 손과 발은 모든 걸 깨부쉈다.

칼날이 조각나고 머리통이 날아갔다. 어깨가 뜯겨 나가고 허리는 꺾어졌다. 팔다리가 떨어져 나가고 가슴은 구멍났다. 무릎이 뽀개지고 대퇴부는 터져 나갔다. 뒤늦은 공포로 앞사람의 피를 피해 도망하려 했지만 등판이 함몰되며 쓰러져야 했다.

모든 것이 한순간이었다. 계장수가 문을 부수고 들어서고, 사내들이 달려들고, 바로 좀 전의 일이었다. 하지만 좀 전까지 살아 있던 자들이, 계장수에게 달려들던 삼십여 사내들이 지금은 모두가 고깃덩이로 사방에 흩어졌다.

"으어어어……."

내원 문 앞에 섰던 사내가 이상한 소리를 냈다. 계장수가 노려보자 사내는 주저앉았다. 그리고 주저앉은 자리에 오줌을 지렸다.

바닥을 적시고 흘러나오는 사내의 오줌을 보다 계장수는 다가갔다.

"네 얼굴이 생각난다."

계장수의 말에도 사내는 공포에 물든 얼굴로 이만 다닥댔다.

"사, 사, 살려줍쇼."

손을 뻗어 사내의 턱을 잡은 계장수는 좌우로 돌려보며 다시 말했다.

"석모도에서 본 놈이 확실하군."

한순간 사내의 눈에서 공포가 사라졌다. 대신 눈을 채운 것은 의문이었다. 하지만 공포는 곧 다시 의문과 섞이면서 눈동자를 흔들었다.

"다, 당신은, 누, 누구……."

계장수는 내원을 들여다보며 다른 소리를 했다.

"안에는 이름도 아는 놈이 있겠군. 그래, 너희들이란 말이지?"

내원을 넘어다보던 계장수의 눈이 파랗게 빛난 순간, 사내의 턱을 잡았던 계장수의 손이 와락, 머리를 밀었다.

쿠앙!

사내의 뒤통수와 부딪친 내원 문설주와 담벼락이 터져 나갔다. 사내의 머리는 으깬 두부처럼 돌무더기 속에 파묻혔다.

천천히 허리를 편 계장수는 내원 문을 넘어섰다. 안쪽의 공간은 또 달랐다. 갖은 기화이초로 꾸며진 화원과 두 개의 연못, 그걸 연결하는 작은 무지개 다리와 정자, 그리고 내원 전각 앞을 막은 수많은 그림자들.

족히 오십 명은 될 듯한 인영들 속에서 계장수는 아는 얼굴을 찾아보았다. 그리고 찾아냈다. 내원 전각 문을 등지고 선 다섯 놈. 놈들은 확실히 아는 놈들이었다. 석모도의 유배 시절 동안 수도 없이 얼굴을 부딪치며 살았던 놈들이었다.

도망쳤던 놈들이 살아 있다는 증거를 찾은 것이다. 죽지 않았다면 어디선가 또 나쁜 짓들을 하며 살고 있을 거라 생각했었다. 하지만 자신과 직접적으로 얽히지 않는다면 상관없는 일이라고 여겼다. 그런데 저놈들이 다시 나타난 것이다. 그리고 의림을 불태우고 모용화연을 잡아갔다.

'왜 그랬을까? 저놈들은 뭘 알고서 그랬을까? 양준구가 저놈들에게 정보를 판 것일까? 하지만 양준구는 저들을 어찌 알고서? 혹여 무림맹의 하수를 받은 것일까? 양준구를 빼면 비밀을 아는 자들은 그들뿐이다. 그렇다면 이놈들은 또 그들과 어떻게 연결이 된 것일까?'

의문이 꼬리를 물었지만 계장수는 확실한 답을 알 수가 없었다. 더군다나 지금은 한가하게 그런 걸 생각할 때가 아니었다. 모용화연을, 어떤 처지에 있을지 모를 그녀를 먼저 찾아야 했다. 궁금한 건 그 후에 놈들을 족치면 되는 것이다.

내원 전각까지 징검다리처럼 돌이 박인 바닥을 계장수는 천천히 걸어나갔다. 반응은 바로 나왔다. 전각 입구를 등진 다섯 놈 중 중앙에 선 놈이 소리쳤다.

"서라! 네놈은 누구냐? 누구이길래 이곳을 침범한 것이냐? 정체를 밝혀라!"

사십 줄로 보이는 중앙의 놈을 바라보던 계장수는 걸음을 멈추었다. 천천히 무리를 쓸어본 후 나직하게 대답했다.

"네놈들이 잡아 간 여자……."

입구에서 말한 사내를 비롯한 양옆의 네 사내들도 미간을 곧추세웠다.

"그 여자를 내놔라. 털끝만한 상처라도 있다면… 너희들 모두 죽일 테다."

제 옆의 동료들을 번갈아 돌아본 사내는 다시 계장수에게 소리쳤다.

"기루에서 계집을 찾는 건 당연하지만, 우선은 돈을 내야 한다! 돈은 있는 게냐?"

제딴에는 여유를 부린다고 한 모양이지만, 계장수는 그 말이 끝남과 동시에 주먹을 내질렀다.

쿵!

오른발 진각 소리와 함께 허리를 뒤틀어 나간 주먹 끝에서 검은 뇌전이 터져 나갔다. 그 검은 벼락이 허공을 격하고 말한 사내의 입에 틀어박혔다.

퍼엉!

사내의 입 주변을 뚫고 들어간 벼락은 뒤통수를 터뜨리고 빠져나갔다. 소리도 크고 처참했지만, 쓰러지는 사내의 모습은 더욱 참혹했다.

"허억!"

"이런!"

양옆에 섰던 동료 사내들이 기겁을 했다. 눈 깜짝할 사이에 벌어진 살인은 너무도 신속하고 아무도 예측 못한 결과였다. 그래서 더욱더 놀라웠다. 하지만 놀라고 있을 수만은 없었다. 다가오는 사내를 막아야 했다.

"화, 활을 쏴라!"

놀란 네 사내 중 한 사내가 높이 외쳤다. 그 소리에 맞춰 전각의 지붕과 창문 뒤에 숨어 있던 궁수들이 일제히 모습을 드러냈다. 화살은 지체없이 쏘아졌다.

피피피피피피피핑!

평소의 대비인지, 아니면 목전의 대응인지 놈들은 전각과 지붕의 요소요소, 담벼락과 정원의 사이사이에서 화살을 날렸다. 그렇게 날린 놈들의 화살이 시커멓게 하늘을 덮었다. 하지만 그걸 보는 계장수는 미간만 꿈틀거렸다.

성난 눈으로 화살의 비를 바라보던 계장수는 두 팔을 벌리고 가슴을 내밀었다. 그리고 포효했다.

"크아아아!"

계장수의 눈동자가 짙은 자줏빛으로 찬란하게 빛을 뿜었다. 구릿빛 검은 얼굴과 두 손, 목덜미 등, 겉으로 드러난 피부의 모두가 같은 색으로 물들었다. 검은 얼굴과 피부에 더해진 자줏빛은 섬뜩하게 짙었다. 화살이 공간을 꿰는 그 순간이었다. 그리고 전신에서 자줏빛 파도가 터져 나갔다.

슈하하하하!

소나기 퍼붓는 것 같은 소리가 공간을 가득 메웠다. 그 소리보다 먼저 자주색의 광풍이 천지사방을 덮었다. 그것들은 백지에 떨어진 먹물처럼 퍼지며 보이는 모든 것들을 물들였다.

살기의 직선을 긋던 화살도, 흐드러지게 핀 기화이초도, 연못을 이어주던 무지개 다리도, 운치있게 지어진 작은 정자도, 그리고 그 뒤의 곳곳에 흩어지거나 혹은 무리 지어 있던 사람들도 모두 촛농처럼 녹아버렸다.

계장수가 서 있는 곳을 중심으로 전각의 문 앞까지, 살아서 움직이는 것은 아무것도 없었다. 꽃들과 나무들은 물론 바위와 흙들까지도 검게 변색했고, 침입자를 죽이기 위해 서 있던 오십여 무사들은 흔적이 없었다.

생명의 기운은 전각의 창틀과 지붕, 주변의 담장에서 몸부림치는 몇몇의 생존자들이 다였다. 하지만 그들도 곧 녹아버린 창틀과 지붕의 모습처럼 점점 흘러내렸다. 그 모습은 꼭 눈사람이 녹는 것처럼 허무했다.

모든 것이 찰나간에 변해 버렸다. 전각은 마치 엿가락을 불에 그슬린 것처럼 녹아 있었다. 입구와 창틀과 지붕의 곳곳이 그렇게 녹아내린 전각을 보면서 계장수는 발을 옮겼다. 옮겨가는 그의 발이 지날 때마다 검게 변한 주변의 기운은 사라졌다.

천천히, 여유롭게 독기를 흡수하고 전진한 계장수는 전각 안으로 들어섰다.

전각 안에 낯뜨거운 춘화들이 사방 벽에 걸려 있었다. 그것들을 보는 계장수의 눈은 차가웠다. 시선은 벽을 따라 이층으로 오르는 계단을 쳐다봤다. 그곳을 지나 사층의 저 깊숙한 곳에서 익숙한 자의 냄새가 흘러나왔다. 그 느낌은 결코 잊을 수 없는, 석모도에서의 그것이었다.

'어떤 놈이냐? 누가 됐든, 화연의 옷자락이라도 건드린 놈은 갈아

마실 테다!'

계장수는 위로 오르는 계단을 밟아 오르기 시작했다. 힘이 실린 그 발걸음에 계단은 삐그덕 소리를 비명처럼 질러댔다.

❷

창문을 열자 푸른 하늘이 밀려드는 물처럼 아득하게 펼쳐졌다. 군데 군데 점을 박은 것처럼 흐르는 구름은 눈을 시게 했다. 아릿하고 시린 그 하늘에 시선을 주던 황남송은 깊은 숨을 들이마셨다.

찬 기운이 잇새를 스치며 목구멍을 넘어갔다. 폐부 가득히 새 숨이 들어찼다. 그것에 섞여 들어온 피 냄새는 비릿하게 속을 자극했다. 오래도록 맡아왔던 것이었고 언젠가는 스스로의 것을 맡으며 죽어갈 그것이었다. 하지만 죽음이 임박한 이 순간에까지도 익숙해지지 않는 내음이었다.

소리가 잦아든 것을 보니 침입한 자들의 손이 멈춘 모양이었다. 수하들은 모두 전멸했으리라. 창문 아래의 후원 담은 부서졌다. 그리 들어온 커다란 사내도 전각 안으로 사라졌다. 사내를 막던 수하들은 모두 날아갔다. 번개 치는 주먹으로 수하들을 날려 버리던 사내, 그 사내가 외치던 말소리가 분명하게 기억났다.

"이, 처죽일 놈들! 감히 흑마왕의 여자를 잡아가고 너희들이 무사할 줄 아느냐? 그가 아니라도 의림을 불태운 건 나 용태웅이 대가를 받으리라!"

흑마왕. 정문을 부수고 침입한 사내는 흑마왕인 것이다. 방금 전에 안 사실이다. 커다란 실수를 했다. 결코 건드려선 안 될 사람을 건드린 것이다. 존재에 대한 소문이 돈 것은 불과 이십여 일 안팎이지만, 그는 삼백 년 전의 육왕에 비견되는 인물인 것이다. 그런 자를 건드렸다는 것은, 몰살을 의미했다.

양준구라는 놈. 그놈은 저들의 정체를 알고 있었을 것이다. 하지만 함구하고 저들이 떠난 하루 뒤에 일을 거행했다. 놈의 술수에 속은 것이다. 그러나 놈도 떠난 저들이 돌아오리라곤 생각 못했을 것이다. 그 것은 생존자 내지는 목격자가 있었다는 얘기였고, 숨은 방수가 있은 결과였다.

돌이킬 수 없는 실수를 한 것이다. 하지만 그렇다고 해서 지금의 현실이 달라지는 것은 아니다. 다만 대비할 수 없었다는 약간의 후회가 남을 뿐, 그저 이제는 현실을 받아들이면 되는 것이다. 상대는 북마련을 혼자서 몰살시킨 존재다. 그런 존재에게 대항하는 것은 무의미한 일이다.

섬을 떠날 때, 언제고 이런 일이 있을 줄은 예감했었다. 세상을 등지고 칼끝에 목숨을 걸었으니 편히 죽으리란 생각은 하지 않았다. 하지만 때때로 고향을 생각했다. 요행히 칼끝의 이슬을 피해 늙어지게 된다면, 탯줄이 묻힌 고향 땅에다 마지막 숨을 뿌리고 싶었다. 하지만 이젠… 그냥 꿈이 되었다.

두 손 사이에서 꼼틀대는 비둘기를 황남송은 무심하게 내려다보았다. 하지만 곧 창공에 던졌다. 파다다닥 하는 날갯짓 소리를 남긴 비둘기는 높이높이 날아갔다. 그동안 갇힌 설움을 떨치려는 듯, 푸른 하늘을 가르는 날개의 움직임은 힘차고 경쾌했다.

점으로 멀어져 간 전서구를 보던 황남송은 뒤돌아섰다. 굳이 이렇게까지 할 필요는 없었지만, 흑마왕의 존재는 알려야 했다. 안 그러면 놈들은 모르고 있다가 당할 것이다. 그래선 안 된다. 놈들은 사실을 알아야 하고, 파국을 맞는 그 순간까지 공포에 떨어야 한다. 섬을 떠날 때처럼.

이제 와선 모두가 부질없는 짓이겠지만, 그들에게 주는 마지막 보답이자 보복이다. 섬에서 목숨을 구걸받은 보답이며, 육지에 숨겨둔 보석과 재산을 빼앗고 음지에 살게 한 보복이다. 판단은 그들이 할 것이다. 여자와 물건을 내놓고 목숨을 구걸하던지, 아니면 도망치다 죽어가던지, 그도 아니면 여자를 인질로 협박을 하던지… 하지만 모두 가망없는 방법들임이 확실했다.

이제 곧 흑마왕이 저 문을 열고 나타나리라. 그리고 여자와 그들의 자취를 묻겠지. 대답 안 해줄 이유가 없다. 고통이나 죽음 따위가 두려워서가 아니다. 그럴 필요를 느끼지 않는다. 소문이 사실이라면 흑마왕이란 자가 자신과 그들을 살려둘 이유는 없다. 하지만 그전에, 치욕스런 삶에 미련이 없는 것이다.

'섬으로 갈 때… 어쩌면 그때 내 인생은 죽었는지도 모르지. 그 암흑 같은 곳에서 저들과 야합하고… 세상을 등지고… 죄책감도 없이 병든 자들을 참살하고… 쓰지도 못할 돈 때문에… 하지만 그들은 아직도 그걸 모르지.'

끼이이익.

문이 열렸다. 천천히 들어서는 그림자는 크고 건장했다. 한눈에도 알아볼 만큼 얼굴은 검었고 두 눈은 마주 보기 힘들 정도로 격한 살기를 내뿜었다.

“네놈이구나.”

흑마왕, 계장수의 말소리에 황남송은 의아한 눈빛을 만들었다. 상대가 자신을 알아보는 것 같았기 때문이다.

“날 아나?”

황남송이 묻자 계장수는 천천히 다가왔다. 무거운 그 걸음걸이와 감당 못할 살기에도 황남송은 동요없이 바라보았다. 뭔가를 버린 듯한 얼굴이었고 초연한 것 같은 눈길이었다. 그 앞에 일 장여를 남기고 계장수는 멈춰 섰다.

“널 아냐고?”

계장수가 다시 되묻자 황남송은 더욱 의아한 눈이 되었다. 그 눈에 불같은 분노를 쏟아 넣으며 계장수는 다시 말했다.

“네놈이 산 걸 보니, 진태구와 노대호, 금와 놈도 살았겠구나.”

황남송의 눈꼬리가 꿈틀, 치솟았다.

“넌… 누구지?”

불같은 눈길이 화악 일어서는 계장수는 낮고 강하게 대답했다.

“못 알아보는 게 당연하겠지. 난, 네놈들 칼끝에 밀려 귀신의 보석을 훔치러 갔던… 열세 살 소년 죄수다!”

황남송의 입에서 헛바람 소리나 새 나왔다.

“헛! 네, 네가, 어, 어떻게?”

한 발을 물러서는 황남송에게, 한 발을 다가서며 계장수는 다시 말했다.

“궁금하냐? 난 네놈들이 살아 도망친 게 더 궁금하구나.”

“어, 어떻게 그곳에서, 서, 섬은 가라앉았다고 들었는데……”

“난 그런 데서 죽을 팔자가 아니거든. 네놈들이 배를 뺏고 죽여 버린 군사들과 네 수하 군사들처럼 죽을 순 없었지."

화로처럼 넘실대는 계장수의 눈길을 감당하지 못하고 황남송은 또한 발을 뒤로 물러났다. 그 등을 창틀과 벽이 가로막았다.

"허어… 지옥 같은 그곳에서 살아나다니… 흑마왕이… 그곳의 소년이었다니…….'

넋빠진 사람의 중얼거림 같은 말소리를 황남송은 주절댔다. 흐릿하게 변하는 눈동자도 계장수가 아닌 계장수 뒤편의 어딘가를 보는 것 같았다. 전각 아래층에선 남은 잔당들을 때려잡는 용태웅의 주먹질 소리가 요란하게 벽을 울렸다. 그 소리가 황남송의 눈을 점점 더 흐리게 하는 것 같았다.

황남송을 쳐다보던 계장수의 신형이 꿈틀 움직였다. 그 순간 두 사람 사이의 거리는 없어지고 황남송의 멱살은 계장수의 손에 붙잡혔다. 벼락같은 촌음의 그 순간은 원래 두 사람의 모습이 그랬던 것 같았다.

"여자는 어딨나?"

살기 가득한 질문이 계장수의 입에서 나오자 황남송의 흐리던 눈빛이 돌아왔다.

"이, 이곳에 없다."

"알고 있다. 이곳이 아닌 어디냔 말이다."

"금와가… 집사 놈과 하루 전에 떠났다."

순간, 계장수는 멱살을 와락 틀어 올렸다.

"어디로 갔나?"

"컥! 개, 개봉에 있는 지, 진태구와 노대호에게로 가, 갔…….'

"개봉?"

황남송을 벽으로 밀어버린 계장수는 창문 너머를 보았다. 개봉이라면 홍택호에서 뻗어나간 수로와 강을 타고 하루 반나절의 거리다. 그렇다면 이미 도착했을 시간이다.

화연이 천향루에 없다는 것은 입구를 들어선 순간 이미 짐작했다. 그녀의 존재감이, 익숙한 그 체취와 길 떠난 후 잊어본 적 없는 영상이 느껴지질 않았다.

결론은 그녀가 이미 모종의 장소로 옮겨졌거나 천향루를 거치지 않았다는 이야기가 되었다. 상관없었다. 누구든 붙잡아 불게 하면 되고 그녀만 다치지 않았다면 어디에 있든 구해내리라 마음먹었다. 한데 벌써 하루 전에 떠났다는 거다. 거기다 그녀를 잡고 기다리는 놈들은 자신이 아는 놈들이었다.

진태구와 노대호, 금와의 얼굴을 차례로 떠올리던 계장수는 다시 황남송을 보고 물었다.

"개봉의 어디로 가야 그들을 볼 수 있나?"

창문 아래의 벽을 등지고 주저앉았던 황남송은 눈을 들어 계장수를 봤다. 눈가에 쓸쓸하고 허무한 기운이 맴돌았다. 힘없는 대답이 뒤를 이었다.

"개봉의 현종로(玄宗路)에 옛 팔로문 자리가 있다. 그곳에 놈들이 장원을 새로 지어 자리를 잡았지. 팔로문을 다시 세우기 위한 포석을 깐 거야."

잠시 허탈한 시선을 내렸던 황남송은 자조 섞인 미소를 띠며 다시 말을 꺼냈다.

"예전엔 서로 문주가 되겠다고 다퉜던 놈들이… 무슨 이유인지 팔로문 복원엔 하나가 되었지. 거기엔 분명… 내가 모르는 비밀이 있을 거야."

　미소가 점점 짙어지는 황남송을 계장수는 가만히 바라보았다. 저자가 왜 순순히 말을 꺼내놓는지는 알 수가 없었다. 저들 사이가 어떤 사이인지, 어떻게 얽힌 것인지도 모른다. 이젠 알 필요도 없다. 화연의 행선지를 알았으니 뒤를 쫓아야 한다. 한데 저자의 미소가 가슴에 무겁게 걸렸다.

　처음 섬에 도착했을 때의 저자는 저런 웃음을 가진 자가 아니었다. 작은 섬 한가운데서, 무소불위의 권력을 가진, 그야말로 다른 세상의 왕처럼 군림하던 자였다. 한데 지금의 저 미소는 모든 걸 방기한 미소였다. 저자가 말한 그들의 비밀이 뭔지는 모르지만 저자는 그들에게 이용된 것이다.

　이제 저자는 모든 걸 정리하려는 것이다. 자신의 인생과 그 생에 얽혔던 모든 인연들과 업의 줄기들을 잘라내려는 것이다. 그 방법은 죽음이 될 것이다. 그걸 저자는 기다리는 거다. 자신의 목숨을 끊어주기를.

　여전히 이글대는 눈으로 내려다보는 계장수를 향해 황남송은 말을 걸었다.

　"빨리 가봐야 하지 않나? 양준구라는 집사 놈은 그 여의원에게 다른 마음을 품었던데."

　어금니가 물리는 계장수를 보며 황남송은 또 말했다.

　"날 살려둘 생각 같은 건 하지 않겠지?"

　아무 걱정 없이 미소를 보이는 황남송의 얼굴을 계장수는 차분히 내려다보았다. 그러다가 천천히 황남송의 앞에 무릎을 접고 몸을 내렸다.

　"내가 그럴 것 같으냐?"

나직하고 음산한 계장수의 음성이 나올 때까지도 황남송은 미소를 보였다. 하지만 계장수의 두 손이 뻗어 양 발목을 움켜잡을 때는 얼굴이 굳어졌고, 잡은 두 손이 짙은 자주색으로 물들 때는 두 눈이 치떠졌다.

"으허어억!"

황남송의 비명과 동시에 계장수는 두 손을 놓았다. 손이 잡았던 황남송의 발목은 의복과 살이 함께 녹아 촛농처럼 바닥을 흘렀다. 짙은 자주색 기운은 녹아내리는 발목을 타고 위로 번져 갔다. 그 기운이 지나간 자리는 흐물흐물 흘러내렸다.

"으어어어어!"

종아리까지 녹아 없어진 황남송은 발버둥 치며 뒹굴었다. 공포에 전 두 눈은 좀 전의 초연함 따위는 찾아볼 수 없었다. 그렇게 뒹굴며 자신의 몸이 녹은 핏물 위에서 질척거렸다.

종아리를 녹여 올라간 독정의 기운은 허벅지를 녹여 버렸다. 역겨운 냄새 속에 아랫배를 녹인 독기는 늑골과 내장을 보이고 가슴으로 올라갔다.

갈비뼈와 내장들도 차례로 녹아내렸다. 바닥에 누워 흰창만을 보이는 황남송은 거품을 물고 몸을 부들댔다. 부들대는 팔과 손가락이 조금씩 잦아들었다. 그 손과 팔에 가슴과 어깨를 녹인 독기가 번져들었다. 그리고 형태를 녹여 내렸다.

어느덧 황남송이란 인간의 자취는 머리만이 남았다. 그 머리조차도 피부가 녹고 핏줄이 터지며 뼈가 드러나더니, 그것마저도 녹아내리고 뇌조차 검은 핏물로 변해 바닥으로 흘렀다. 한 인간을 구성했던 모든 흔적이 사라진 것이다.

검은 액체로 변해 버린 황남송의 흔적을 내려다보던 계장수는 무릎을 세워 올렸다. 시선을 다시금 창밖으로 던지니 푸른 하늘이 보였다. 바람도 불어와 두 뺨을 비볐다. 그 바람에 대고 계장수는 나직하게 말했다.

"화연… 내가 곧 가리다."

흩어지는 그 한마디를 남기고 계장수는 뒤돌아 걸음을 옮겼다. 쿵쾅 대던 아래층의 소리도 잠잠해졌다.

문을 나서는 계장수의 등 뒤에선 창문을 흔드는 바람이 밀려들어 왔다. 바람은 검은 물로 변한 인간의 자취를 엷게 흔들어댔다.

❸

노대호와 마주 앉은 금와는 연신 술잔을 홀짝거렸다. 불그스름한 얼굴이었지만 취기는 보이지 않았다. 뭔가 기분 좋은 일이 있는지 입은 벙그레했다.

"애썼군 그래."

겸사를 던진 노대호의 늘어진 귓불을 보며 금와는 씨익 웃었다.

"애쓰기는 뭘. 그놈이 제 발로 굴러와 준 것이지."

가만히 고개를 끄덕인 노대호는 한 잔의 술을 들이킨 후에 다시 입을 열었다.

"참으로 공교롭다 아니 할 수 없겠군. 양준구 그자가 그곳에 수십 년을 눌러 살았다니 말이야."

"누가 아니래나? 내륙과 바다의 중간인 그곳에 거점을 마련하지 않았다면 알지 못했겠지. 그놈도 거기서 그냥 그렇게 늙어서 죽어갔을 테고."

"그런 걸 보면 역시 진가는 선견지명이 있어. 결단력과 추진력도 있고. 그렇지 않은가?"

노대호의 말에 금와는 술잔을 들이키며 대답을 회피했다. 하지만 잔이 내려진 얼굴은 못마땅한 기색이 역력했다. 그도 그럴 것이 홍택의 거점은 진태구의 생각이었다. 뭍으로 들어가는 요지이고, 바다로도 뻗는 길목이니 기반을 마련하자는 얘기였다. 결론적으론 그 말의 덕을 본 셈이었다.

하지만 진태구를 치켜세우는 노대호가 탐탁치 않았다. 항상 자기 주장은 뒤로 물리고 물에 물 탄 듯, 술에 술 탄 듯한 저 태도가 보기 싫었다. 한때 팔로문의 문호를 두고 칼을 겨눴던 때도 저런 태도로 상잔을 불렀다. 그저 이래도 좋고 저래도 좋다는 식의 저 태도는 정말 마음에 들지 않았다.

그러나 한편으론 저 속에 무엇을 감추고 있는지 아무도 몰랐다. 진태구와 손을 잡았다가도 돌아섰던 그때처럼 결정적인 순간이 도래하면 어떤 얼굴을 들이밀지 알지 못할 자였다. 그래서 부처 같은 모양을 한 저 얼굴이 싫었다.

"진가는 꽤 늦는군?"

말을 돌리는 금와의 심정을 눈치챈 듯 노대호는 느리게 술병을 기울이며 대답했다.

"그분과 얘기가 길어지는 게지."

술잔에 차는 호박색 술을 가늘게 뜬 눈으로 바라보던 금와는 넌지시 다시 물었다.

"우리가 잘하는 걸까?"

노대호는 채워진 잔을 들며 금와를 보았다. 그 시선이 적막한 서가를 지나 닫힌 창을 보면서 천천히 입을 열었다.

"알 수 없지. 우리가 아는 건 저 닫힌 창처럼 안쪽의 것뿐이야. 창밖의 것은 우리 의지로는 아직 모르지. 어쩌면… 죽을 때까지 안쪽밖에 모를지도 모르고."

모호한 대답을 한 노대호는 술잔을 들이켰다. 금와는 그런 노대호를 보면서 신경질을 냈다.

"그 무슨 야릇한 소린가? 우린 팔로문을 다시 세우고 부와 권세를 얻기 위해서 손을 잡았네. 물론 그 시작은 진태구의 제의가 있었지만, 어느 날 갑자기 우리 앞에 나타난… 그분의 말을… 우린 너무 쉽게 수용했네."

무언가 꺼려지는 듯, 말 도중을 늘이는 금와는 잠시 어두운 기색이었다. 노대호는 그 표정을 놓치지 않았다.

"잘 알면서 또 그런 소리를 하는군. 우린 선택의 여지가 없었네. 그분의 능력을 잘 알지 않나?"

"하지만 근본을 알 수 없는 존재에게 맹목적인 충성을 한다는 것은 문제가 있네. 우린 그분이 누구인지도 모르고, 뭘 원하는지도 모르잖나?"

"그게 뭐가 중요한가? 그분은 아무것도 개의치 않네. 우리가 허울뿐인 팔로문을 세우려 소림의 비위를 맞추는 것도 그분은 용인하셨네. 자율을 준 것이지. 그건 다시 말해 우리 같은 존재들은 언제라도 대체가 가능하다는 얘기지. 우리가 잊지 말고 유념해야 할 것은, 그분에게 세상을 뒤엎을 힘이 있다는 것이네."

금와는 더 이상 대꾸를 못하고 노대호의 늘어진 귓불만 봤다. 맞는 말이었다. 섬에서 죽을 고비를 피해 나와 뭍에 정착한 지 얼마 되지 않았던 때, 그가 나타났다. 개봉의 뒷골목을 장악한 직후였다. 그는 수하가 되기를 명했다. 물론 자신들은 그를 죽이려고 했다. 그러다가 다 죽을 뻔했었다.

인간 같지 않은 인간, 인간을 뛰어넘은 존재, 그것이 그였다. 하지만 아무리 그렇다고 해도 그런 자에게 맹종을 할 수는 없었다. 그런 생각은 진태구도 같을 터였다. 말은 저렇게 하고 있지만 노대호도 속으론 무슨 생각을 하고 있는지 모른다.

더구나 이번엔 소림과도 흥정할 수 있는 물건을 얻었다. 모용민의 자취를 찾던 중에 얻은 뜻밖의 수확, 소림이 찾는 것이 분명한 그것을 직접 손에 넣은 것이다. 이걸로 소림에게, 무림맹에게 좀 더 유리한 발언과 조건을 제시할 수 있을 것이다.

세상은 힘있는 자들이 때를 노리는 난세이다. 그 누가 세상의 주인이 될지는 알 수 없었다. 아직도 세상에 기침을 해대면 모두가 흔들리는 철무련이나, 그와 버금 가는 세력인 벽력월인궁, 거기다 새로이 뭉쳐 떠오르는 무림맹, 또 정체를 드러내지 않는 그나 누구에게도 치우쳐선 안 된다.

'불편부당(不偏不黨)하며 사방에 발을 뻗고 손을 내미는 처세야말로 살아감에 최우선이지. 암, 그렇고말고.'

다시 한 번 제 생각을 되새긴 금와는 술잔을 입에 털었다. 그리고 그때 때마침 진태구가 들어섰다.

"왔는가?"

"어서 오게."

금와와 노대호의 인사 속에 탁자에 앉은 진태구는 무겁게 굳어진 표정이었다. 뭔가 일이 있음을 살핀 노대호는 바로 물었다.

"표정이 왜 그러한가? 뭔가 안 좋은 일이라도 있는 겐가?"

"숨겨논 계집이 서방질이라도 했나 보군."

금와는 대수롭잖게 피식거렸다. 하지만 그 말을 들은 진태구는 대머리가 붉어지도록 낯빛을 변모시켰다.

"대체 일을 어떻게 처리한 거야?"

이를 드러낸 개새끼처럼 진태구는 으르렁댔다. 노대호는 물론 놀란 금와는 상체를 물리고 미간을 찡그렸다.

"무슨 소리를 하는 건가? 왜 그러지?"

진태구는 바로 손을 내밀었다.

"황가에게서 전서구가 왔다."

"뭐라? 전서구?"

벌어진 진태구의 손에서 전서를 발견한 금와는 냉큼 집어 들어 내용을 읽었다.

"이, 이런!"

얼굴을 구기는 금와의 손에서 전서는 노대호에게로 넘어갔다. 곧 노대호의 낯빛도 변했다.

차갑게 두 사람의 변화를 지켜보던 진태구는 억눌린 목소리로 말했다.

"꼬리를 단 줄도 모르다니⋯ 그것도 그렇게 엄청난 꼬리를 말이야!"

끝내 목소리가 높아진 진태구의 얼굴을 금와는 붉으락푸르락한 모습으로 마주 보았다. 하지만 달리 말을 꺼내진 않았다. 오히려 말은 노대호가 했다.

"흑마왕이란 자가 연루되었을 줄은 몰랐군. 그런 엄청난 인연이 있는 줄 알았다면 좀 더 일에 신중을 기하는 것인데……."

역시 두둔하는 것도, 힐난하는 것도 아닌 이도 저도 아닌 말이었다. 그 말이 금와는 더욱 짜증스러웠다.

"문둥이 촌에 그런 놈이 얽혔는 줄 누가 알았겠나? 더구나 그놈의 이름이 알려진 것은 달도 채우지 않은 일이 아닌가? 그런 놈을 어찌 대비하는가? 제기럴!"

금와는 탁자를 내려쳤다.

쾅!

탁자가 울리고 그 위의 술병과 술잔이 흔들리고 그걸 잡은 사람들의 손이 흔들렸다. 그 상황을 차갑게 직시하던 진태구는 한층 가라앉은 음성으로 또 말을 꺼냈다.

"일을 서둘렀던 게지. 원하던 것 이상을 얻게 되니 분간이 흐려진 게야."

금와는 눈을 치뜨며 바로 대꾸했다.

"그 말은 내가 욕심을 부렸다는 소린가? 하면, 모용민의 흔적만을 알려주고 손을 뗐어야 옳았단 말인가? 뭐가 될지 모를 인간강화비술은 버려두고?"

"이보게, 흥분하지 말게. 말이 그런 뜻이 아니지 않은가."

노대호가 끼어들었다. 하지만 흥분한 금와는 쉬 가라앉지 않았다.

"아니긴 뭐가 아니라는 게야? 내가 변방에서 고생한 덕에 얻은 기물을, 지금 조그마한 실수로 탓하는 것이 아닌가? 내가 왜 그런 소리를 들어야 하냔 말일세!"

진태구는 가라앉았던 얼굴을 다시 개처럼 일그러뜨리고 소리쳤다.

"이건 조그마한 실수가 아니야! 우리 생사존망이 걸린 문제라고!"

흠칫, 굳어진 듯한 노대호와 움직임을 멈춘 금와를 보며 진태구 다시 말했다.

"그자의 소문을 못 듣고서 그런 말을 하는 건 아니겠지? 흑마왕이란 그자는 어쩌면 그분에 필적할 만한 인물일지도 몰라! 그런 자를 건드린 거야!"

굳어졌던 금와의 표정이 점점 더 일그러졌다. 그러다가 빈 잔에 술을 채운 후 연거푸 들이켰다.

말을 뱉은 후, 차분히 낯빛을 가라앉히던 진태구는 느릿하게 다시 말을 시작했다.

"이미 돌이킬 수 없는 일이 되었다. 지금 중요한 건 이 위기를 벗어나는 것이야."

"그럴 방도가 있겠나? 전서대로라면 황남송은 물론 홍택의 기반은 무너졌을 테고, 놈이 지금쯤 이리로 오고 있겠군."

노대호의 예측에 금와는 고개를 번쩍 들었다. 그리고 다급히 물었다.

"황남송이 말했을까?"

진태구와 노대호의 시선이 동시에 돌아왔다. 대답은 진태구가 했다.

"말 안 할 이유가 뭐가 있나? 그놈은 그저 우리와 어쩔 수 없이 어울렸을 뿐이야. 게다가 그놈이 아니더라도 이곳을 알아내는 건 너무 쉽지. 한 가지 다행스러운 건, 황가 놈에게 그분의 존재를 드러내지 않았다는 거야."

치떠졌던 금와의 눈꼬리가 내려오며 고개가 끄덕여졌다. 하지만 곧 다시 의문을 내놓았다.

"놈도 인간강화비술을 알고 있을까? 그걸 찾으러 오는 것일까?"

진태구는 처음으로 술잔에 술을 따른 후 그것을 내려다봤다. 그러다가 천천히 대답했다.

"알고 있다고 봐야겠지."

"그럼 이제 어찌해야 하겠나? 방도를 말해 보게."

조급한 얼굴로 금와가 말하자 진태구는 느릿하게 술잔을 마신 후 말을 꺼내놓았다.

"이곳을 버린다."

"뭐, 뭣?"

"아니, 그게 무슨 소린가?"

바로 튀어나오는 노대호와 금와의 반응을 진태구 차갑게 응시했다. 예상했던 반응이라는 눈이었다. 힘겹게 일군 기업을 버리자니 당연할 것이란 표정이었다.

"이곳을 버리고 그분을 모신 곳으로 간다. 그곳에서 때를 기다리는 거지. 단, 가기 전에 그놈과 우릴 고생하게 한 소림과는 대가를 지불하게 하고 간다."

진태구가 내놓은 말을 두 사람은 서로 돌아보며 의미를 교환했다. 그러다 금와는 곧 다시 물었다.

"무슨 얘긴가? 자세히 설명해 보게."

입가에 희미한 미소가 걸린 진태구는 다시 말을 꺼냈다.

"놈이 이곳에 도달하기까지는 최소 반나절 정도의 여유가 있네. 놈이 이곳에 들이닥치면 우린 막을 힘이 없지. 하지만 소림, 무림맹은 다르지. 그들에겐 곤륜이성의 전인이 있고 십팔금강동인이 있네."

"그러니까 자네 말은……."

눈빛을 빛내는 노대호의 얼굴로 시선을 돌리며 진태구는 다시 말했다.

"그래, 원하는 걸 가지려는 자들끼리 서로 만나게 해주는 거지. 소문이 사실이라면 십팔금강동인은 철혈대와 벽력대를 궤멸시켰네. 그들과 흑마왕이 부딪친다면, 필연 손을 섞겠지. 둘 다 가지려는 게 같으니 말이야."

노대호는 물론 금와도 눈을 빛내며 고개를 끄덕거렸다. 그러다 금와는 또 궁금한 듯 물었다.

"그런데 흑마왕이란 자가 노리는 게 인간강화비술이 확실할까? 그자는 도왕의 후예가 아닌가? 단순히 문둥이 촌의 일 때문이라면 일이 틀어지지 않겠나?"

진태구는 비릿한 미소를 머금으며 금와에게 말했다.

"상관없네. 호랑이 두 마리가 만나면, 먹이가 아니라도 필히 발톱을 내밀게 되어 있지."

금와는 다시 고개를 끄덕였다.

"그렇군."

미소를 버린 진태구는 금와에게 물었다.

"책자는 아직 그놈이 가지고 있다고?"

"그렇네. 계집과 자기가 안전하다고 판단될 때까지 내놓지 않겠다더군. 뺏을까도 생각해 봤지만, 놈의 눈에 도는 독기가 혹여 물건을 손상시킬까 봐 내버려 두었네."

"접객당 별실에 있다고?"

"그리 두고 사방을 봉쇄했지. 그놈이 계집에게 들이는 정성이 대단하더군. 그 정도 계집이면 개봉의 어느 기루에 가나 발에 걸릴 텐데 말일세."

"각별한 맛이 있나 보지."

"그런가? 크흐흐흐."

말을 주고받던 진태구와 금와는 물론, 노대호도 실실대고 웃었다. 하지만 곧 정색한 진태구는 다시 본론으로 돌아갔다.

"양준구 그놈이 우리의 뒤통수를 친 꼴이 됐지만, 그놈 역시도 죽음을 피할 수는 없을 게야. 그것들을 그대로 두고 우린 빠져나가야 하네. 그전에 무림맹에 인간강화비술과 모용민의 딸에 대한 정보를 전해야겠지."

입 벌리려는 금와를 제치고 노대호가 물었다.

"인간강화비술을 포기한단 말인가?"

진태구는 희미한 미소를 다시 만들며 대답했다.

"그게 필요한가? 그분의 능력을 보지 않았나? 인간을 벗어나 점점 더 강해지는 그 경지를 말일세."

"하지만 공들여 얻은 물건인데 그냥 버려서야 아깝지 않은가? 관심 있는 자들에게 팔아도 큰돈이 될 물건인데."

금와의 말을 진태구는 바로 잘랐다.

"작은 것에 연연하지 말게. 이번 일은 오히려 잘된 감이 있네. 틀림없이 적이 될 두 세력을 애초에 상잔시킨다는 이득이 있네. 모르긴 몰라도 이번 일로 흑마왕과 십팔금강동인, 혹은 곤륜이성의 전인은 양패구상의 수를 면하지 못할 걸세. 기업은 버리나 장차의 적을 꺾는 일이 되는 셈이지."

노대호와 금와는 진태구의 입술만 바라보았다. 진태구는 거듭 말을 이었다.

"그러자면 인간강화비술의 책자가 손상됨없이 그놈의 품에 있어야 겠지. 양준구라는 그놈과 계집에게로 양쪽이 달려들 테니까 말이야. 그렇지 않은가?"

진태구의 미소는 더욱더 짙어졌다. 금와와 노대호는 수긍의 눈빛으로 고개를 끄덕였다. 그 직후 금와는 술잔을 입에 털어 넣고 호쾌하게 말했다.

"그럼 이제 결론이 났군. 어서 가세."

일어서려는 금와를 진태구는 희끗한 빛이 감도는 시선으로 바라봤다. 눈빛은 찰나간에 사라졌고 진태구는 나직하게 말을 꺼냈다.

"마지막으로 자네가 해줘야 할 일이 있네."

"할 일? 마지막으로? 그게 뭔가?"

뜨악한 표정으로 바라보는 금와에게 진태구는 나긋하게 말했다.

"무림맹에 알리는 일을 해줘야겠네."

"뭐라? 그 일을 왜 내가 한단 말인가? 날랜 놈을 뽑아 소식을 전하면 될 것을?"

무표정한 노대호를 잠깐 돌아다본 진태구는 다시 말을 꺼냈다.

"신뢰가 서질 않는 일이네. 적어도 청진을 만난 적이 있는 자네 정도는 가서 설명을 해야 그들이 움직일 걸세. 있는 그대로, 모용민의 딸이 책자를 가지고 있으며 훼손의 우려가 있어 강제하지 못하고 있다고 말일세."

금와의 표정이 굳었다. 뭔가를 생각하는 그 얼굴에 대고 진태구는 또 말을 던졌다.

"그들도 힘을 쓰고 싶었지만 그렇게 하지 못했지. 대의명분이라는 게 있으니까. 하지만 억압받는 사람을 구한다는 것은 명분이 되지. 그걸 구실로 계집을 설득할 수 있으리란 계산도 할 테고. 하니 그런 일을 꾸며준 우리가 얼마나 기껍겠나? 그 이야기를 자네가 가서 전해줘야 한다는 말일세."

진태구의 미소는 자신의 대머리처럼 밝았다. 꾸밈이나 가식도 없어 보였다. 생각을 굴리던 금와의 눈은 더 이상 돌아가지 않는 것 같았다. 하지만 곧 의문이 생각난 듯, 질문을 던졌다.

"그들을 꾀면 여기까지, 계집 앞까지 다시 동행해야 할 터인데, 그때는 어찌 처신하란 말인가? 설마 날더러 여기서 죽으라는 말은 아니겠지?"

미소 짓던 진태구의 입이 다시 벌어졌다.

"필히 격전이 벌어지면 자네를 신경 쓸 사람은 없을 거네. 또한 자네 정도의 머리라면 도중에 얼마든지 꾀를 낼 수 있을 거고. 그렇지 않은가?"

진태구의 치켜세움은 금와의 얼굴을 누그러뜨렸다. 그 표정을 놓치지 않고 진태구는 뒷말을 이었다.

"그렇게 몸을 빼면, 삼교나루 다리 아래 배를 대놓을 것인즉, 그리로 오면 함께 떠날 걸세. 어차피 나 외에는 그분을 모신 장소를 모르지 않나? 그분의 지시가 그러하기도 했지만, 이런 만일을 대비한 일이기도 했지."

노대호가 고개를 끄덕이는 걸 보고 금와는 조금 더 마음을 놓는 것 같았다. 비밀이란 아는 이가 적을수록 더 요긴하다는 걸 그도 알고 있었다. 더군다나 보석을 환전하여 신탁한 전장의 명의는 물론, 토지와 전각의 명의도 자신의 이름으로 되어 있었다. 그걸 포기할 두 사람은 아니었다.

금와가 생각을 정리하는 사이 진태구는 바로 또 말했다.

"기실, 이 일은 아주 중요한 일이네. 청진과 무림맹 정도의 거물들을 상대하려면 자네 정도의 비중있는 인물이 나서야 하네. 또한 그런 자들과 대면하여 상대하여 본 경험이 있는 사람은 자네밖에 없네. 이 일은 그런 것들이 중요하네. 자네의 행동 여하에 따라서 우리의 미래가 결정나는 것이지."

진태구는 입을 닫았다. 묵직하게 신뢰감이 도는 눈빛을 보내는 그를 금와는 계면쩍게 마주 보았다. 그러다 작게 헛기침하며 말을 꺼냈다.

"상황이 그런데야 내가 손을 사릴 순 없겠지. 좋네. 그렇게 일을 꾸미도록 하지."

금와의 대답을 듣고 진태구는 더욱 믿음직하게 웃었다.

"고맙네."

"역시 금와로군."

노대호도 따라서 미소를 그렸다.

세 사람은 동시에 탁자를 일어섰다. 그리고 술잔을 들어 서로에게 내밀어 보이며 마주 웃었다.

"다가올 우리의 세상을 위해서."

진태구가 단호하게 말하고 세 사람은 동시에 술잔을 들이켰다. 하지만 술잔이 입을 떠나던 그 순간, 금와를 바라보는 진태구의 눈이 하얀 빛을 뿜었다. 그것을 아무도 보지 못했다.

마왕의 분노 3

❶

팔로장이라고 현판이 붙은 거대한 장원을 보고서 계장수는 걸음을 멈췄다. 가쁜 호흡이 가슴을 터뜨릴 것만 같았다. 입에서는 후끈한 열기가 밀려 올라왔다. 온 전신이 불구덩이에 빠진 것처럼 후끈거렸다. 홍택에서 이곳 개봉까지 한 번도 쉬지 않고 뛰었다. 몸이 삐걱대는 것 같았다.

뒤에 어디선가 풍오자와 용태웅, 임홍빈이 쫓아올 것이다. 그들이 어디쯤 있는지 알 수 없었다. 그저 정신없이 뛰고 또 뛰었다. 오로지 그녀만을 생각하며 뛰었다. 그리고 목적한 곳에 드디어 도착했다. 이젠 쳐들어갈 일만 남았다.

거친 숨으로 대문을 노려보던 계장수는 발끝을 밀었다. 그리고 대문을 향해 몸을 내던졌다.

콰앙!

아름드리 대문 기둥과 돌담이 먼지처럼 터져 나갔다. 기둥을 잃은 대문짝이 팔랑개비처럼 휙휙 돌았다. 육중하고 널따란 그것이 돌다가 사람을 덮쳤다.

쿠웅!

"어억!"

종잇장처럼 돌다가 덮친 대문짝은 밑에 깐 사람의 비명을 만들었다. 불시에 벌어진 느닷없는 상황에 대문 안쪽의 팔로장 무사들은 눈을 치켜떴다. 그들의 시선 속에서 대문이 무너졌다.

쿠르릉.

터져 나간 한쪽 기둥 쪽으로 무너진 대문은 뿌연 먼지를 피워 올렸다. 하지만 팔로장 무사들은 그것을 보고 있지 않았다. 그 먼지 앞에 우뚝 선 사내. 가공할 기세를 서리서리 뿌리고 선 한 사내. 시커먼 얼굴에 성난 괴수의 눈처럼 불꽃을 피워 올리는 젊은 사내. 그 사내를 보고 있었다.

자욱히 퍼지던 먼지는 서서히 가라앉았다. 퍼지며 내려앉는 먼지에 밀리듯 계장수는 한 발 한 발 앞으로 걸어갔다. 공들여 깐 돌바닥 끝의 돌계단 위로 석조 난간과 고풍스런 전각이 보였다. 그리고 그 앞과 곳곳에 무사들이 보였다.

팔로장의 무사들은 뭐에 쓰인 사람들처럼 움직이지 않았다. 잔뜩 굳어진 표정들은 얼음을 뒤집어쓴 것 같았다. 하지만 힘줄이 돋은 손들은 칼을 움켜쥐고 있었다. 모두가 그 모습으로 계장수의 걸음만 지켜보았다.

계장수는 걸으며 눈에 띄는 자들을 모조리 훑어보았다. 열 중 다섯, 여섯은 아는 면면이었다. 잊혀지지 않는 풍경과 그 기억 속의 얼굴들.

석모도에서 겪었던 자들이 틀림없었다. 그들 모두가 이곳에 모여 있는 것이다. 칼을 움켜쥐고 자신을 노려보는 저들은, 모두가 살인 죄수들이었다.

돌계단을 불과 열 걸음 정도 남겨뒀을 무렵, 움직이지 않던 놈들이 처음으로 움직였다. 신속하게 계장수를 둘러싸고 장원 마당을 빙 돌아 포위하는 그 모습은 예비하고 기다렸다는 확신을 주었다. 놈들은 모두 칼을 뽑았다.

날카롭게 연이어지는 쇳소리 속에서 칼들이 빛을 뿜었다. 칼날에 반사된 그 빛은 지는 해가 뿌려대는 석양의 붉은 피였다. 온통 눈부신 밝은 홍색의 그것이 계장수의 전신에 비쳐 번들거렸다. 핏빛을 뒤집어쓴 것만 같은 모습이었다.

부릅떴던 눈을 조금씩 가라앉힌 계장수는 전각 앞 돌계단 위를 봤다. 그곳에 익숙한 얼굴들이 나타났기 때문이었다. 놈들은 모두 아홉. 석모도에서 진태구와 금와, 노대호의 수족 노릇을 하던 놈들이 틀림없었다.

'모두 살아 있었구나. 진작에 뒈졌어야 할 놈들이.'

놈들의 면면을 살피며 계장수는 주먹을 말아 쥐었다. 그런데 그때, 놈들의 뒤 전각 안쪽에서 한 사내가 나왔다.

'저놈이!'

잊을 수 없는 얼굴 중의 하나, 안면의 칼자국이 선명하게 떠오르는 사내, 비릿한 살기를 입에 걸고 살던 진태구의 개, 장서동이었다.

느릿하게 아홉 사내들의 중간으로 나온 장서동은 하얀 눈빛으로 입을 열었다.

"누군가 장을 침입할 것이라 하더니 드디어 온 게구나. 네놈은 누구냐? 누구의 사주를 받고 본 장을 침범한 것이냐?"

장서동의 눈은 계장수의 전신과 부서진 정문을 번갈아 보다 다시 말했다.

"타고난 신력에 무예를 갖춘 듯싶다만, 너는 상대를 잘못 골랐다. 이곳은 용담호혈과 같다. 너는 오늘 이곳에서 골육(骨肉)이 분리될 것이다."

너무도 태연하게, 담담하게 장서동은 말했다. 그 눈을 보며 계장수는 확신했다. 놈들은 자신을 아직 모르며, 누군가에게 침범 사실을 귀띔받았다는 것이다. 하지만 그 누군가가 자신이 올 걸 알았다면, 자신이 흑마왕이라고 불리는 존재란 걸 알았을 테고 위험성도 알았을 것이다. 그런데 정작 저놈들에게 그런 사실은 전하지 않은 것이다. 이건 뭔가 이상했다.

불꽃이 이글대는 것 같은 눈으로 장서동을 노려보던 계장수는 처음으로 입을 열었다.

"여자는 어디 있나?"

장서동의 눈매가 의아스럽게 꿈틀댔다.

"여자? 무슨……?"

그제야 떠오른 듯, 의문스럽던 장서동의 눈매가 풀어졌다.

"그렇군. 네놈은 그들을 찾아온 게로구나."

계장수는 바로 말을 던졌다.

"여자를 데려와라. 곱게. 만약 그녀 몸에 손톱만한 상처라도 있다면 너희들 모두 가루가 될 거다."

감정이 배제된 무뚝뚝한 목소리였다. 하지만 그 목소리가 왠지 더욱 소름 끼치게 느껴진다고 모두는 생각했다. 그 기세에 말리지 않으려고 장서동은 단호하게 말을 뱉었다.

"무슨 연유인지는 내 알 바 아니나, 가루가 되는 것은 네놈이 될 것이다."

하얗게 비릿한 미소를 머금는 장서동을 보며 계장수는 옛 생각이 떠올랐다. 그리고 바로 든 생각은 자신이 쓸데없이 지체한다는 생각이었다. 저놈들과 이렇게 말을 섞고 있을 이유가, 시간이 없었다. 그냥 보이는 대로 쓸어버리고 화연을 찾으면 될 일이었다. 그것이 가장 빠른 일 처리였다.

생각을 정한 계장수는 바로 걸음을 떼었다. 그런데 그 순간 하얗게 웃던 장서동 놈이 크게 소리쳤다.

"놈에게 불벼락을 줘라!"

계장수를 빙 둘러싼 수십의 무사들이 품에서 작은 철공을 꺼냈다. 손아귀에 꽉 차는 크기인 쇠공들은 꼭지에 심지가 붙어 있었다. 거기에 횃불 든 놈들이 들러붙어 불을 붙였다. 빠르게 타 들어가는 그것들을 보며 계장수가 눈썹을 뒤튼 순간, 놈들은 그걸 집어 던졌다. 동시에 모두 몸을 날렸다.

전후좌우 사방에서 쇄도하는 검은 철공들, 불꽃의 심지를 태우며 날아드는 그것들을 보며 계장수는 어금니를 물었다. 저것은 화탄(火彈)이었다. 군에서만 쓰는 무기이고 민간에는 전해져선 안 되는 물건들이었다. 하지만 지금 세상은 그런 경계도 금역도 무너진 지 오래였다. 그리고 무엇보다도 저것들을 막아야 했다.

왼발에 힘을 준 계장수는 오른발로 땅을 밀며 팽그르르 돌았다. 돎과 동시에 오른손을 바깥으로 뿌려 넣었다.

후아아아앙!

공간이 일그러지는 소리 속에 시커먼 묵룡의 몸통 같은 기운이 손에서 터져 나왔다. 그것이 도는 몸을 따라 휘어져 돌며 사방을 후려쳤다.

콰콰콰콰콰콰콰콰쾅!

용선풍처럼 도는 계장수의 몸 주위 사방에서 폭발이 일어났다. 불길과 굉음을 동반한 그것들은 검은 묵룡의 몸통에 맞아 허공을 터뜨렸다. 수십 개의 화탄들은 그렇게 공중에서 터졌다. 계장수의 몸과는 불과 일 장도 떨어지지 않은 거리였다. 하지만 단 한 개의 화탄도 묵룡의 몸을 넘지 못했다.

엄청난 열기와 검은 연기 속에서 계장수는 돌던 몸을 멈춰 세웠다. 자신을 따라 돌던 기류가 회오리처럼 주변을 돌았다. 그 검은 기류의 장막 너머에서 몸을 빼는 놈들의 모습이 보였다. 전각 안으로 뒷걸음질치는 장서동의 모습도 보였다.

야차처럼 이를 악문 계장수는 두 손을 연속해서 앞으로 내질렀다.

슈파파파파파파팡!

무수하게 뻗치는 정권의 끝에서 철령기가 폭발해 나갔다. 그것들이 검은 연기를 뚫고 나가 전방의 모든 걸 때려 부쉈다.

쿠콰콰콰콰콰콰콰쾅!

화탄의 폭발 소리보다도 더욱 큰 듯싶었다. 그 소리 속에서 전각이 부서지고 뚫어졌다. 중간에서 몸을 빼던 아홉 놈은 철령기에 몸이 뚫리며 돼지 오줌보처럼 터졌다. 피조차 흘릴 틈 없이 조각나 날아간 그 몸뚱이들이 전각과 함께 날아갔다.

한순간에 하늘의 재앙을 맞은 것처럼 전각은 산산이 부서져 무너졌다. 벽과 기둥은 뚫리어 무너지고 창문과 기와는 조각나 흩어졌다. 그 중간과 속에 있던 사람들의 몸뚱이가 핏물을 뿜었다. 그것들이 먼지를 적셨다.

마지막 주먹을 멈춘 계장수는 오른 발을 들었다가 내리 밟았다.

쿠웅!

바닥의 화강암이 부서지며 무수한 돌 조각들이 튀어 올랐다. 그것들이 가슴 높이까지 떠올랐을 무렵 두 팔을 십자로 가슴에 모았다. 순간 수많은 돌 조각들은 계장수의 몸에 달라붙었다. 그리곤 곧 짙은 자주색으로 물들었다.

계장수의 몸은 순식간에 돌인간이 된 것 같았다. 또한 자주색의 물감을 뒤집어쓴 것만 같았다. 그런 계장수의 주변에선 넓은 팔로장의 사방으로 흩어지는 수십의 무사들이 있었다. 담을 넘고, 쪽문을 열어 뛰고, 달리다 넘어지고, 그런 동료를 밟고 달리고, 정신없이 도망치는 그들의 중심에서 계장수는 두 팔을 뿌렸다.

"하아앗!"

천둥 같은 기합 소리와 함께 펴진 두 팔의 십자가 풀리고 계장수의 가슴이 활짝 펴졌다. 그 몸에 달라붙었던 짙은 자주색의 돌 조각들이 폭발하듯이 터져 나갔다.

푸아이아앙!

자주색 폭풍의 해일은 그렇게 사방을 휩쓸었다. 만폭비영에 독정, 그것이 결합된 폭풍은 등을 보인 모든 자들의 몸을 헤집었다. 당연한 결과대로 팔로장의 무사들은 벌집이 되어 쓰러졌고, 쓰러진 그들의 몸은 검은 핏물로 녹아내렸다.

일순간에 모든 것이 초토화되었다. 사방의 담장들도 만폭비영이 휩쓴 힘을 견디지 못하고 모래처럼 무너졌다. 자주색의 독기들은 널따란 정원 마당에 가득했다. 그것들이 썰물이 밀려가듯 계장수의 몸으로 다시 흡수되었다.

여전히 불길 같은 눈으로 무너진 전각을 보던 계장수는 발을 옮겼다. 돌계단을 오르고 무너진 전각을 지나는 그의 눈엔 한 사람의 영상만이 보였다. 저만큼 전각들의 사이로 뛰고 있는 장서동의 뒷모습이었다. 죽어라고 뛰는 그놈이 가는 곳이 어딘지 눈에 보였다.

운치있게 지어진 삼층 전각. 접객당이라는 편액이 선명하게 보이는 그곳으로 놈이 들어갔다. 그곳으로부터 느껴져 왔다. 그녀의 냄새가, 존재감이, 눈물 글썽이던 고운 얼굴이 진저리쳐지는 사무침으로 전신에 몰려왔다.

"화연……."

계장수는 달려갔다.

❷

양준구는 술병을 들어 주둥이에 박았다. 벌써 비워 버린 병이 여러 개였다. 탁자 위에 그것들이 어지럽게 널렸다. 주둥이에서 떨어진 병은 또 하나의 빈 병으로 보태졌다.

"크으음."

불콰하게 달궈진 양준구의 얼굴은 이미 만취한 듯 보였다. 꼬박 이틀에 가까운 시간을 갇혀 술만 마셨으니 당연한 결과였다. 하지만 아직도 술이 모자란 듯 계속해서 술을 들이켰다.

"꿀꺽, 꿀꺽, 꿀꺽."

술의 목 넘김 소리가 제법 크게 들렸다. 새로 잡은 술병을 입에서 뗀 그는 침상을 노려봤다. 그곳엔 양준구 자신처럼 노려보는 젊은 여인이 있었다.

모용화연. 밧줄에 결박당한 모용화연이었다. 그녀는 침상에 앉아 무섭게 양준구만 노려봤다. 지난 이틀 동안 먹고 마시지도, 용변도 보지 않고 저렇게 노려만 보고 있는 것이다.

죽일 듯한 모용화연의 시선을 맞받아 보던 양준구는 불현듯 피시식 웃었다.

"그렇게 본다고 내가 죽지는 않아."

양준구는 또 술을 마셨다. 그리고 모용화연은 말없이 계속 노려만 봤다.

"크음, 이젠 가망없는 일에서 생각을 돌려. 떠난 자들이 돌아오지 않듯이, 죽은 자들은 되살릴 수 없는 거다."

거듭된 양준구의 말에 모용화연은 입술을 파르르 떨었다. 처음 보이는 그 변화에 양준구가 시선을 주었다. 모용화연은 곧, 떨리는 입술을 벌렸다.

"네가 다 죽였어……!"

입은 벌어졌지만 입술의 떨림은 더 심해졌다. 그런 입으로 모용화연은 또 말했다.

"함께 웃고 울고 동고동락하며… 수없이 많은 계절을 함께 살아온 그들을… 가족들을 네놈이 다 죽인 거야……!"

떨리던 입술의 경련은 창백한 그녀의 뺨까지 옮아갔다. 그때 양준구가 거칠게 병을 내렸다.

쾅!

탁자를 내려친 술병 소리가 고함처럼 울렸다. 다행히 깨지진 않았지만 그걸 잡은 손은 충격이 인 듯, 아니면 다른 원인이 있는 듯 미세하게 떨림을 보였다. 그 떨림이 분노 때문이라는 걸 양준구는 입 벌린 소리로써 증명해 보였다.

"너 때문이야!"

모용화연은 어깨를 움찔댈 만큼 놀랐다. 놀란 토끼 같은 그 얼굴에 양준구는 다시 소리쳤다.

"다 너 때문이라구! 알아?"

양어깨를 들썩이며 모용화연을 노려보는 양준구의 눈은 핏발이 도드라졌다. 꼭 성난 승냥이 같은 그 모습에 모용화연은 소름이 돋아 올랐다. 하지만 양준구는 거칠게 술병을 들이키며 시선을 떼지 않았다.

"꿀꺽, 꿀꺽, 꿀꺽, 크으으!"

거친 소리로 한 번에 술병을 비워 버린 양준구는 천천히 입을 닦았다. 그사이에도 소름 돋는 시선은 모용화연에게서 떠나지 않았다. 그렇게 짐승 같은 눈으로 보며, 짐승처럼 그르릉대는 것 같은 말소리로 다시 말했다.

"난 네가 코 흘리던 때부터 너를 봐왔다. 내 나이 스물도 되기 전이었지. 넌 해가 다르게 변해갔어. 열여덟이 됐을 때 네 모습은… 선녀와 같았지."

흐려지는 말소리와 함께 잦아드는 것 같던 양준구의 목소리가 갑자기 불길처럼 확 뿜어져 나왔다.

"난 널 이십 년이 넘게 돌봐왔어! 그런데 넌 만난 지 보름밖에 안 된 놈에게 마음을 뺏겼다! 그놈과 헤어지는 게 아쉬워서 매달려 울었단 말이야!"

쾅!

양준구의 손이 탁자를 내려쳤다. 술병 몇 개가 굴러 떨어지며 소리를 내고 깨졌다. 양준구의 눈은 분노의 열기로 이글거렸다. 그렇게 핏대 선 양준구의 목을 본 모용화연은 시선을 떨었다.

양준구는 탁자에서 일어나 모용화연에게로 다가왔다. 다가온 걸음이 침상에 앉은 모용화연의 앞에 섰을 때 그는 다시 말했다.

"네 아비에게 목숨을 구함받아 문둥이들과 함께 살았다. 달리 갈 곳도 없었고 할 일도 없었지. 그때 난 어렸지만 세상을 포기했었어. 살면서 자라는 너를 보고 생각했다. 너하고 같이라면 그냥 그렇게 살아도 괜찮을 것 같다고 말이야. 그런데 네가… 남자에겐 관심도 없는 것 같던 네가……."

양준구는 상체를 숙이고 모용화연에게 얼굴을 디밀었다. 소름 돋는 목소리가 또 이어졌다.

"그놈한테 네가 미친 거야. 바라만 보고 살겠다는 내 마음을 산산이 부숴 버린 거지!"

얼굴 앞에 디밀어진 양준구의 눈을 보던 모용화연은 입술을 깨물었다. 그리고 침을 뱉었다.

"퉤! 미친 새끼!"

눈매를 꿈틀한 양준구는 다시 상체를 들었다. 천천히 소매를 들어 침을 닦아낸 그는 희미하게 웃었다. 그러면서 다시 말했다.

"하지만 이제 다 끝났어. 너도 내 손안에 있고 인간강화비술도 있고 놈이 주고 간 보석도 있다. 그거면 어디 가서든 하고 싶은 대로 하고 살 수 있어. 어쩌면 이건 하늘이 준 기회인지도 몰라. 널 가지라고 말이야."

웃음이 짙어지는 양준구의 얼굴을 보며 모용화연은 차갑게 내뱉었다.

"불쌍한 자식! 정말 미쳤구나!"

웃는 얼굴로 양준구는 다시 대꾸했다.

"그래, 미쳤다. 미치지 않고서야 어찌 이런 일을 하겠느냐? 하지만
난 미친 지금이 좋다. 바라만 보며 자신을 정신 나간 놈이라고 가학하
던 때가 아니라, 미친 걸 인정하고 널 가지려는 지금이 좋단 말이다.
알아듣겠니?"

눈동자에 분노를 덧씌운 모용화연은 차갑게 말했다.

"날 가지겠다고? 지금 이 상황이 네 의지대로 된 상황이냐? 너조차
갇혀 버린 지금이?"

"걱정 마라. 시간도 내 편이고 의지도 내 편이다."

양준구는 품 안에서 낡은 책자를 꺼내 보였다. 그리고 탁자 옆 의자
에 놓인 행낭도 집어 올렸다. 그걸 양손에 들고 모용화연에게 웃으며
말을 했다.

"누구나 원하는 물건이 내게 있고 귀신도 부릴 만한 돈이 내게 있다.
저들이 무슨 생각으로 있는지는 모르지만, 내 목숨을 뺏기 전엔 어림도
없을 거야. 아니, 그런 일이 닥치면 저들도 원하는 걸 얻지 못하지. 저
들은 그걸 알아."

"몽상에 빠져 있구나. 갇혀서 감시받는 네 처지가 보이지 않느냐?
측간에 갈 때조차 겹겹의 감시를 받는 자가 그런 소릴 해? 술 몇 병 넣
어줬다고?"

"두려운 게냐? 그런 모양이구나. 하지만 난 두렵지 않다. 난 이 일을
시작할 때 목숨을 걸었어. 널 가지겠다고 생각한 그때부터 목숨을 버
렸단 말이다."

"추접한 새끼! 은혜도 모르는 더러운 놈!"

모용화연은 발악처럼 소리쳤다. 그 모습을 보는 양준구의 얼굴엔 미소가 더욱 짙어졌다.

"이미 끝난 일이다. 네 연인이 천하를 엎을 힘이 있다고 해도, 그는 천 리 밖의 어딘가를 헤매고 있을 거야. 아니, 어쩌면 벌써 철무련에게 죽었는지도 모르지. 하지만 나는 지금 여기에 있다. 네 곁에… 예전부터 쭈욱."

창백한 볼이 삽시간에 붉어지도록 모용화연은 어금니를 깨물었다. 뽀드득 소리가 볼을 울렸지만 말을 꺼내진 않았다. 오히려 입을 벌린 건 양준구였다.

"이제 저들과 담판을 하고 이곳을 떠날 거다. 인간강화비술을 넘기는 대가로 돈도 받아낼 거야. 그렇게 원하는 걸 얻고 우리 둘의 안전이 확인되면, 저들에게 물건을 넘기고 떠나는 거다. 난 뱃길을 생각하고 있다. 그래서 복건이나 광동의 아무 곳이라도 살 만한 곳을 찾아 터를 잡는 거다. 그곳에서 우리 둘이 세상의 그 누구도 부럽지 않게 사는 거다."

말을 마친 양준구의 눈은 희열과 희망으로 반짝반짝 빛이 났다. 그 눈길은 꼭 모용화연에게 어떠냐고 묻는 것 같았다. 그래서 모용화연은 바로 대답했다.

"꿈도 미치게 꾸는구나."

웃던 양준구의 얼굴이 굳어졌다. 하지만 그는 곧 갈구하는 얼굴이 되어 모용화연에게 말했다.

"그렇게 매몰차게 말하지 말고 잘 생각해 보렴. 이제 네가 돌봐야 할 사람들은 없단다. 네가 기다리는 사람도 돌려보내지 않을 상대를 찾아 떠났다. 넌 이제 스물다섯이야. 네 청춘을 허비하지 말란 말이다.

후회만 남아……."

"개자식!"

모용화연의 거친 대꾸를 들은 양준구는 어느새 처연한 눈길이 되어 내려다보았다. 그러다가 천천히 모용화연의 무릎 앞에 자신의 무릎을 꿇었다. 손은 꽁꽁 둘러 감은 밧줄 위의 팔을 더듬어 모용화연의 어깨를 감싸 잡았다.

"부탁이다. 부부가 되어 살자꾸나."

간절하게 흔들리는 양준구의 눈동자를 보던 모용화연은 군데군데 흰머리가 섞인 그의 머리카락으로 시선을 돌렸다. 슬픈 기운이 가슴속으로부터 복받쳐 올라왔다.

자신의 기억이 가물가물한 어린 시절부터 보고 자란 아저씨였다. 아버지가 돌아가시고 난 후 그 빈자리에 채워 넣고 의지하던 사람이었다. 그런 사람이, 의림의 모두를 가족처럼 뒷바라지하던 사람이 저런 모습으로 자신을 보고 있는 것이다.

뭐가 잘못된 것일까? 도대체 왜 이런 일이 생겨난 것일까? 나 때문일까? 아니면 저 사람 때문일까? 그도 저도 아니면 세상 탓이거나 하늘의 장난질일까? 알 수 없었다. 짐작도 되지 않았다. 하지만 분명한 건 있었다.

죽은 사람들은 아무도 돌아오지 않는다는 것. 그것은 분명했다. 그들은 이제 남은 자들의 기억 속에서만 있을 뿐, 예전처럼 웃고 울고 떠들고 만질 수가 없는 저 세상의 사람들이 되었다는 것이다. 그 일을 눈앞의 저자가 만든 것이다.

자신의 어깨를 잡고 간절히 바라보는 양준구에게 모용화연은 나직하게 읊조렸다.

"당신의 최후는 아주 비참할 거야……."

양준구의 눈매가 순식간에 굳어들었다. 차가운 얼음 구덩이처럼 변해간 그 눈은 매섭게 미간을 뒤틀었다. 모용화연에게 고정된 눈동자에서는 격렬한 기운이 뿜어져 나왔다. 그리고 그것은 어깨를 잡은 두 손에 전해졌다.

"으음!"

어깨를 눌러오는 고통에 모용화연은 이를 악물었다. 하지만 눈은 양준구를 뚫어질 듯이 보았다. 양준구 역시 무섭게 변한 눈으로 모용화연을 직시했다. 그러다가 무릎을 펴고 일어서며 음산하게 지껄였다.

"말로 안 되면 힘으로 가지는 것도 방법이지. 어차피 난 입에 칼을 물었어!"

모용화연은 불안한 눈으로 소리쳤다.

"뭐 하는 거야! 저리 가! 저리 비켜, 개자식아!"

핏발 선 양준구의 눈은 소리없이 웃었다. 그리곤 모용화연을 거칠게 침상에 눕혔다.

"악!"

눕혀진 모용화연을 거칠게 뒤집은 양준구는 서둘러 결박을 풀었다. 겨드랑이와 복부를 둘러 감은 겹겹의 밧줄을 풀어낸 후 다시 몸을 돌렸다. 그 순간 모용화연이 손을 뻗었다.

"이익!"

"억!"

모용화연의 손이 양준구의 얼굴을 긁었다. 주춤하는 찰나의 그 틈을 타 모용화연은 침상 뒤로 몸을 뺐다. 하지만 양준구의 손에 발목을 잡혔다.

“아악!”

침상 아래로 상체가 넘어진 모용화연을 양준구가 잡아당겼다. 끌려 올려진 모용화연은 다시 손톱을 휘둘렀다. 하지만 양준구의 주먹이 더 빨랐다.

“억!”

복부에 주먹을 맞은 모용화연은 침상에 고꾸라졌다. 배를 잡고 몸을 구부린 그 몸에 양준구가 겹쳐 올랐다. 옆으로 누운 모용화연의 몸을 강제로 돌린 그는 거친 호흡을 내뿜으며 모용화연에게 속삭였다.

“널 진정 아긴다… 그래서 여태껏 손도 안 댔다. 하지만 이젠 안 되겠다!”

양준구는 몸을 못 가누는 모용화연의 몸 위로 자신의 체중을 실었다. 무릎을 모용화연의 두 다리 사이로 넣어 벌린 그는 아랫배를 밀착시켰다. 손은 그녀의 두 팔목을 잡아 위로 올리고, 얼굴은 코가 맞닿을 만큼 갖다 댔다.

뜨거운 숨을 잔뜩 일그러진 모용화연의 얼굴에 뿜어내던 양준구는 또다시 작게 속삭였다.

“널 기쁘게 해줄게. 그렇게 해줄 거야.”

양준구의 입술이 모용화연의 입술을 내리눌렀다. 그러나 곧 소리를 지르고 떨어졌다.

“아악!”

고개를 드는 양준구의 입술에서 피가 터졌다. 모용화연의 입에서도 피가 흘렀다. 하지만 몸을 제압당한 그녀의 눈은 무섭게 양준구를 노려보았다.

“이런 쌍!”

피 터진 양준구의 입술은 살점이 너덜거렸다. 여자의 이에 물려 버린 그 입술의 고통을 양준구는 폭력으로 대신했다.

쫙!

"악!"

뺨을 후려 맞은 모용화연의 고개가 홀떡 돌아갔다. 그리고 그 순간 양준구는 모용화연의 옷자락을 잡아 찢었다.

찌익! 찌이익!

모용화연은 비명을 질렀다.

"아아악!"

하지만 배에 올라앉은 양준구는 시뻘게진 눈으로 연신 옷을 찢어 던졌다.

찌이익! 찌이익!

그러던 그가 몸을 멈춘 것은 엄청난 폭음 소리를 듣고서였다.

쿠콰콰콰콰콰콰쾅!

붉게 핏발 선 눈을 들어올린 양준구는 놀란 눈으로 벽을 봤다. 하지만 막힌 창만이 보일 뿐, 사방 벽은 여전히 괴괴했다. 그런데 폭음은 또 들렸다.

"이게 무슨……."

모용화연에게서 몸을 일으킨 양준구는 불안한 눈으로 문을 보았다. 여전히 굳게 닫힌 문은 견고해 보였다. 그러나 안에 있는 자신이 열 수 있는 문이 아니었다.

황급하게 탁자로 다가간 양준구는 책자를 품에 넣고 행낭을 등에 메었다. 그 모양으로 문 앞에 다가가 귀를 기울였다. 그런 그에게 모용화연이 뒤에서 말했다.

“그 사람이 널 죽이러 왔어.”

양준구는 홱 소리가 나게 모용화연을 돌아보았다. 침상 자락을 끌어 몸을 가린 그녀는 차가운 시선을 던졌다. 그 눈에 들어 있는 강한 확신과 분노를 발견한 순간, 양준구는 문을 두드리며 소리쳤다.

“이봐, 문 열어! 누구 없나? 문 열란 말이다!”

밖에선 무언가 부서지고 무너지는 소리들이 연달아 들렸다.

❸

접객당 건물을 둘러싸고 진을 형성했던 수십 명의 무사들은 검은 악마처럼 달려오는 계장수의 모습을 보고 흩어지기 시작했다. 처음 한둘의 이탈은 곧 무리 전체의 이탈로 이어졌다. 하지만 달려오는 계장수는 너무 빨랐다.

팡!

달리던 탄력으로 땅을 차고 오른 계장수는 허공에서 두 발을 내뻗었다. 돌기둥 같은 두 다리는 연속해서 내질렀고, 육중한 힘을 실은 기세는 가히 보이지도 않을 만큼 빠르고 신속했다. 그것은 꼭 하반신에 안개를 두르고서 허공에 떠오른 것 같은 모습이었다. 하지만 안개 속에서 번개가 나왔다.

슈파파파파파파팡!

수십 줄기로 작렬하는 검은 번개들은 흩어지는 자들의 몸뚱이를 후려갈겼다. 추풍에 낙엽이 날리듯, 도망치던 무사들은 사정없이 날려갔다. 머리통이 터지는 자, 등뼈가 꺾어지는 자, 가슴이 함몰되는 자, 어깨가 뭉그러지는 자…….

무사들은 사방에 제 몸을 던지며 흩어졌다. 그들이 막았다 도망치던 접객당의 전면엔 서 있는 자가 없었다. 뭉개진 몸뚱이로 꿈틀대는 자들만이 바닥에 있을 뿐, 성한 몸으로 칼을 겨누는 자는 이제 아무도 없었다.

바닥에 발을 디딤과 동시에 계단을 오른 계장수는 접객당의 바깥문을 열었다. 그 순간 문 뒤에서 칼날이 튀어나왔다.

피이웃!

고개를 비튼 계장수의 목 옆으로 칼날은 비껴 나갔다. 하지만 곧 날이 그어 내려왔다.

그으으으윽!

계장수의 어깨를 그어 내린 칼날은 가슴과 복부까지 긁어 내렸다. 그러나 칼은 사람의 살을 가르지 못했다. 대신 단단하고 날카로운 소리로 칼날을 비끄러뜨렸다.

"뭐, 뭐야?"

놀란 얼굴의 장서동은 칼을 쥔 채로 뒷걸음질쳤다. 그러나 곧 다시 뒤돌아 뛰어갔다. 놈이 가는 곳은 복도의 저 끝 어스름한 음영 속에 보이는 육중한 문 앞이었다.

달려간 문 앞에서 돌아서는 장서동의 얼굴을 계장수는 바라보았다. 빛을 내는 눈매와 씰룩대는 볼의 칼자국은 놈의 결사 의지를 내비쳤다. 놈은 죽을 각오를 한 것이다. 저 문을 지키려는 것이다. 문 뒤에선 그녀가 느껴졌다.

"개새끼들!"

이를 갈 듯이 욕설을 흘린 계장수는 천천히 복도 끝으로 걸어갔다.

다가갈수록 그녀의 냄새가 더욱 진해졌다. 그녀의 숨소리도 들려왔다. 그리고 또 하나의 거친 숨소리, 양준구라는 찢어 죽일 놈의 숨결도 들려왔다.

"서라!"

장서동이 소리쳤다. 하지만 계장수는 그럴 마음이 추호도 없었다.

"서란 말이다! 죽고 싶으냐?"

계장수는 계속 걸었고, 장서동은 독한 살기를 피워 올렸다.

"오냐! 좋다! 네놈과 같이 죽을 테다!"

복도를 울린 목소리가 가시기도 전에 장서동은 칼을 놓고 검은 철구, 화탄을 꺼냈다. 그 심지에 부시를 그어댔다.

탁. 탁.

하지만 그 순간 계장수의 손이 뒷춤을 거쳐 앞으로 던져졌다.

피이융! 콱!

"어헉!"

부싯돌을 치던 장서동의 팔목을 단도가 잘라 버렸다. 문에 박혀 부르르 울어대는 그 몸통은 피가 적다고 소리치는 것 같았다.

"네, 네놈……!"

잘려진 팔목을 잡고 주저앉은 장서동은 얼굴을 부들거렸다. 그 앞에 다가선 계장수는 손을 단도로 뻗었다. 몸통을 떨던 단도는 계장수의 손으로 빨려 들어갔다. 그걸 잡고 계장수는 장서동에게 나직하게 말했다.

"언제고 이런 날이 올 거라고 예상했었다. 섬에서 네놈과 처음 만났을 때부터 말이다."

고통스런 장서동의 눈매가 의문으로 흔들렸다.

“무, 무슨 소리냐?”

그렇게 물으며 계장수의 얼굴을 올려다보던 장서동은 곧, 자신의 의문을 스스로 해결했다.

“서, 설마?”

놀라는 장서동의 머리를 계장수는 잡았다.

“억!”

붙잡은 머리를 들어올리자 장서동의 몸이 잡아 일으켜졌다. 그 복부에 계장수는 단도를 박아 넣었다. 추호의 망설임도, 지체함도 없는 행위였다.

“허억!”

한껏 부릅떠지는 장서동의 눈에 얼굴을 들이댔다. 닿을 듯이 가까워진 그 눈에 시선을 박고 계장수는 작게 속삭였다.

“너흰 건드리면 안 될 걸 건드린 거야.”

부들대는 장서동의 입술이 힘겹게 벌어졌다.

“네, 네가… 섬… 에서… 죽였… 어야……”

계장수는 칼날을 뒤집어 그어 올렸다.

“커어어어……”

벌어진 장서동의 입은 괴상은 소리를 흘렸다. 하지만 단도를 잡은 계장수의 손은 멈추지 않았다. 손은 복부를 지나 가슴을 가르고 목젖에까지 이르렀다. 쏟아지는 피와 내부의 것들이 계장수의 몸을 적셨지만 상관하지 않았다. 그렇게 잔인하게 그어 올라간 칼날은 턱에 이르러서야 멈춰 섰다.

그때까지도 숨이 붙어 하얗게 까뒤집힌 장서동의 눈과 경련하는 눈꺼풀을 보며 계장수는 단도를 뽑았다. 피가 뿜어져 나와 손과 얼굴을 적셨다. 하지만 뽑아낸 단도를 모가지에 갖다 대고 횡으로 그어 돌렸다.

스으윽.

아주 잠깐 동안 푸줏간의 고기 써는 소리가 들린 것도 같았다. 그리곤 곧 머리와 몸이 분리되었다.

쿵.

바닥에 쓰러진 장서동의 몸뚱이와 손에 잡힌 머리통을 보다 계장수는 침을 뱉었다.

"퉤!"

곧바로 단도를 허리춤에 갈무리하고 장서동의 칼을 차올렸다. 칼을 손에 잡음과 동시에 장서동의 머리통을 벽에 던졌다. 또 동시에 칼도 던졌다.

피웃!

콱!

잘려진 장서동의 머리통 중간에 칼이 박혔다. 그 모양으로 벽에 박혀 버린 장서동의 머리는 박제된 짐승의 머리 같았다. 칼날은 좌우로 떨며 흔들렸고, 그 떨림으로 죽은 자의 눈동자도 흔들렸다.

천천히 벽에서 시선을 돌린 계장수는 애초에 목적한 곳, 장서동이 막으려고 섰던 곳, 그녀의 숨소리가 들려오는 문을 바라보았다.

문은 견고해 보였다. 두텁고 재질 강한 목재로 공들여 만든 문은 짙은 색으로 철문처럼 보였다. 이 문 뒤에 그녀가 있는 것이다. 나의 그녀…….

"이야아아앗!"

계장수는 문을 향해 주먹을 내질렀다. 검은 기운도 없는 맨주먹은 곧장 문을 두들겼다.

콰앙!

두터운 목재 문의 한가운데가 뻥 뚫리며 부서졌다. 그 문짝을 연속해서 두 주먹이 두들겼다.

쿠콰콰콰콱!

문은 산산조각으로 부서졌다. 막던 것이 없어진 그 안으로 계장수는 발을 내밀었다. 그리고 보았다. 그토록 애태우며 찾던 그녀의 모습을.

"화연……."

계장수가 부르는 소리에 모용화연은 입술을 달싹였다. 하지만 뒤로부터 안아 목에 들이댄 양준구의 비수는 목에 상처를 냈다. 모용화연은 눈물만 글썽였다.

"정말 네놈이 왔구나."

광기처럼 번들거리는 눈으로 양준구는 계장수를 봤다. 그 눈에 떠오른 핏빛 광기를 본 순간 계장수는 내딛던 걸음을 멈춰 세웠다. 그리고 조용히 주시했다.

멈춰 서서 무서운 기세를 뿜어내는 계장수를 보던 양준구가 천천히 옆걸음질을 쳤다. 그렇게 걸음을 옮기며 양준구는 말했다.

"네놈이 흑마왕이라고? 도왕의 후손이란 말이지?"

묻는 양준구의 얼굴에는 광태 어린 웃음도 걸렸다. 그 얼굴로 그는 또 말했다.

"힘도 있고 무공도 있고 유서 깊은 가문 출신이고, 세상을 호령할 만하겠구나?"

문 쪽으로 몸을 옮겨가던 양준구는 그 말을 던지고 멈춰 섰다. 제자리에 서서 잠시 동안 계장수만을 보던 그의 얼굴이 갑자기 일그러졌다.

그리고 소리쳤다.

"하지만 내 여자는 네놈이 못 뺏어!"

계장수의 미간이 꿈틀, 뒤틀렸다. 양준구는 바로 또 소리 질렀다.

"문에서 비켜서! 어서!"

소리치는 양준구의 손이 비수를 모용화연의 목에 더 깊이 들이밀었다. 모용화연의 목에서 한줄기 피가 흘렀다. 그 선명함을 본 계장수는 천천히 물러섰다.

조심스럽고 느릿하게, 계장수가 한 발을 물러나면 양준구가 한 발을 옆으로 옮기고, 그렇게 양쪽의 위치가 바뀌어 갔다. 어느덧 양준구가 문을 등지고 선 위치가 되자, 그는 계장수에게 웃는 얼굴로 천천히 말했다.

"이 여잔 포기하는 게 좋을 거다. 단언하건대, 내가 가질 수 없다면 너도 가질 수 없다. 뒤를 쫓는다면… 귀, 코, 눈, 손가락… 하나씩 분리해서 던져 주마."

소름 돋는 웃음을 던진 양준구는 문밖으로 사라졌다. 그 모습을 계장수는 바로 쫓았다. 놈이 복도를 맹렬하게 뒷걸음으로 달리는 것이 보였다. 그 모습도 곧, 전각 밖으로 사라졌다. 계장수는 마음이 급해졌다. 그래서 벽을 받고 나갔다.

쾅!

흩어지는 잔해 속에 놈의 모습이 보였다. 벽을 뚫고 나온 자신을 뒤돌아보는 놈의 눈엔 광기와 공포가 한데 어우러져 보였다. 하지만 놈의 손에선 여전히 비수가 빛을 냈다. 그 날에 묻은 모용화연의 피도 너무 선명했다.

"따라오지 마!"

놈이 격하게 소리쳤다. 그런데 그 순간 놈의 시선을 돌리는 소리가 담장을 넘어왔다.

"이놈의 새끼들!"

"다 죽여주마!"

담장을 넘어 몸을 날려 오는 자들은 산발한 풍오자와 거구의 용태웅이었다.

지극히 짧은 찰나의 그 순간, 양준구의 시선이 그들에게로 돌았다. 그리고 그때 계장수는 주먹을 내질렀다.

슈하학!

주먹 끝에서 터져 나간 철령기는 검은 용틀임처럼 뻗어 양준구를, 비수 잡은 팔을 때렸다. 아니, 더 정확히는 터뜨려 버렸다.

퍼억!

"으헉!"

피 뭉치처럼 터져 흩어지는 자신의 팔을 보며 양준구는 비명을 질렀다. 계장수가 내지른 철령기는 힘의 안배가 완벽했다. 비수 잡은 손이 밀리지도 않았고, 양준구나 모용화연의 몸이 흔들리지도 않았다. 정확하게 팔만을 타격했고, 그 타격점에 힘을 퍼뜨려 팔뚝을 폭파시킨 것이다.

"크어억!"

제 팔을 잡고 주저앉는 양준구에게서 모용화연은 재빨리 등을 밀치고 빠져나왔다. 그때서야 사태를 파악한 풍오자가 귀신처럼 다가와 그녀를 잡았다. 동시에 용태웅은 자신의 윗옷을 벗어 모용화연에게 씌웠다.

"저놈이로군!"

풍오자가 한철검을 겨누며 성난 목소리로 말했다. 웃통을 벗어 인간 같지 않은 몸매를 드러낸 용태웅은 거칠게 소리쳤다.

"이 씹어 먹을 새끼!"

머리통만한 주먹을 들어올리는 용태웅의 주먹에선 푸른 뇌전이 넘실거렸다. 그들 사이에 서서 자신을 바라보는 모용화연을 본 계장수는 고개를 작게 끄덕였다.

눈물 글썽한 미소를 보이는 모용화연에게서 시선을 돌린 계장수는 양준구에게 다가갔다.

계장수가 발을 옮길 때마다 바닥의 돌들이 으스러졌다. 심중의 분노를 보이듯, 움푹움푹 자국을 남기는 그 발자국이 멈췄을 때, 양준구는 고개를 들었다.

"결국은… 결국은 이렇게 되는 건가?"

흐릿한 시선으로 계장수를 보는 양준구의 얼굴에 웃음이 어렸다. 억울한 듯, 허탈한 듯, 아니, 어쩌면 결과를 예측한 웃음 같기도 했다. 그 야릇한 웃음을 내려다보며 계장수는 주먹을 들어올렸다. 시커먼 주먹이었다.

"곱게 죽이진 않을 거다."

선언하는 한마디를 내뱉고 계장수는 주먹을 내려쳤다. 그런데 그 순간, 공간을 뚫고 날아오는 한줄기의 백색 전광이 계장수의 등을 쑤셨다.

피아아아앙!

뒤늦게 허공 헤집는 소리가 귀를 때렸다. 하지만 계장수의 몸은 이미 뒤돌며 주먹을 올려쳤다.

콰앙!

백색 번개와 부딪친 주먹이 천둥 같은 소리를 냈다. 하지만 격돌의 여파로 계장수는 뒷걸음질을 했다. 연속해서 일곱 걸음을 물러나고서야 멈춘 그가 눈을 부릅뜰 때, 저 멀리서 건물들의 지붕을 밟으며 달려오는 인영이 있었다.

"괜찮은 거예요?"

모용화연이 다급하게 물었다. 용태웅과 풍오자는 놀란 눈으로 계장수를 보았다. 무언가 계장수의 몸을 공격했고, 그것 때문에 계장수가 뒷걸음질을 했다. 처음 보는 일이었다. 그래서 지금의 상황이 더욱 놀라웠다. 하지만 둘의 시선은 곧 계장수의 시퍼런 눈길을 좇아 지붕 위를 보았다. 그리고 확인했다. 지붕을 차고 바람처럼 날려 내리는 백의의 젊은 사나이를.

팔로장의 마당에 내린 사내는 손에 검을 들었다. 백색 전광이 날아서 사내의 검갑으로 들어가는 것을 계장수도, 풍오자와 용태웅도 똑똑히 보았다.

어검술(御劍術)이었다. 전설로만 전해지는, 무림사 이래 가장 가까운 세월인 삼백 년 전 검왕 최염 이후에 처음 어검술이 나타난 것이다. 그 경지를 시전한 백의사내는 아는 얼굴이었다. 홍택호에서 만났던 사내, 곤륜이성의 전인이라던 사내, 자신의 이름을 연무기라고 밝힌 사내가 저자였다.

느긋한 미소를 입에 문 사내, 연무기는 담담하게 말을 꺼냈다.

"다시 만났군."

계장수는 두 주먹을 움켜쥐고 거칠게 말했다.

"방해하면 죽인다!"

연무기는 더욱 짙게 웃으며 대답했다.

"성질이 급하구나. 손에 흐르는 피나 닦으렴."

계장수보다도 풍오자와 용태웅, 그리고 모용화연의 시선이 먼저 돌
아갔다. 그리고 그들은 보았다. 검을 올려쳤던 계장수의 주먹에서 피
가 흐르고 있음을.

"이런 썅!"

용태웅이 팔뚝을 부풀리며 바로 튀어나왔다. 하지만 풍오자가 옆에
서 잡았다.

"가만있어!"

신경질적으로 풍오자를 돌아본 용태웅은 말을 꺼내지 못했다. 무섭
게 시린 빛을 내는 풍오자의 눈을 봤기 때문이었다. 손에 잡은 검도 그
런 빛이었다. 용태웅은 내놨던 발을 뒤로 물렸다. 그리고 풍오자처럼
연무기를 노려봤다. 그런데 그때, 무너진 담장 뒤에서 임홍빈이 소리
치며 뛰어들어 왔다.

"무림맹에서 몰려왔어! 여길 포위하려나 봐!"

허겁지겁 달려온 임홍빈을 용태웅이 잡았다. 바로 그 순간에 계장수
는 연무기에게 달려갔다.

피아아앙!

연무기의 검이 폭발하는 소릴 내며 날아왔다. 팔을 내미는 순간, 검
갑을 이탈한 검은 핑글 돌며 검날을 앞으로 내밀었다. 흰 수정이 빛을
뿜는 것 같은 검은, 그렇게 계장수의 목으로 날아왔다. 그 끝이 얼굴
앞에 왔을 때 계장수는 등 뒤의 귀신도를 잡았다. 그리곤 앞으로 뽑아
내려쳤다.

콰앙!

흰 빛과 검은 빛의 충돌로 두 빛이 폭발했다. 엄청난 충격파가 사방
에 밀려갔다. 하지만 연무기의 검은 계장수의 오른쪽 허벅지를 스치며

뒤로 날아갔다.

휘우우우웅!

하늘 높이 솟구쳤던 검이 소리 지르며 다시 내려앉았다. 곧바로 검갑을 찾아 들어간 검은 내밀린 연무기의 손 안에서 얌전했다. 연무기는 또 웃으며 말했다.

"다리에서도 피가 나는구나?"

미소 짓는 연무기의 말대로 계장수의 허벅지에서 피가 흘렀다. 손에 이어 두 번째였다. 다시 태어나 수련을 시작한 이래 처음 있는 일이었다. 몸을 단련하면서는 수도 없이 상처를 입었지만, 남과의 대결에선 처음이었다.

"저놈은 곤륜이성의 진신내력(眞身內力)마저도 이어 받은 게 틀림없다! 어검술은 심득이나 고된 수련만으론 얻을 수 없는 경지야! 세월을 눌러 담은 공력이 없고서는 절대 이룰 수 없는 것이지! 놈의 검을 조심해라!"

눈을 부릅뜬 풍오자의 소리였다. 거친 그 소리에 연무기는 더욱 화려하게 웃었다. 그 웃음은 꽃들의 향연처럼 농밀하고 향내가 나는 것 같았다. 계집들이 본다면 춘약을 먹인 것처럼 흐느적일 것 같은 모습이었다. 하지만 죽음을 보내는 미소이기도 했다.

다리에 흐른 피를 손으로 닦은 계장수는 그걸 혀로 핥았다. 걱정 가득한 모용화연의 눈동자가 느껴졌지만 돌아보지 않았다. 그저 연무기만 무섭게 바라보며 낮게 말했다.

"네가 날 흥분시키는구나."

웃던 연무기의 미소가 조금씩 가라앉았다. 그 미소 뒤에서 시린 살기가 떠올랐을 때, 임홍빈이 말하던 무림맹의 인물들이 장내에 나타났다.

“아미타불!”

불호 소리와 함께 열여덟의 젊은 중들이 지붕을 차고 날아왔다. 그들은 바닥에 발을 대기가 무섭게 한곳으로 몸을 날렸다. 그곳은 양준구가 주저앉은 자리였다.

“이런 썅노무새끼들!”

성난 음성을 내지르며 용태웅이 뛰쳐나왔다. 이번엔 풍오자가 말리고 자시고 할 틈도 없었다. 그렇게 뛰쳐나온 용태웅은 두 주먹을 연신 내질렀다.

쉬퍼퍼퍼퍼펑!

용태웅의 주먹 끝에서 푸른 뇌전을 닮은 권강(拳罡)의 정수, 반뢰권이 터져 나갔다. 그것들이 십팔금강동인을 자욱이 덮쳤다. 하지만 같은 순간 그들의 계도도 푸른 섬광을 그었다.

쿠콰콰콰콰콰쾅!

권강과 계도의 도강들이 맞부딪치며 굉음을 터뜨렸다. 마치 번개끼리 몸을 섞어 울어대는 것 같았다. 하지만 그 힘의 반동을 받은 용태웅은 정신없이 뒤로 물러났다. 그 몸을 풍오자가 잡는 순간, 역시 뒤로 밀리는 십팔금강동인의 뒤에서 희끗한 그림자가 튀어나왔다. 그리곤 양준구를 붙잡았다.

“네 이놈! 청진!”

풍오자는 양준구를 잡은 그림자, 청진에게 소리쳤다. 하지만 양준구를 잡은 청진은 그윽한 미소를 지으며 양준구의 품에 손을 넣었다. 곧바로 책자를 꺼낸 그는 풍오자를 돌아보며 기쁘게, 아주 기쁘게 웃었다.

“드디어 찾았군.”

“이 쳐죽일 중놈아!”

한철검을 내밀고 풍오자가 나서는 순간, 청진은 짐승처럼 떠는 양준구를 휙, 집어 던졌다. 그 몸이 날아간 곳은 십팔금강동인들의 머리 위였다.

“으어억!”

허공을 나는 양준구가 놀란 소리를 내지르는 그때에, 십팔금강동인들의 계도가 동시에 허공을 그었다.

쉬아아악!

열여덟 줄기의 도강은 양준구의 몸을 휘어 감았다. 빛이 통과해간 것 같은 양준구의 몸은 허공의 한가운데서 산산조각으로 잘려 나갔다.

후두두두둑.

피와 살점과 뼛조각과 사람을 구성했던 모든 것들이 소나기처럼 떨어져 내렸다.

“저, 저런!”

풍오자가 놀란 외마디를 내질렀다. 용태웅과 임홍빈, 심지어 모용화연까지도 놀란 눈을 감추지 못했다. 바로 또 그 순간 다른 자들이 들이닥쳤다.

“대사! 감축드리오이다!”

기꺼운 소리를 터뜨리고 나타난 자는 이호패였다. 대륙상가의 가주이며, 무당 고월자의 제자, 무림맹 백룡단의 단주인 그가 그 무리들을 이끌고 무너진 담을 넘어왔다.

짙은 남의에 흰눈 같은 백룡을 가슴에 새긴 무리들. 형형한 안광에 검을 들고 팔로장의 사방을 까맣게 감싼 무리들. 정의감과 호승심에 불타는 가슴으로 세상을 흔들고자 하는 무리들. 백룡단은 그렇게 사방을 포위했다.

"저 새끼들이……!"

풍오자의 뒤에서 용태웅이 이 가는 소릴 냈다. 하지만 그들 일행에게 눈길조차 주지 않은 이호패는 청진에게 다가오며 거듭 겸사의 말을 건넸다.

"목적하시던 것을 취하셨으니 이는 우리 무림맹의 홍복입니다. 하하하하!"

이호패를 보는 청진의 눈매에도 기꺼운 기색이 역력했다. 손엔 든 책자로 시선을 돌린 청진은 흥분된 목소리로 말을 했다.

"아무려나, 그렇고말고! 이것의 실재를 반신반의했건만, 끝내는 손에 쥐게 되었군! 아미타불! 세존의 보우하심이 우리에게 있음을 다시 느끼는도다!"

광기처럼 보이는 희열을 감추지 못하는 청진에게 풍오자가 말을 던졌다.

"미친 중놈아! 대관절 네놈들이 하고자 하는 게 뭐냐? 세상을 뒤집으려는 게냐?"

책에서 시선을 돌린 청진은 풍오자를 보았다. 희열 가득한 미소를 머금은 그는 잠시 그렇게 쳐다보다 책자를 품 안에 갈무리했다. 조용한 목소리가 뒤를 이었다.

"당신이 상관할 바가 아니지 않소? 그러는 당신은 무얼 원하는 게요? 세상의 평온? 그저 마음 내키는 대로 돌아다니며 놀고 싶은 건 아니오?"

"뭐라? 이 개 미친 중대가리 새끼!"

풍오자가 쥔 한철검에서 흰 검강이 쑤욱 폭발해 나왔다. 얼마나 분노하고 흥분했는지 그 길이가 무려 여섯 자에 이르렀다.

"너희들이 정녕 천도를 거스르려는 게구나!"

분노를 억눌러 내뱉는 것처럼 풍오자는 잇새로 말을 내뱉었다. 그 모습으로 한 걸음 두 걸음 앞으로 나섰다. 그런데 그때 격돌은 다른 곳에서 터졌다.

콰앙!

이제껏 서로를 노려보던 계장수와 연무기였다. 둘의 격돌은 상상을 초월했다. 검고 흰 번개가 치고 둘의 주변 모든 것이 먼지처럼 날려 나갔다.

귀신도를 쥔 계장수는 연무기의 몸통을 후려 그었다. 머리, 어깨, 가슴, 옆구리, 허벅지, 장딴지, 다시 머리, 쉬지 않고 칼을 그어대는 그 모습은 미친 사람 같았다. 또한 휘두르는 칼은 도법을 그어대는 것이 아니라 도끼질을 하는 것 같았다. 그 휘두름을 맞받으며 연무기는 뒷걸음질쳤다.

콰콰콰콰콰콰콰콰쾅!

둘의 무기가 부딪칠 때마다 천둥벽력의 소리가 났다. 보는 자들은 모두 눈을 의심하며 입을 벌렸다. 무너진 전각의 돌계단들이 휘말려 오르고 기둥은 가랑잎처럼 날려 나갔다. 정원의 돌바닥은 커다란 웅덩이로 파헤쳐지고 무너진 담벼락들은 먼지처럼 휘날렸다. 그걸 피해 사람들은 급하게 몸을 움직였다.

용쟁호투(龍爭虎鬪). 호랑이와 용이 다투듯, 두 사람의 신위는 폭풍처럼 휘몰아쳤다. 사람 간의 맞대결이라고 생각되지 않았다. 둘의 주변은 공간마저 이지러지는 것 같았다. 하지만 얼굴 검은 호랑이의 발톱이 더 날카로웠던 듯, 도끼질처럼 무식하게 휘둘러 대는 계장수의 칼질에 연무기는 안면을 찡그리고 후퇴했다.

콰콰콰콰콰콰콰쾅!

천번지복의 소리는 계속해서 터졌다. 그렇게 계장수는 밀고, 연무기는 밀리며 두 사람은 이동했다. 흰 빛무리 진 검으로 검은 칼을 막아내던 연무기는 처음의 위세가 없었다. 그저 정신없이 후려치는 쇠몽둥이 같은 칼을 막아내기에 급급했다. 하지만 뒷걸음하던 연무기의 발이 땅을 파고든 일순간, 연무기의 검에서 하얀 빛줄기가 갈래갈래 쏟아져 나왔다.

피아아아앙!

한순간에 풀리는 계집의 머리타래처럼 터져 나온 빛무리들이 계장수의 칼을 밀어냈다. 도끼질처럼 휘몰아치던 칼은 순간 주춤했다. 내려치는 칼과 빛들이 엉기는 그 짧은 순간에, 공간을 이동하듯이 연무기는 주욱 뒤로 물러났다. 그리고 검을 머리 위로 세웠다.

공방을 주고받던 두 사람의 사이가 떨어졌다. 폭풍처럼 휘말리던 기류가 흔들리며 두 사람의 옷깃을 흔들었다. 그렇게 두 사람은 서로를 노려보며 멈춰 섰다. 수유 같고 억겁 같은 시간이 두 사람 사이에 흘렀다. 그 정적 속에서 연무기의 찡그려진 미간에 줄이 서고 천천히 입이 벌어졌다.

"팔 힘이 아주 좋구나."

노려보던 계장수는 두 발을 서서히 모으고 어깨 넓이로 섰다. 양손은 귀신도를 잡아 중단에 들어올리고, 그 끝에 연무기를 겨냥하며 대답했다.

"이 칼이 원래 무거운 칼이다."

연무기의 관자놀이에 혈관이 도드라졌다. 악물린 어금니는 볼에 주름을 내비쳤다. 어금니가 물리는 게 분명한 그 얼굴로 짧은 말을 내뱉었다. 동시에 몸을 움직였다.

"간다."

내딛기는 연무기의 발과 함께 검도 내리그어졌다. 검이 그어지는 순간 검끝에서 빛이 작렬했다. 빛은 투명한 얼음 조각이 흩어지듯, 무수히 많은 검의 형상으로 흩어지며 튀어나왔다. 그것들이 계장수의 전신으로 날아왔다.

파아아아앙!

어검강(御劍罡)이었다. 검강 하나하나에 어검의 경지를 담은 전대미문의 경지. 한줄기 한줄기 흩어지는 빛의 검들이 교룡처럼 꿈틀대는 검경. 그것들이 모두 시전자의 의지대로 뻗어나가 목표를 소멸시키는 절대무공.

흰 빛의 찬란한 폭산(爆散)이 일어나는 그 순간, 계장수는 귀신도를 앞으로 쭉 내밀었다. 검은 도신의 끝에선 검은 도강이 아닌 푸른 창날의 기둥들이 튀어나왔다. 그것이 소용돌이로 날아가며 몸을 분리했다. 눈발이 흩어지듯 무수히 분리된 그것들이 연무기의 투명한 검날들과 충돌했다.

쿠콰콰콰콰콰콰콰콰쾅!

멸혼귀도법의 '강' 을 쏟아낸 칼끝을 타고 엄청난 충격이 몰려왔다. 하지만 희고 투명하고 푸른 빛이 폭발하는 그 공간 속을 계장수는 뛰어갔다. 무언가 어깨를 비집고 팔을 스치며 다리를 긋는 느낌들이 전해왔다. 화끈한 그 감각들을 뒤로하고 계장수는 폭발 속을 달렸다. 그 너머에서 놀라는 연무기의 눈이 보였다. 검을 들어올리는 그 몸뚱이에 주먹을 내던졌다.

부아아아아!

콰앙!

“윽!”

시커먼 철령기는 다시 들리는 연무기의 검과 충돌했다. 하지만 검은 흔들렸고 연무기는 뒷걸음질쳤다. 찰나간에 본 얼굴은 창백했고 입가엔 가는 피가 흘렀다. 계장수는 두 번째 주먹을 내지르며 발끝을 밀어 달려갔다.

후아아아!

콰앙!

넘어질 듯 위태하게 밀려가면서도 연무기는 검을 들어 막았다. 하지만 그때 계장수의 몸은 지적으로 다가섰다. 귀신처럼 다가선 몸은 달리던 그대로 몸을 뒤집었다. 머리는 땅으로 발은 뒤로부터 솟구쳐, 풍차처럼 돌아간 몸의 발뒤꿈치가 연무기의 안면을 찍어 내렸다.

부아아아아앙!

검으로 막을 사이도 없이 연무기는 머리를 틀었다. 쇠기둥을 돌려 내린 것 같은 발은 어깨를 강타했다.

파앙!

“커억!”

연무기의 몸뚱이가 뒤로 나뒹굴었다. 정신없이 굴러간 몸이 잉어가 몸을 뒤집듯 땅을 차고 솟구쳤다. 그렇게 일어선 몸이 계장수를 보고 섰다.

“크으윽!”

신음과 함께 비틀하던 연무기는 다시 고개를 들었다. 이글대는 눈은 고통과 분노로 계장수를 죽일 듯이 노려봤다. 하지만 검을 잡은 손으로 움켜쥔 왼 어깨는 움푹 주저앉았다. 거죽을 뚫고 튀어나온 쇄골은 끔찍해 보였다.

"이, 이, 죽일 놈……!"

이 가는 연무기의 눈을 보고 잠시 섰던 계장수는 귀신도를 두 손으로 움켜잡았다. 그리고 다시 뛰어갔다. 아무 표정 없이 칼만 움켜쥐고 뛰는 모습은 오히려 섬뜩했다. 하지만 그때, 열여덟 자루의 계도가 옆에서 몰려왔다.

쉬에에에엑!

눈썹을 뒤튼 계장수는 달리던 발끝을 땅에 박았다. 동시에 발을 뒤틀어 옆으로 돌았다. 그렇게 돌며 귀신도를 횡으로 후려 그었다.

후이이이이잉!

검은 도강이 파도처럼 밀려 나가며 열여덟의 푸른 도강과 맞부딪쳤다.

쿠아아앙!

후끈한 충격 속에서 계장수는 연신 뒤로 물러났다. 그 걸음이 부서진 돌계단을 밟고 멈춰 섰을 때 장내가 보였다.

십팔금강동인이 연무기를 가로막고 서 있었다. 그들 뒤에서 연무기는 창백하게 일그러진 얼굴로 계장수를 노려보았다. 청진과 이호패도 부릅떠진 눈으로 계장수를 보았다. 그들 옆쪽에서 풍오자와 용태웅, 임홍빈과 모용화연이 소리쳤다.

"이 씹어먹을 새끼들아!"

"이 후안무치한 놈들!"

용태웅과 풍오자의 커다란 욕설 속에서 그들은 계장수가 있는 쪽으로 도약해 왔다. 용태웅은 임홍빈을 내려놓기가 무섭게 앞을 막아섰고,

풍오자도 모용화연을 놓기가 바쁘게 그 옆에 섰다. 모용화연은 바로 달려들었다.

"괜찮아요? 헛! 피!"

"괜찮소."

계장수는 바로 모용화연의 말을 막았다. 흔들리는 모용화연의 눈동자를 들여다보며 계장수는 나직하게 말했다.

"많이 걱정했소."

모용화연은 계장수의 품에 안겼다.

"흑! 미안해요. 나 때문에."

품에 안긴 모용화연을 소중하게 끌어안은 계장수는 그녀의 머릿결 냄새를 들이마셨다. 폐부 가득 그 내음을 가득 채운 후, 천천히 모용화연을 떼어내고 나직하게 말했다.

"당신 때문에 벌어진 일은 없소. 그리고 이제 걱정할 일도 없을 거요."

눈물을 흘리며 고개를 끄덕이는 모용화연을 계장수는 임홍빈에게 부탁했다. 임홍빈은 근심스럽게 물었다.

"이봐, 괜찮은 거야?"

계장수는 고개를 끄덕여 보이고 앞으로 나섰다. 풍오자와 용태웅의 사이로 선 그를 모용화연과 임홍빈뿐만이 아니라 옆에 선 풍오자와 용태웅도 걱정스럽게 봤다. 하지만 계장수는 맞은편, 연무기에게로 말을 던졌다.

"싸움은 이제 시작이다. 와라. 싸움이 뭔지 가르쳐 주마."

담담한 그 말소리가 연무기를 비롯한 청진, 이호패와 십팔금강동인, 주변을 둘러싼 백룡단원들의 귀에 울려 퍼졌다. 왠지 서늘한 느낌이 등골을 흘러가는 말소리였다.

그럴 수밖에 없었다. 흑마왕이란 저자는 곤륜이성의 전인인 연무기를 밀어붙인 자였다. 어검술을 구사하는 상대를 도끼질 같은 칼부림으로 물러서게 만들었다. 거기다 십팔금강동인의 합격마저도 칼질 한 번으로 와해시켰다. 인간 같지 않은 자였다. 그런 자가 싸움은 이제부터라고 공언하는 것이다.

창백한 얼굴에 씰룩대는 미간으로 계장수를 보던 연무기는 천천히 검을 들고 나섰다. 결전의 의지가 그 얼굴에 보였다. 그런데 그때, 이호패가 먼저 나서며 입을 벌렸다.

"이제 그만 서로 노여움들을 푸시지요. 작은 오해 때문에 비롯한 일로 서로 간에 피를 봐서야 되겠습니까? 더군다나 화산은 우리와 한식구가 아닙니까? 그렇지 않습니까, 청진 대사님?"

웃는 낯으로 공수의 예를 뿌리던 이호패는 청진을 돌아보았다. 경직된 시선으로 계장수와 풍오자 등을 보던 청진은 잠깐 동안 입매를 경련하더니, 곧 웃는 낯으로 바뀌었다.

"아미타불. 하하하하, 맞는 말이오. 오해는 풀고 싸움도 그치는 게 좋겠소. 우리가 그럴 사이는 아니지 않소이까? 오늘의 일은 젊은이들의 호승심에서 비롯한 것이니, 우리 늙은이들이 이쯤에서 선을 그어줍시다."

오랜 친구의 얼굴로 웃는 청진을 보고 풍오자는 피식피식 마주 웃었다.

"미친 중노무새끼!"

낮은 그 욕설을 들었을 터인데도 청진은 웃음을 풀지 않았다. 그 낮짝을 보고 용태웅은 버럭 소리 질렀다.

“작은 오해라고? 젊은이들의 호승심? 그러면 당신이 품에 넣은 인간 강화비술은 뭐라 할 텐가? 엉?”

웃던 얼굴이 짧은 순간 굳어지는 듯하던 청진은 여전히 웃음을 잃지 않고 대답했다.

“이것은 옛 벗의 유물. 그것이 흑심을 품은 자들의 손에 넘어가는 것을 방비하고자 함이오. 차후론 소림의 힘으로, 무림맹의 이름으로 지킬 것이오이다.”

화를 내던 용태웅의 얼굴은 어이가 없다는 표정이었다. 하지만 말을 한 청진은 웃으며 합장해 보였다.

“아미타불.”

부처처럼 미소 짓는 청진의 얼굴을 보고 계장수는 귀신도를 들고 한 발을 나섰다.

“개소린 치워라. 끝장을 내자꾸나.”

청진과 이호패의 얼굴이 돌처럼 굳어졌다. 그리곤 둘의 시선이 동시에 풍오자에게로 꽂혔다.

청진과 이호패의 시선을 동시에 받은 풍오자는 미간을 구겼다. 그러다가 턱을 신경질적으로 긁으며 계장수에게 말했다.

“싸움이 능사가 아니다. 진퇴를 구분할 줄 알아야 한다. 지금은 네게 소중한 것들을 지키는 것이 우선이다. 아니면 또 잃게 되고 후회하는 때가 올지도 모른다.”

전방을 노려보던 계장수는 풍오자를 돌아봤다. 바로 그 순간 모용화연이 다가와 팔을 잡았다.

“지금은… 돌아가요.”

모용화연의 얼굴을, 그 입에서 나온 소리를 계장수는 곱씹었다. 저 여자는 자신이 싸움을 그치지 않을 것이란 걸 안다. 하지만 바로 눈앞의 싸움을 말리고 싶은 거다. 그래서 지금은… 돌아가자고 말하는 것이다.

풍오자의 말도 새삼스럽게 가슴에 와 닿는다. 엄밀히 말해 지금은 싸울 때가 아니다. 몸에 부상도 입었다. 저들과 부딪친다면 어떤 결과가 있을지 가늠할 수가 없다. 예전의 어릴 적에도 이런 일이 있었다. 물러서야 할 때를 몰라 혹독한 결과를 맞이했었다.

그것은 죽음보다도 더한 고통의 시간들이었다. 그런데 지금은 혼자가 아니다. 소중한 사람까지 곁에 있다. 그 사람이 불행해져선 안 된다. 하지만 그 소중한 사람을, 저놈들이 위험하게 했다. 그건 용서할 수 없는 일이다. 더군다나 저 기생오라비 같은 연무기 놈은 자존심이 딸꾹질을 하게 만들었다.

"화해의 뜻으로 선물을 드리지요."

또다시 이호패의 목소리였다. 생각을 굳히던 계장수는 물론 풍오자와 용태웅, 임홍빈과 모용화연도 시선을 던졌다. 이호패는 뒤로 소리쳤다.

"놈을 끌고 와라!"

백룡단의 무리로부터 한 장년 사내가 끌려 나왔다. 뒷결박을 당한 사내는 늘어진 볼 살이 특징적인, 금와라 불리우는 사내였다.

고개 숙인 채 끌려 나오는 금와의 턱을 들어올리며 이호패는 입을 벌렸다.

"기실, 이놈들의 농간이라 할 수 있소. 이놈은 홍택의 천향루라는 기루의 주인이며 의림을 불태운 원흉이오. 이놈이 우리에게 와서 사실관계를 고하고 이간질하려 했지만, 우린 도망치려는 놈을 잡았소. 이

놈 말고도 일을 도모한 놈이 두 놈 더 있지만, 안타깝게도 그놈들은 잡지 못했소."

바라보던 계장수의 일행 중 임홍빈이 욕설을 내뱉었다.

"저 찢어 죽일 놈!"

임홍빈의 흥분한 목소리를 웃음으로 되새기며 이호패는 다시 말했다.

"이놈을 그대들에게 넘기겠소. 또한 모용의원의 책자는 후일 따님께서 찾아오시면 돌려드리도록 하지요. 지금은 세상의 인심이 너무 어지러워 어려움이 있음을 말씀드리오. 이것만은 우리도 양보할 수 없음이오."

말을 마친 이호패는 금와의 등을 밀었다. 엉겁결에 떠밀려 나간 금와는 불안한 눈길로 사방을 주시했다. 가만히 그 모양을 보던 풍오자는 계장수에게 물었다.

"어찌할 테냐?"

풍오자에게서 모용화연에게로 시선을 돌린 계장수는 다시 금와를 봤다. 돌처럼 굳은 그 얼굴이 무얼 생각하는지 알 수 없었다. 그런데 작은 대답이 나왔다.

"돌아갈 겁니다."

뜻밖의 대답에 모용화연의 얼굴이 환하게 빛났다. 풍오자는 한숨 거둔 표정을 만들었고 임홍빈도 안도하는 얼굴이었다. 그런데 용태웅만 입을 비죽거렸다.

"저것들 개박살을 내야 하는데. 쌍."

그런 용태웅에게 계장수는 한마디를 던졌다.

"돌아가긴 돌아가는데, 저놈들한테 받은 걸 돌려주고 돌아가야지."

무슨 소린지 멀뚱거리며 보던 용태웅은 의미를 깨달았다. 그래서 힘차게 대답했다.

"당연하지!"

하지만 아이처럼 대답하는 용태웅의 옆에서 풍오자와 임홍빈을 비롯한 모용화연의 얼굴은 삽시간에 어두워졌다. 계장수의 돌아간단 말이 무슨 뜻인지 알았기 때문이다. 그건 저들을 모두 쓰러뜨리겠다는 의지의 표현이었다.

다시 앞을 본 용태웅의 눈엔 몸을 떨며 두리번대는 금와의 모습이 보였다.

땅딸하고 퉁퉁한 그 몸뚱이를 향해서 용태웅은 갑자기 발을 내디뎠다. 반 보를 내민 발끝으로 땅을 딛다가, 갑자기 바닥을 차고 발을 들어올렸다. 그 다리를 쭉 내밀어 바닥을 내리찍고, 그 반동으로 허리를 뒤튼 주먹을 내질렀다.

"하앗!"

푸아앙!

푸른 뇌전이 용태웅의 주먹에서 뻗어나갔다. 그것은 공간을 직선으로 유린하며 금와의 머리를 때렸다.

퍼억!

흩어지는 피와 골수의 파편 속에서 금와의 몸이 뻣뻣하게 넘어갔다. 살인은 찰나였다. 그 일이 벌어지는 순간, 용태웅과 계장수가 동시에 뛰어나갔다.

"덤벼! 이 새끼들아!"

소리치는 용태웅과 달려오는 계장수를 보며 십팔금강동인은 칼을 들고 마주쳐 나갔다.

앗, 하고 놀라던 청진이나 이호패가 말릴 사이도 없었다. 마주 달리는 그들 열여덟의 젊은 중들은 분노한 눈빛이었다. 어쩌면 당연한 일이었다.

십팔금강동인은 수십 년의 계획과 노력으로 만들어진 초인들이었다. 그들 개개인의 능력은 연무기 같은 자에 비해 조금 떨어질 뿐이라고 스스로들 생각하고 있었다. 그들 중 반수인 아홉 명만 있어도 철혈대와 벽력대 정도는 몰살시키는 것이다. 그런 그들의 능력과 자존심을 건드린 것이다.

"죽어라! 중대가리 새끼들아!"

달려가던 용태웅은 거짓말처럼 멈춰 서며 오른 주먹을 올려쳤다.

후아앙!

주먹에서 터진 푸른 구체가 돌바닥을 뒤집어 올리며 태풍처럼 날아왔다. 그걸 본 십팔금강동인은 아홉 명이 상체를 낮추며 동시에 계도를 그었다.

씨이이이융!

칼끝에서 퍼지는 푸른 도강들은 앞으로 퍼지며 몸을 섞었다. 그것들이 썰물처럼 밀려와 용태웅의 구체와 충돌했다.

쿠아앙!

빛의 폭산 속에서 용태웅이 뒤로 밀려갔다. 그 순간 아홉의 등 뒤로 뛰어오른 나머지 아홉의 금강동인들이 계도를 내리그었다.

부아아아아악!

아홉 줄기의 도강들이 유성처럼 떨어져 내렸다. 하지만 그 순간 뒤로 밀리던 용태웅은 나머지 왼손을 올려쳤다.

푸아앙!

푸른 벽력이 터져 나갔다. 이번엔 말 그대로 번개의 형상과 똑같았다. 그것이 아홉 줄기의 도강들이 합쳐진 힘에 몸을 들이받았다. 연이은 빛의 폭발은 눈조차 뜰 수 없을 지경이었다.

쿠아아앙!

하지만 폭발하는 아홉의 힘 중 세 줄기가 넘어왔다. 그것들이 용태웅의 몸을 덮쳤다. 그리고 그 순간 계장수는 용태웅의 몸을 막아섰다. 또한 귀신도가 울었다.

휘아아아앙!

"뢰!"

격한 계장수의 음성 속에서 귀신도가 내리그어졌다. 검은 악마의 이빨 같은 칼끝에서 퍼런 빛의 초승달이 터져 나갔다. 핑글핑글 돌며 날아가는 그것이 점점 제 몸을 분리했다. 수없이 많은 반월인(半月刃)을 뿌린 듯, 허공은 그 모양으로 자욱했다. 세 줄기로 넘어온 도강은 그것에 잘려 나갔다.

같은 순간 계장수의 존재를 대비하던 십팔금강동인들은 반원의 형태로 모여들었다. 뛰어내린 자들의 뒤에서 상체를 숙였던 자들이 섞이며 진을 형성했다. 그리고 열여덟 자루의 계도는 동시에 빛을 터뜨렸다. 그건 힘의 집약이었다.

쿠아아아앙!

두 힘이 부딪친 순간 공간의 함몰이 일어났다. 빛과 힘의 결정체들이 부서진 확산은 물론이고 엄청난 바람이 사방으로 퍼졌다. 그 바람에 휘말리는 것들은 모조리 가루가 되어 날아갔다. 하지만 그 속을 계장수는 또 뛰었다. 연무기와의 충돌 후 달려갔던 것처럼, 폭풍 같은 속을 뛰어나갔다.

온몸을 때리고 스치는 소용돌이 속에서 계장수는 어금니를 악물었다. 비릿한 것이 목구멍을 넘어왔지만 그냥 내처 삼켰다. 전신을 쳐온 충격은 감당하기 힘들었다. 하지만 달렸다. 그리고 놀라는 놈들의 머리 위로 도약했다.

"이여어엇!"

기합 소리로 떠오른 계장수는 두 발을 동시에 뻗었다.

파팡!

다급한 얼굴로 계도를 올려치던 두 명의 머리가 터져 나갔다. 두 명의 죽음을 반동으로 오른 몸은 다시 발을 휘돌렸다.

후아아악!

옆으로 뒤틀며 돌려 버린 발은 물러나던 다른 자의 가슴을 찍어 내렸다.

퍼억!

가슴 한쪽이 뜯겨지는 것처럼 터져 나간 자의 몸 옆으로 발을 딛은 계장수는 몸을 돌렸다. 돌아가는 몸에서 귀신도가 그어 나왔다. 그건 또 다른 두 명의 허리를 말끔하게 잘라냈다.

피이이웃!

두 동강으로 무너지는 자들의 몸 사이로 몸을 폭발시켜 나갔다. 그 뒤에서 계도를 드는 자의 목에 귀신도를 박았다.

피웃!

그대로 그 몸을 어깨로 받으며 칼을 뽑았다. 동시에 뒷발을 끌어당겨 몸을 반 바퀴 돌렸다. 그 반회전의 순간에 두 번의 칼을 좌우로 후려 그었다.

핏, 피잇!

　좌우에서 멀어지려던 두 놈이 사선으로 갈라졌다. 놈들의 몸은 기울어지듯이 분리됐다.

　모든 게 순간이었고 너무도 찰나에 벌어진 상황이었다. 반원의 무리로 뛰어든 계장수의 칼질은 그들에게 반격이나 피할 여지를 주지 않았다. 하지만 그들 역시도 피를 깎는 고련을 거듭한 무인들. 어느새 십팔금강동인들은 계장수의 몸에서 떨어지며 맹렬하게 뒤로 물러났다. 그렇게 물러나며 반격을 준비했다. 그렇지만 계장수는 그림자처럼 따라붙었다.

　뒤로 물러나는 열 명의 금강동인들의 눈은 당황을 넘어섰다. 그 눈들 앞으로 계장수는 폭발적인 도약으로 더욱 근접했다. 그리곤 계도를 내리그으려는 한 놈의 복부에 칼을 쑤셔 박았다. 동시에 칼을 비틀어 옆으로 갈라 그었다. 그 칼질에 옆에서 물러서던 놈의 허리까지 갈라 터졌다.

　피이이윽!

　급박한 그 순간에, 쓰러지는 놈들의 뒤로 경악해하는 나머지 여덟 놈의 눈들이 선명하게 보였다. 그 눈들에 들어 있는 것은 이제 공포와 경악이었다. 그것은 인간을 보는 눈이 아니었다. 좀 전의 분노 따위는 찾아볼 수도 없었다. 하지만 그들은 살기 위해서, 동료가 죽어간 짧은 틈을 이용해 칼을 그었다.

　쉬에에에엑!

　여덟 개의 도강이 달려드는 계장수의 전신으로 찍혀 내려왔다. 마지막 삶의 의지를 담은 필사의 칼부림이었다. 그러나 그걸 보는 계장수의 눈은 짙은 자주색으로 물들었다. 그와 동시에 귀신도는 종횡으로 칼날을 난자했다.

피피피피피피피핏!

수없이 많은 칼날의 잔영이 허공을 수놓았다. 하지만 그 잔영들은 자주색 줄기가 되어 뻗어나갔다. 그것들이 부딪친 도강들은 뚝뚝 끊어졌다. 그리고 눈이 녹듯이 사라져 버렸다. 그것은 사람들도 마찬가지였다. 자주색 도영(刀影)에 휩싸인 중들은 종횡으로 몸이 흩어졌다. 그것은 꼭 눈사람을 세워놓고 칼로 저며대는 것 같았다. 그리고 그렇게 저며진 잔해들은 검은 핏물로 흘렀다.

모두 녹아버렸다. 칼도, 승복도, 사람도 전부 녹았다. 자주색 칼 그림자에 흩어지던 여덟 명의 중들은 한 조각의 흔적도 남기지 못했다. 그저 그들이 있던 자리에는 검은 핏물이 땅에 스밀 뿐이었다. 지옥 같은 공포가 엄습했다.

"허억!"

"저, 저, 저……!"

이호패의 가쁜 숨소리와 청진의 숨 막히는 단절음이 죽은 자들을 찾았다. 하지만 먼저 죽은 자들만이 시신을 남겼을 뿐, 녹아 흩어진 자들은 찾을 길이 없었다.

흩어진 피 냄새와 죽은 자들의 망령을 쓸어가듯이 바람이 불었다. 그 바람 속에 칼을 들고 서 있는 자는 지옥의 마왕이었다. 때문에 지옥 마왕을 보고 있는 자들은 그저 공포에 떨었다. 주변을 포위한 백룡단원들이 그랬고, 이호패와 청진이 그랬다. 또한 넋을 빼놓고 바라보는 연무기가 그랬다.

천천히 몸을 돌려 세운 계장수는 이호패에게서 청진으로, 그리고 연무기에게로 차례차례 시선을 옮겼다. 숯불처럼 벌건 눈동자로 보던 계장수는 나직하게 말했다.

"날 기억하는 게 좋을 거라고 했지? 오늘은 너희들 모두가 죽는 날이야. 왜냐고? 그건 내가 소중히 여기는 사람에게 너희들이 고통을 줬기 때문이야."

말을 던진 계장수는 천천히 걸음을 옮겼다. 갖가지 표정이 뒤섞이던 연무기는 이를 물었다. 그리고 성한 팔로 검을 들었다. 고통에 찡그려지는 그 얼굴을 보며 계장수는 칼을 들었다. 그런데 그 순간 청진이 소리쳤다.

"살려주시오!"

바람처럼 달려와 연무기의 앞을 가로막은 청진은 무릎을 꿇었다. 그리고 거듭 소리쳐 빌었다.

"제발 부탁하오! 자비를 베푸시오!"

계장수의 눈썹이 거칠게 뒤틀렸다. 하지만 청진은 풍오자에게 또 소리 질러 애원했다.

"풍 노제! 부탁하오! 살려주시오!"

멍한 얼굴이다가 일그러지는 풍오자보다도 이호패가 먼저 청진에게 달려들었다.

"대사! 무슨 짓입니까? 어서 일어나십시오!"

청진은 이호패를 밀치며 다시 소리쳤다.

"저리 비켜! 이보시오! 제발 자비를! 자비를 베풀어주시오!"

검을 들던 연무기는 하얗게 창백한 얼굴로 비틀거렸다. 그때 다가온 풍오자는 버럭 소리쳤다.

"뭐냐? 무인의 자존심은 다 버린 거냐? 대관절 이게 무슨 짓이냐?"

벌떡 고개를 든 청진은 무릎걸음으로 풍오자에게 다가왔다. 덥석 풍오자의 다리를 잡은 청진은 마른 얼굴을 뒤틀며 애원했다.

"풍 노제, 제발 살려주시오. 옛정을 봐서라도 제발… 우린 이미 다 죽은 거나 진배없소. 그러니 제발 마지막 손끝에 인정을 두시구려. 부탁하오."

"이익! 뇌라!"

풍오자는 거칠게 청진을 뿌리쳤다. 하지만 청진은 아예 고개를 숙인 채 두 손을 모아 빌었다.

"이, 이, 미친……! 명색이 소림의 방장을 지냈다는 자가 이런 추태를……!"

"살려주시오."

풍오자의 분노와 청진의 애원은 서로 엇나갔다. 하지만 계장수는 칼을 내리지 않았다. 오히려 눈을 치켜뜨고 한 발을 내밀었다. 그런데 그때, 누군가 허리를 안았다.

"그만 해요."

뒤로부터 안은 사람은 모용화연이었다. 흔들리는 그녀의 목소리는 물기를 머금고 또 이어졌다.

"더 이상 제가 보는 앞에서 살인하지 마셔요… 저들은 원하는 걸 가졌으니 그냥 내버려 둬요……."

칼 잡은 계장수의 팔이 불뚝불뚝거렸다. 등 뒤의 온기와 숨결을 느끼는 몸은 조금씩 흔들렸다. 그러다가 칼이 조금씩 내려왔다. 그렇게 내려온 칼이 땅을 보고 멈췄을 때, 계장수는 모용화연을 돌려 세우고 입을 열었다.

"내 싸움은 이게 끝이 아니오."

눈물 글썽한 눈으로 모용화연은 대답했다.

"알아요."

그렇게 대답을 주고받은 두 사람은 서로를 뚫어지게 쳐다봤다. 그리고 잠시 후 계장수는 말했다.

"갑시다."

모용화연의 눈에 기쁜 눈물이 또 흘렀다. 그런 그녀가 청진의 고개 숙인 머리에 대고 말했다.

"잘 들으세요. 당신이 원하던 그것은 완벽한 것이 아니에요. 그것을 세상에 쓰고자 한다면 필히 재앙이 닥칠 거예요. 난 이제 그것을 보고 싶지도 않아요. 부디 실현 가능성도 없는 그것에 매달려 분별을 잃지 않길 바랍니다."

차분한 말을 던지고 모용화연은 계장수의 손을 잡았다. 그리고는 투박한 손을 잡아당기며 앞서 걸어갔다. 그렇게 점점 더 멀어지는 두 사람의 뒤에서 임홍빈이 중얼댔다.

"책을 가져가야 되는 거 아니야?"

용태웅이 불만스럽게 대답했다.

"왜? 가져가서 국 끓여 먹게? 저 자식 싸우는 거 안 봤냐? 제기럴! 난 뭐야?"

청진의 모습을 내려다보던 풍오자도 뒤돌아섰다. 그가 남긴 한숨은 이호패의 귀에 선명하게 들렸다. 하지만 그때까지도 청진은 고개를 들지 않았다.

다만 멀어져 가는 계장수의 뒷모습을 연무기만이 뚫어지게 바라보았다. 그 눈은 하얗게 달아오른 불길을 뿜어내는 것 같았다.

제8장
격랑으로 흐르는 세월

❶

사각사각 대는 소리가 계장수의 귀를 자극했다. 소리는 작고 조용했으며 정성스러웠다. 면포를 곱게 자르던 그 가위 소리가 멈춘 후 흰 면포보다 더 하얀 손이 가슴을 쓰다듬었다. 손에서 풀리는 마법처럼 면포는 몸을 둘러 감았다.

어깨에서 가슴, 복부를 돌아 올라 팔, 정성스럽고 꼼꼼하게 여며주는 손길은 너무도 다사로웠다. 본 적도 없고 느껴본 적도 없지만, 어머니가 있다면 저런 손이지 않을까 싶었다. 그냥 스치는 것만으로 안온함을 주는 손.

"정말이지 당신은 괴물이로군요."

면포의 매듭을 짓던 모용화연은 코를 찡긋대며 말했다. 장난스러운 그 눈에 시선을 주던 계장수는 물었다.

"내가 괴물이면 그대는 뭐겠소?"

그답지 않게 다정함이 묻어나는 목소리였다. 때문에 모용화연의 미소는 더욱 짙어졌다.

“상처가 벌써 반 이상 아물었어요. 의원 생활을 해왔지만 이런 경우는 처음 보아요.”

말하던 그녀의 코가 살풋 주름을 만들고 눈웃음을 쳤다.

“그리고 난… 괴물의 주인이죠. 안주인.”

목련 봉오리처럼 터지는 그녀의 미소에 계장수는 눈이 부셨다. 같은 침상에 걸터앉은 이 여자의 실체가 꿈만 같았다. 나를 위해 울고 나를 걱정하고 내 상처에 아파하는 여자. 그런 여자를 보는 두 눈이 거짓 같았다.

“말해 봐요. 내가 예쁜가요?”

빤히 처다보며 묻는 모용화연의 눈은 초롱초롱 빛이 났다. 그 눈이 계장수는 사랑스러웠다. 그저 보는 것만으로 가슴이 벅차오르는 것은 이 여자의 마법 같았다.

“그대는… 별처럼 빛이 나오.”

똘망똘망 바라보던 모용화연의 콧등에 또 살짝 주름이 잡혔다.

“유치해요.”

하지만 계장수를 바라보는 그녀의 눈은 희열로 빛이 났다. 그 눈은 정말 별 같았다.

“안아줘요.”

갑자기 모용화연은 계장수의 목을 두 팔로 감았다. 가슴에 맞닿은 그녀의 몸이, 목을 감은 그녀의 두 팔이 당황스러웠다. 하지만 곧 기다렸던 것처럼 두 팔은 그녀의 허리를 감싸 안았다. 그건 너무도 자연스러웠다.

"고마워요."

귓가에 입김을 부는 것처럼 모용화연은 속삭였다. 간지럽고 황홀한 그 느낌에 계장수는 정신이 다 아득했다. 뭐라 말을 하고 싶었지만 말은 나오지 않았다. 그저 머리 속에서 혀끝까지 맴도는 말 대신 그녀를 꽈악, 끌어안았다.

"흐음……."

모용화연도 숨소릴 내며 팔에 힘을 주었다. 놓칠 수 없는 것을, 놓쳐선 안 될 것을 팔에 휘감은 듯 가늘고 흰 팔목에 푸른 혈관이 돋도록 힘써 안았다.

오후의 기울어진 햇살이 창문을 타고 들어왔다. 길게 늘어진 햇발은 바닥을 기어서 두 사람의 다리를 비췄다. 바싹 밀착된 두 사람의 다리는 어쩔 줄을 몰라 했다. 조금은 수줍은 듯, 더러는 대담한 듯 서로를 비비며 기뻐했다.

행복하게 가쁜 숨소리를 계장수의 목덜미에 뿜던 모용화연은 살며시 고개를 들었다. 목을 감았던 두 팔은 손을 들어 계장수의 뒷머리를 쓰다듬었다. 발그레하게 상기된 뺨은 구릿빛 사내의 볼을 스치며 얼굴 앞에 멈췄다.

두 사람의 코가 맞닿았다. 뒷머리를 쓰다듬던 모용화연의 손은 슬그머니 넘어와 계장수의 두 뺨을 쓸었다. 금분과 은분이라도 만지는 것처럼, 살포시 움직이는 모용화연의 두 손은 너무 설레었다.

맞닿은 코끝을 살짝살짝 문지르던 모용화연은 계장수의 눈을 보았다. 검고 우묵한 그 눈동자를 보던 그녀는 살며시 입을 열었다.

"나 때문에 돌아선 걸 알아요. 내가 아니었다면… 당신은 그들과 마지막까지 승부를 겨뤘겠죠. 하지만 날 위해 그 일을 포기했어요. 그래서 고마워요."

잔바람에 흔들리는 진달래 꽃망울처럼 모용화연의 눈동자가 흔들렸다. 눈 속에 가득한 그 마음을 알기에 계장수는 명치끝이 먹먹했다. 하지만 또 한편 서글프고 미안하기도 했다. 알면서도 두고 가야 할 앞으로의 일들이 가슴을 돌로 채웠다.

"난, 그냥……."

"쉿, 아무 말도 하지 말아요."

모용화연은 손가락으로 계장수의 입술을 막았다. 열리다 만 입으로 바라보는 계장수를 그녀는 예쁜 미소를 물고 들여다보았다. 그러다 영산홍처럼 붉은 입술을 내밀었다. 작은 그 입술이, 계장수의 선 굵고 투박스런 입술을 삼켜 버렸다.

"읍."

"흐읍."

짧은 두 사람의 숨소리가 교차하고 긴 정적이 내려앉았다. 눈 감긴 모용화연의 얼굴은 붉은 노을처럼 발갰고, 동그랗게 떴던 눈을 스르르 감은 계장수는 꿈속을 헤매는 나그네 같았다.

입술을 마주 댄 두 사람은 서로를 더욱 바짝 끌어안았다. 연인의 몸 뚱이를 안은 네 개의 손은 수줍음과 도발 속에서 어쩔 줄을 몰라 했다. 만져도 꿈결같고 비벼도 채워지지 않는 이 떨림을 두 사람은 그저 탐닉했다.

탁. 탁. 탁.

열린 창을 흔든 바람이 창문을 벽에 때렸다. 연인들의 숨소리만이 가득한 실내에 그 소리는 한가롭게 퍼졌다. 흔들리는 창을 스미던 저녁 햇살도 조금씩 발을 걷어갔다. 하지만 서로를 부둥켜안은 연인에겐 시간조차 비껴 흘렀다.

흔들리는 창문턱으로 낙조의 붉은 여운만이 남았을 무렵, 창문 반대편의 문이 열린 것은 너무도 갑작스러웠다.

"이봐, 헉!"

문을 벌컥 열고 숨넘어가는 소릴 낸 건 용태웅이었다. 동그란 눈으로 눈가를 경련하는 그의 뒤에서 임홍빈이 바로 고갤 디밀었다.

"밥 먹어야지 뭐 해. 헉!"

임홍빈도 딸꾹질 같은 소릴 냈다. 그렇게 두 사람은 문 앞에서 얼어버렸다.

방 안에서 후다닥 떨어진 두 사람 중 모용화연은 앙칼지게 소리쳤다.

"뭣들 하는 거예요? 인기척도 낼 줄 몰라요?"

쌍심지 돋운 그녀의 얼굴과 고개를 외면한 계장수의 얼굴을 두 사람은 부릅뜬 눈으로 바라만 봤다. 그러다가 임홍빈은 정말 딸꾹질을 시작했다.

"껵, 우리가 껵, 본 게 껵, 뭐지? 껵."

임홍빈이 괴상한 소리로 묻자 용태웅은 동그랬던 눈을 점점 수그리더니 어깨까지 수그러진 모양으로 힘없이 대답했다.

"네가 생각하는 그거야……."

"그게 그러니까 껵, 내가 껵, 생각하는 껵, 그거 껵, 맞단 말야? 껵 껵."

용태웅은 갑자기 임홍빈에게 돌며 두 손으로 목을 잡았다. 그리고 소리치며 흔들었다.

"그래! 맞어! 맞다구, 이 자식아!"

“켁! 케엑!”

닭모가지 잡힌 것처럼 흔들리는 임홍빈의 얼굴은 금세 벌게졌다. 그런 두 사람의 꼴을 보던 모용화연이 또 소리쳤다.

“무슨 짓들이에요?”

임홍빈을 흔들던 용태웅은 하던 짓을 멈췄다. 그리곤 눈매 올라간 모용화연과 시선 안 맞추는 계장수를 번갈아 보았다. 한숨이 뒤를 이었다.

“헤이유… 나이는 내가 젤 많은데…….”

비루먹은 개 같은 시선을 남기고 용태웅은 뒤돌았다. 그렇게 문밖으로 사라지는 그는 계속 웅얼거렸다.

“나도 아버지처럼 돈 주고 여잘 사야 되나? 아, 갑자기 배가 아프다. 누군가 내 주변에 잘되는 놈이 있나 본데, 어떤 놈인지 패주고 싶어라.”

용태웅이 사라지자 임홍빈은 켁켁거리던 목을 풀고 두 사람을 봤다. 그리고 씨익 웃으며 말했다.

“두 사람 밥… 따로 갖다 줄까?”

모용화연이 탁자로 달려가 찻잔을 집어 들었다.

“어서 꺼져요!”

“이크, 참아요! 참으라구요!”

두 손을 내저으며 임홍빈은 사색이 된 채 문을 나갔다. 하지만 그도 한마디 남기는 걸 잊지 않았다.

“그렇게 흥분하면 장차 태어날 아이한테 안 좋아요! 의원이니까 잘 알지요?”

모용화연은 끝내 찻잔을 던졌다.

"무슨 소릴 하는 거얏!"

챙강!

씩씩대는 얼굴로 모용화연은 임홍빈을 쫓아갔다. 곧바로 문밖에서 '아이쿠아이쿠' 소리가 연이어 들렸다. 그 소리를 들으며 계장수는 웃옷을 걸쳤다.

새로 구한 짙은 청의의 매무새를 가다듬은 후 여유롭게 문을 나선 계장수는 짧은 복도를 지나 계단을 내려갔다. 아래층엔 음식을 가운데 두고 마주 앉은 사람들이 보였다.

씩씩대다 임홍빈의 멱살을 풀고 앉는 모용화연도 보였고, 벌써 젓가락질에 열심인 풍오자도 보였다. 그리고 집주인인 신달호, 신율호 형제도 보였다.

"야, 빨랑 와. 음식 식잖니. 쩝쩝쩝."

풍오자가 게걸스럽게 먹으며 말했다. 신달호, 신율호 형제도 계단을 올려다보며 권유했다.

"어서 오십시오."

"몸은 괜찮소?"

가볍게 목례를 보인 계장수는 풍오자의 옆으로 가서 앉았다. 대청에 마련된 식탁엔 음식이 가득했다. 무사히 돌아온 모용화연을 축하하며 신가 형제가 마련한 것이었다. 그걸 알기에 마주 보고 앉은 모두는 기쁜 표정을 지었다.

돌아온 지 하루가 지났지만 어제는 사뭇 달랐었다. 의림에서 마을 사람들의 유골을 수습하느라 다른 경황은 없었다. 모용화연은 계속 슬피 울었고 임홍빈은 돌 같은 얼굴로 재 속을 뒤졌다. 풍오자와 용태웅도 가끔씩 눈을 비볐다.

수습된 유골을 모두 모아 한데 합장하고 제를 올렸다. 임홍빈이 경을 읊고 용태웅은 지전을 태웠다. 그 앞에서 모용화연은 몹시도 서럽게 곡을 했다. 하지만 그렇게 하룻밤으로 제를 마무리하고 신가 형제의 약포로 돌아왔다.

천천히 맞은편에 앉은 모용화연과 임홍빈, 용태웅을 보던 계장수는 문득 생각난 듯이 물었다.

"동주와 애령이는?"

입술을 내민 용태웅이 바로 말을 받았다.

"어따, 빨리도 물어보는구먼. 저 눈에 지금 뭐가 보이것어?"

닭다리를 거칠게 뜯는 용태웅을 힐끔 돌아본 임홍빈이 대답했다.

"아침에 잠깐 일어나서 화연 아가씨를 붙잡고 한참을 울더니, 밥 먹고 여태까지 내쳐 자는군. 그래서 일부러 안 깨웠어."

끄덕여지는 계장수의 고개를 본 임홍빈은 모용화연에게 말을 걸었다.

"이제 어쩌지요? 잿더미가 된 곳에 남아 있을 수는 없잖아요?"

조심스레 젓가락을 놀리던 모용화연은 움직임을 멈췄다. 그러다 맞은편에 앉은 계장수를 바라보았다. 작은 목소리가 이어 나왔다.

"어느 곳이든… 동주와 애령이를 돌봐야지요."

듣고 있던 신달호가 의견을 건넸다.

"우리랑 같이 지냅시다. 이 참에 의원을 개설하지요. 이곳이 싫다면 절강 땅 항주(杭州)로 가십시다. 오래전부터 그곳에도 기반을 마련해 두었으니 어려움은 없을 거요."

"그러지요. 나도 이젠 이 고장이 싫습니다. 더군다나 아무래도 기억이 남는 곳이고 하니, 새로운 곳에 가서 안돈하는 것이 좋을 듯하오.

아이들을 생각하면 꼭 그래야 한다고 보오."

신율호가 뒤를 이어 말했다. 가만히 계장수를 보던 모용화연은 밥그릇으로 시선을 내리며 힘없이 대답했다.

"좋은 말씀이네요… 받아만 주시면 저희는 그저 감사할 따름이지요."

신달호가 웃으며 말을 받았다.

"감사라니오. 아가씨의 의술이면 우리에게도 크게 도움이 되는 일이지요. 허허허허."

식탁 위로 퍼지는 신달호의 웃음소리를 들으며 계장수는 모용화연을 봤다. 숙여진 얼굴 위로 떨리는 그녀의 속눈썹이 가슴을 죄어왔다. 말하고 싶었다. 이제 다 잊고 같이 살겠노라고. 하지만 그 말을 하지 않을 거란 걸 저 여자는 안다. 그래서 저런 얼굴인 거다. 슬픔을 속으로 삭이는.

"야, 이 자식아, 닭은 너 혼자 다 처먹냐?"

갑자기 들린 풍오자의 목소리는 계장수의 상념을 깨웠다. 용태웅이 잡은 닭에 상체를 들이밀어 손을 뻗은 그는 훌떡 반을 찢어냈다. 잽싸게 다시 자리에 앉아 입으로 쑤셔 넣었다. 용태웅은 바로 바르락거렸다.

"아니, 왜 이래요? 그쪽에 있는 거 다 먹고 남의 거까지 뺏어가는 심보는 뭡니까? 정말 이럴 거예요?"

"쩝쩝, 얌얌. 뭔 소리야, 임마. 그러게 누가 음식 놓고 제사 지내래? 먼저 먹는 게 임자지. 얌얌. 아, 야들야들하구나. 쩝쩝쩝."

어이없는 얼굴로 보던 용태웅은 인상을 쓰면서 고개를 돌려 버렸다.

"에유, 상종을 말아야지. 내 팔자에 뭐 좋은 인복이 있겠어? 다 염장

지르는 것들뿐이지."

"상종하지 말렴. 누가 상종하라던? 그런 것들 주변에서 알짱댄 네놈 책임이지 그게 뭐… 가만, 것들? 너, 지금 것들이라고 했냐? 야, 저놈이 그랬지? 맞지?"

풍오자는 눈썹을 꿈틀꿈틀댔다. 신달호와 신율호는 못 들은 척 식사에만 열중했고 모용화연은 한숨을 내쉬었다. 결국 대답은 임홍빈이 했다.

"여기서 것들이란 위아래 없이 싸잡아서 한 말이 분명하구요. 식사 시간 전에 위층에서 애정 행각을 벌이던 두 남녀의 행위에 분노한 표현이 틀림없어요."

임홍빈은 용태웅에게 고개를 돌리고 따지듯이 물었다.

"내 말이 맞지? 그지?"

인상 쓰던 용태웅의 표정이 사르르 풀어지더니 둘은 서로를 쳐다보며 동시에 헤실헤실 웃었다.

"크헤헤헤헤헤."

"우히히히히히."

풍오자는 좀 전의 화도 잊고 궁금해서 못 견디겠다는 얼굴로 바로 물었다.

"야, 이자식들아, 그게 뭔 소리야? 위층에서의 애정 행각이라니? 거기 있던 남녀라면 애덜이잖아?"

손가락으로 계장수와 모용화연을 가리키는 행위에 신달호와 신율호은 헛기침을 했다. 물론 지적당한 당사자인 계장수와 모용화연의 얼굴색이 변한 것도 사실이었다. 하지만 풍오자의 행위는 거기서 그치지 않았다.

"애덜이 거기서 뭐 했는데? 니덜이 봤냐? 봤구나? 그지? 뭐 하던? 껴안고 입이라도 맞추던?"

껠껠거리던 임홍빈과 용태웅, 두 사람의 표정과 웃음이 그 순간 딱 멎었다. 임홍빈의 입이 허망하게 벌어졌다.

"어, 어떻게 아셨어요?"

"뭐야? 진짜 그거야? 겨우 그거 갖고 그 지랄들 한 거냐? 난 또 지들끼리 애라도 만들었다고?"

"도장 어른!"

모용화연이 뾰족하게 소리쳤다.

"아이쿠, 깜짝이야. 귀청 떨어지겠다. 눈은 왜 그래? 왜 그렇게 모로 돌아갔어?"

여유로운 너스레로 풍오자는 모용화연의 눈길을 피했다. 하지만 돌아간 그 눈길에 들어온 계장수의 눈은 더 이상 피하지 못했다.

"어? 야, 넌 또 뭘 그렇게 쳐다보냐? 농담 한마디 한 걸 갖고? 자자, 그러지 말고 우리 밥들이나 마저 먹자고? 응? 알았지? 즐거운 식사."

얼버무리고 시선을 뗀 풍오자는 밥그릇을 입에 가져가 젓가락질을 하며 용태웅에게 말했다.

"그나저나 곰탱이 넌 참 안됐다. 쩝쩝. 애 볼 나이 된 놈은 저놈인데. 냠냠냠."

이번엔 모용화연과 계장수는 물론 용태웅마저도 눈을 부라렸다. 하지만 풍오자는 세 사람의 죽일 듯한 시선에도 아랑곳하지 않고 밥만 먹었다.

어수선한 분위기 속에서의 식사는 그렇게 끝이 났다. 식탁이 치워지고 찻잔을 앞에 두고 앉았을 때에야 제대로 된 이야기들이 나왔다. 그 시작은 임홍빈이 했다.

"그런데 그 책자는 가져왔어야 하는 거 아니었어요? 그걸 가지고 놈들이 무슨 짓을 할지 모르잖아요? 분명 나쁜 짓에 쓸 게 틀림없는데 말예요?"

시선을 맞춘 모용화연은 가만히 고개를 끄덕였다.

"맞아요. 그들은 그걸 사용하겠지요. 하지만 그로 인해 재앙을 초래한 꼴이 될 거예요."

"재앙이라니? 그게 무슨 소리요?"

용태웅의 질문에 한번 눈길을 던진 모용화연은 계장수의 얼굴을 보았다. 그러다가 자신의 찻잔으로 시선을 내리고 천천히 대답했다.

"인간강화비술… 그것은 불완전해요. 아버지도 이론적인 토대를 마련했을 뿐 실현은 하지 못했어요. 언뜻 완벽한 것처럼 보이지만, 천지의 섭리를 거스른 것에 완벽이란 있을 수 없지요. 아버진 그걸 나중에야 알았어요."

바라보던 계장수는 넌지시 질문을 던졌다.

"실험이 있었구려?"

고개 들어 시선을 맞춘 모용화연은 머리를 끄덕였다.

"문둥병자들의 병질(病疾)을 고치기 위해 시도했었지요. 이론대로라면 병환을 고침은 물론 초인이 될 테니까요. 하지만 번번이 실패했어요. 모두가 보름을 넘기지 못하고 사망했지요. 개중엔 두 달포여를 넘겨 생존한 이도 있었지만, 그들도 끝내 이상 증세를 보이다가 사망했지요."

"이상 증세라니?"

이번엔 풍오자가 물었다. 모용화연은 그때를 생각하는 듯 잠시 입을 다물었다가 다시 열었다.

"스스로의 힘을 주체하지 못하는 것 같았어요. 게다가 정신은 온전한데 몸이 말을 듣지 않았지요. 통제되지 않는 그 몸의 힘을 쓰려고 발작을 일으켰어요. 그들의 손발에 닿은 것은 모두 부서졌지요. 하지만 그런 증상이 나타나고 하루가 지나면 전신 혈맥이 터져서 사망했지요."

모두는 말이 없이 모용화연의 얼굴만 보았다. 그러다가 풍오자가 제일 먼저 한숨을 내쉬었다.

"그런 걸 그 빌어먹을 청진 놈은… 휴우."

한숨 소리가 채 가시기도 전에 임홍빈은 누구에게랄 것 없이 물음을 던졌다.

"청진이라는 그 승려가 대관절 왜 그랬을까요? 어르신과 더불어 철혈무제에게 유일하게 맞섰던 사람 아닙니까? 더군다나 대소림의 방장까지 지낸 사람이 그런… 추태를 보이다니, 전 정말 이해할 수가 없군요."

용태웅도 그 말에 수긍하는지 고개를 끄덕였다.

"맞아. 그 늙은이가 갑자기 무릎을 꿇고 살려달라고 빈 건 정말 이상했지. 이호패라는 놈도 연무기라는 놈도 놀란 얼굴이었어. 수치를 느낄 새도 없이 말이야."

모두들 동조하는 분위기였다. 대답은 계장수가 명쾌하게 내놨다.

"그자는 수치보다도 사는 걸 먼저 생각했을 뿐이야. 살아만 있다면 수치는 언제든지 되갚아줄 수 있지. 그의 무릎은 결코 가벼이 꿇린 것이 아니야."

용태웅과 임홍빈의 눈은 계장수를 보고 껌벅댔다. 그런 두 사람의 시선을 이번엔 풍오자가 잡아끌었다.

"난 청진 그놈이 무섭다. 젊은 날부터 알던 그놈이 아니야. 지금의 그놈은 제 목적을 채우기 위해 모욕을 청하는 일도 감수한다. 비루하게나마 목숨을 연명해서 후일을 도모하겠다는 의지가 놈에겐 있다. 그래서 놈은 연무기란 놈의 앞을 가로막고 무릎을 꿇은 거야. 그리고 살려달라고 빈 거지. 정녕 무서운 놈이다."

용태웅과 임홍빈은 물론 모용화연과 신달호, 신율호 형제까지도 침을 삼켰다. 풍오자는 거듭해서 말을 꺼냈다.

"살려달라고 빌던 그놈은 속으로 이를 갈았을 것이다. 그리고 언젠가는 우리와 다시 만나게 될 거야. 그때가 되면 그놈은 치욕을 되갚고자 하겠지. 그리고 그건, 그놈에게 그럴 힘이 갖추어졌다는 얘기가 된다."

말을 끊은 풍오자는 옆 자리의 계장수를 돌아보았다. 끊어졌던 말은 다시 이어졌다.

"난 그때를 감당할 수 없을까 봐 그것이 두렵다."

대답없이 계장수는 풍오자의 눈에 시선을 맞추었다. 하지만 곧 대답을 내놨다.

"도장이 애초에 대비하고자 하던 우리의 적은 그들과 비교조차 할 수 없는 상대들이오. 그들이 아무리 환골탈태한다 해도 그들에겐 미치지 못하오."

풍오자의 눈썹 끝이 흔들렸다. 눈동자까지 흔들던 그 눈은 곧 한숨으로 사그라들었다. 하지만 딴지는 다른 곳에서 걸렸다. 용태웅이었다.

"야, 그래도 네 몸에 상처를 낸 놈들 아니냐? 난 어검술 부리는 놈은 처음 봤다. 그놈한테 너도 처음엔 밀렸잖아? 그리고 뒈져 버린 십팔 머시긴가 하는 놈들도 감당하기 힘들었어. 네댓 놈이면 몰라도 열여덟 명이면 얘기가 다르지. 만약 그런 놈들이 또 있다면 그건 간단한 문제가 아니야. 더구나 불완전하다지만 비술도 놈들에게 있고… 난 솔직히 그런 게 자꾸 마음에 걸린다.”

용태웅의 말에 계장수는 무뚝뚝하게 대답했다.

“익숙하지 않아서 그랬을 뿐이야.”

“뭐?”

“어검술.”

“뭐, 이 자식아? 누가 그런 거에 익숙한 놈이 어디 있냐? 익숙해서 싸우면 그게 싸움이냐? 엉?”

어이없다는 얼굴로 용태웅은 버럭댔다. 계장수는 표정없이 시선을 돌리고 딴 곳을 봤다. 용태웅은 바로 또 주절댔다.

“저것도 가만 보면 때때로 애새끼가 이상해진단 말야?”

계장수에게서 임홍빈에게로 시선을 돌린 용태웅은 불쑥 물었다.

“야, 너 때문 아니야?”

“뭐? 뭐가 나 때문이야?”

“너하고 같이 다녀서 물든 거 아니냐고?”

“무슨 소리야!”

임홍빈이 바락대고 용태웅이 입술을 비죽일 때 풍오자는 또 한숨을 쉬었다. 곁에서 지켜보던 모용화연은 머리를 짚었고 계장수는 여전히 딴 곳만 봤다.

탁자의 어수선한 분위기가 가라앉을 무렵, 모두의 눈치를 살피던 신달호가 조심스럽게 말을 꺼냈다.

"이제 이사를 논의해야 할 때인 것 같군요. 의견이 정해졌으니 실행만이 남았는데… 어찌해야 하오리까?"

제일 어른인 풍오자를 겨냥한 말이었다. 한숨 쉬는 것도 지겨워하던 풍오자는 냉큼 말을 받았다.

"아, 꾸물거릴 게 무에 있어? 준비됐으면 당장 내일이라도 떠나야지? 야, 안 그러냐?"

계장수에게 말문을 돌리자 계장수는 모용화연을 봤다. 둘의 눈이 마주친 짧은 순간, 용태웅과 임홍빈이 또 종알댔다.

"야, 둘이서 또 불꽃 튄다. 봐라."

"그러게. 기름이라도 부어버릴까?"

계장수와 모용화연은 바로 시선을 뗐다. 그리고 계장수는 멋쩍게 말을 했다.

"음음. 준비가 됐다면 바로 떠나는 게 좋을 듯합니다. 우선은 목적지인 항주까지 우리가 동행한 후에 안돈하는 것을 보고 차후 문제를 의논합시다."

모용화연의 표정은 환하게 밝아졌다. 임홍빈은 고개를 끄덕였고 용태웅은 혼자 중얼거렸다.

"체, 눈꼴신 꼬라지를 앞으로 어찌 보누."

임홍빈이 그런 용태웅의 옆구리를 쿡쿡 찔렀다.

"내가 여자 하나 소개시켜 줄게."

용태웅은 대번에 얼굴을 활짝 펴졌다.

"정말? 너 그 말 정말이지? 응? 그렇지?"

"그럼, 그까짓 거 무슨 어려운 일이라고."

"어디, 아는 사람이라도 있는 거냐?"

“아는 사람은 뭐. 어차피 항주에 가면 기루도 많을 텐데 부적 팔면서 물색해 보면 되지.”

“뭐? 그러니까 네 말은… 기루의 기녀란 말이냐?”

“왜 싫어?”

“이 개노무시키!”

용태웅은 임홍빈의 목을 잡았다. 그리고 언제나처럼 흔들었다.

“날 가지고 노냐? 사람을 뭘로 보고 그 따위 소리야? 엉?”

“커컥! 그, 그게 뭐 어때서! 커억! 펴, 편견을 버리라고!”

“죽어라! 이 자식아!”

그날의 저녁은 그렇게 어수선한 속에서 저물었다. 그리고 새벽닭이 울기도 전에 길성약포의 문이 열리고 사람들이 나왔다. 뒷문에선 미리 준비된 수레와 마차가 나왔고, 그것에 올라탄 사람들은 홍택을 떠나갔다.

그렇게 떠나가기 전부터 용태웅과 풍오자, 계장수는 사방 백 리 안을 샅샅이 정탐하고 다녔다. 혹시 모를 간세들과 정탐꾼들의 눈을 피하기 위함이었다.

모든 것이 안전하다고 확인된 후 일행은 합류했다. 그렇게 떠나가는 도중에 용태웅은 임홍빈에게 계속 집적댔다. 간간이 들리는 말소리는 저녁때 너무 흥분했었다는 둥, 얼굴만 예쁘면 아무래도 상관없다는 둥 대충 그런 소리 같았다. 임홍빈이 저리 가라고 버럭대는 소리도 바람결에 들렸다.

❷

대륙상가의 내원 깊숙한 곳에 처박힌 청진은 나올 생각을 하지 않았다. 치욕스런 수치와 패배를 안고 돌아온 그가 한 일은 정체 모를 한 사람을 부른 것이었다. 그것이 하루가 지난 뒤의 일이었다. 때문에 무림맹 내외에서는 그의 행보와 팔로장에서의 일을 놓고 들끓었다. 하지만 청진은 나오지 않았다.

"아미타불… 어떠하오?"

다탁에 마주 앉은 초로의 사내를 청진은 유심하게 바라보았다. 빛바랜 백의를 입은 초로의 인물은 책을 덮으며 고개를 끄덕였다.

"역시 모용민이오. 이런 이론을 세울 수 있다는 건 그와 같은 천재적인 자의 노력과 식견이 아니고선 불가능할 것이오. 정말 대단하다고밖엔 할 말이 없소이다."

초로사내의 대답은 열린 후원 문을 넘어 흩어졌다. 볕이 따뜻하게 비추는 후원엔 날 것들의 움직임이 보였지만, 녹음의 냄새를 밀어주는 훈풍은 실내의 두 사람에게 감흥을 주지 않는 것 같았다.

"하면, 가능하다는 말이오?"

다시 질문한 청진의 눈은 유달리 빛이 거세어 보였다. 때문에 초로사내는 조금 저어하는 표정으로 대답했다.

"물론… 가능하다고 보오이다. 결함이란 비술의 마지막 단계에서 혈류가 막히고 역류하는 현상을 말함일 것이오. 이대로라면 반드시 그런 현상이 생길 것이오. 하지만 그건 내가 연구해 온 혈류정경지도(血流正經之道)로 보완이 가능하오이다. 그건 나, 탁지만(卓至萬)의 이름을 걸고 장담하오."

자신의 이름을 걸고 장담하는 초로사내, 탁지만이란 자의 눈을 청진은 고요히 들여다보았다.

적수의(赤手醫) 탁지만. 그게 저 초로사내의 이름이었다. 언제나 핏물에 젖어 손에 붉은빛이 가실 날이 없다는 자, 혈맥과 기경팔맥의 의도에 관한 한 누구에게도 뒤지지 않는다는 자, 모용민보다 십여 년을 늦게 알려졌지만, 그에 못지않다고 알려진 의원, 하지만 그 때문에 세상을 등진 사내.

탁지만은 세상의 이목이 천재 의원 모용민에만 쏠리는 것을 자존심 상해했다. 하지만 의원이 의술로써 비무를 할 수도 없는 일이어서 언제나 두 번째로 거론되는 것을 감내해야 했다. 그러나 모용민의 명성이 절정에 이른 때 홀연히 세상을 등지고 사라졌다. 그런 자를 지난 삼 년간의 수소문 끝에 찾아낸 것이다. 그 일은 모용민의 종적을 찾을 때부터 같이 시작했다.

저들의 의술이 필요할 것이라고 여긴 것이다. 특히나 모용민이 사라지기 직전 얘기했던 비술이 사실이라면, 뜻을 펼치는 데 커다란 도움이 될 것으로 생각했다. 거기에 탁지만의 의술이 더해진다면 더 말할 나위 없었다. 그래서 두 사람을 은밀히 찾았다. 하지만 하나는 이미 죽어 유품만을 남겼고, 또 하나는 살아 수십 년 만에 그 유품을 보고 있는 것이다.

천천히 탁자 위의 책자로 시선을 내린 청진은 혼잣말처럼 중얼거렸다. 무거운 말소리였다.

"아비의 말도 딸의 말도… 둘 다 틀린 소리는 아니었군."

무겁게 책을 내려다보던 청진은 시선을 다시 들었다. 시선만큼 묵직한 음성이 뒤를 이어 나왔다.

"당장 시작합시다. 결과는 언제쯤이나 볼 수 있겠소?"

"시작이야 언제라도 좋습니다만, 준비해야 할 것들이 꽤나 많습니다. 그것들의 준비에만도 여러 시일이 걸릴 겁니다."

"그런 것들일랑 걱정하지 마시오. 모든 준비는 촌음을 다투어 마련할 것인즉, 적수의께서는 연구에, 결과를 만들어내는 일에 총력을 기울여 주시오."

"그러하시다면야… 미력이나마 주야로 매진할 것을 약속드리옵고, 결과에 대한 것은 빠르면 반년, 늦어도 한 해가 넘어가지 않을 것입니다."

"그래요? 빠르면 반년 늦으면 일 년이라… 흐음, 대략 빈승의 계산과 맞아떨어지는 시일이구려."

고개를 끄덕이는 청진의 얼굴은 만족한 듯, 혹은 다른 무엇을 생각하는 듯 가늠하기 힘든 표정이었다. 그런데 그 순간 두 사람의 담화를 깨는 소리가 문밖에서 들렸다.

"사형, 청율입니다."

목소리가 들린 직후 승낙도 있기 전에 문이 열렸다. 열린 그 문으로 여러 사람들이 들어왔다. 청율을 필두로 고월자, 이호패와 연무기. 모두 넷이었다.

네 사람은 차례로 들어섰다. 의미 불명한 시선으로 바라보는 청진의 눈길에도 아랑곳하지 않고 모두 청진과 탁지만이 앉은 탁자에 둘러앉았다.

탁자에 앉은 청율은 청진에게 합장해 보이며 입을 열었다. 넷 다 모두 돌 같은 얼굴이었다.

"아미타불… 사형, 맹의 내외는 물론 소림 본찰에도 소문이 퍼져 반응이 끓는 기름과도 같습니다. 대체 어인 심중이신지 알고 싶습니다.

이대로는……."

"창피하다는 말이냐?"

청진의 음성은 날카롭게 각이 서 있었다. 조소가 깃든 그 목소리는 바로 또 이어졌다.

"부끄럽고 굴욕스러워 죽고 싶은 심정이란 말이더냐?"

실내에 들어온 네 사람을 차례로 돌아보는 청진은 눈은 불길처럼 달아올랐다.

"죽을지언정, 무릎 꿇고 살려달라고 빈 내가 견딜 수가 없다고 하더냐? 그래서 당장에 그들을 찾아 사생의 결단을 내자고? 전부 몰살하리?"

바라보는 청진의 눈은 바들바들 떨렸다. 그리고 끝내 참았던 감정을 터뜨렸다.

"이 어리석은 것들아!"

청율을 뺀 세 사람의 얼굴은 해쓱하게 창백해졌다. 그들은 청진에게서 이런 말을 들을 처지가 아닌 것이다. 무당의 장문인 고월자가 그러했고 그 제자이며 대류상가주인 이호패가 그러했다. 또한 곤륜이성의 전인인 연무기는 모셔진 손님이었다. 하지만 지금 이 순간 청진의 앞에서 다 소용없었다.

분노를 참지 못하고 부들대는 청진의 눈동자는 네 사람에게 하나하나 시선을 맞췄다. 참았던 말은 다시 이어졌다.

"잘들 들으시오. 어리석음은 한 번으로 족하오. 그들과의 승패는 이미 결정났소. 계획했던 싸움은 아니었지만, 그들에게… 아니, 그에게 우린 패했고 목숨을 구걸받았소. 내 무릎이 굽어진 걸 부끄러워하지 마시오."

"하지만 청진 도우. 이는 우리 구파의 이름을 건 무림맹의 위상이 걸린 문제오이다. 향후의 거취에 지대한 영향을 끼칠 문제를 그리 간단하게만 생각할 것이 아닌 듯하오이다."

고월자였다. 뒤를 이어 청율도 말을 꺼냈다.

"그렇습니다, 사형. 벌써 일부는 맹을 이탈할 움직임마저 보이고 있습니다. 믿었던 곤륜이성의 전인이 패하고, 무적으로 생각했던 십팔금강동인이 모두 죽자 맹의 수뇌부를 백안시하고 있습니다. 더구나 사형의 일은……."

청율은 뒷말을 흐리며 청진에게서 시선을 돌렸다. 그 옆에 앉은 연무기는 백짓장처럼 창백한 얼굴이었다. 수치와 분노가 한데 어우러진 얼굴은 어깨가 부서진 부상의 아픔에 더하여 차갑게, 하얗게 끓어오르는 것 같았다.

지그시 바라보던 청진은 천천히 말을 꺼냈다.

"내가 무릎을 꿇어 나머지 모두가 살았다. 그거면 된 것이다. 죽은 자는 아무 소용도 없다. 오직 산 자만이 내일의 해를 다시 보는 법이지. 오늘은 내가 그에게 무릎 꿇었다만, 내일은 그 반대가 될지도 모른다."

돌아갔던 청율의 시선이 다시 돌아왔다. 청진은 작게 한숨을 쉬며 다시 말을 이었다.

"나에게 수치는 대수롭지 않다. 이미 그런 치욕은 철혈무제 조극강에게서도 받았다. 난 그때부터 결심했지. 근원을 알 수 없는 그의 무공을, 중원의 정종무공으로써 꼭 다시 꺾겠노라고. 그래서 십팔금강동인을 키웠다. 하지만 그들도 역부족이었다. 더군다나 목표했던 조극강이 아닌 다른 자의 손에 몰살을 했다. 그러나… 그렇다고 해서 주저앉아

선 안 된다."

청진의 눈에선 다시 빛이 뿜어져 나왔다.

"한 번이 안 되면 두 번하면 된다! 이제 그걸 위한 준비가 마련되었고! 소림의 우물이 마르지 않듯, 두 번째의 금강동인들은 이미 칼을 간 지 오래다!"

고월자는 저도 모르게 헛바람을 들이켰고 이호패는 눈가를 경련했다. 그들과 청율, 연무기의 눈을 다시 맞춘 청진은 맹세하듯이 말을 꺼냈다.

"흑마왕이라는 놈! 그놈의 무공도 조극강처럼 연원을 알 수 없다! 그런 놈들을 모두 걷어내고 중화정도 세상을 구현하는 거다! 더 이상의 기회는 없다!"

저릿저릿한 느낌으로 청진의 음성은 나머지 사람들의 귀를 파고 들어갔다. 그런 사람들의 얼굴엔 좀 전의 문을 들어설 때의 열패감 따위는 이미 없었다. 이제는 청진의 의도뿐 아니라 무릎을 꿇어야 했던 그의 심중마저도 헤아려지는 것이었다.

결코 아무나 할 수 있는 일이 아니었다. 더구나 청진 같은 지위와 위치에 있는 자가 그런 굴욕을 자청해 감내한다는 것은 심중에 품은 원대한 계획과 사소취대(捨小取大)의 결단력이 아니고선 불가능했다. 더구나 다른 무엇보다도, 무인의 자존심마저도 꺾은 행위였다. 그래서 존경스러웠다.

창백한 얼굴에 눈가의 불을 키우던 연무기가 처음으로 입을 열었다.

"대사, 청이 있습니다."

가만히 연무기와 눈을 맞추던 청진은 느릿하게 물었다.

"무언가? 말해 보시게."

청진은 물론 청율과 이호패를 비롯한 적수의 탁지만의 시선까지도 모인 가운데 연무기는 말을 꺼냈다.

"비술의 계획에 소인을 참가시켜 주십시오."

"뭐, 뭣?"

"그 무슨 소리요?"

"이보시오, 연 대협!"

청율과 고월자, 이호패가 연달아 놀란 음성을 토했다. 하지만 연무기는 결심을 굳힌 듯 또박또박 말했다.

"이 방에 오는 내내 생각한 일입니다. 부탁드립니다."

고개 숙이는 연무기의 모습을 청진은 물끄러미 건너다보았다. 옆에서 만류하는 청율과 고월자 등의 말은 듣지도 않는 것 같았다. 그러다가 입을 벌렸다.

"자네가 한 말의 의미가 무슨 뜻인지 아는가? 몹시 위험한 일이네. 죽을 수도 있다는 소리지."

숙여졌던 연무기의 고개가 다시 들려졌다. 수려한 이목구비의 그 얼굴은 결의가 팽배해 보였다. 이어 나온 목소리는 결코 꺾을 수 없는 느낌을 주었다.

"곤륜에서 세상을 나올 때… 적수가 될 자는 없다고 여겼습니다. 두 분 사부님의 모든 걸 이어받았고, 제 자신의 노력과 피땀이 그걸 가능하게 했다고 생각했습니다. 하지만 그자… 흑마왕은 그걸 깨뜨렸습니다. 두 분 사부님의 명예에 흙칠을 한 것이지요. 전 그걸 다시 닦아내야 합니다."

호흡의 기복도 없고 담담한 말소리였다. 하지만 듣는 모두는 느꼈다. 연무기의 말속에 배인 치욕과 분노, 그리고 떨어진 명예를 찾으려는 강한 의지를.

청진과 연무기, 두 사람의 눈은 탁자를 사이에 두고 얽혔다. 꼭 서로의 심중 한구석에 숨어 있는 작은 거짓의 조각을 찾아내려는 것처럼 두 사람은 서로를 눈빛으로 헤집었다. 그리고 곧 청진의 말소리가 흘렀다.

"사내가 목숨을 건다면 하늘의 뜻도 뒤집을 수가 있지. 자네와 함께 두 번째 십팔금강동인들 모두 비술의 계획에 참여토록 하겠네. 아미타불."

돌 같던 연무기의 표정은 금세 밝아졌다.

"감사하오이다, 대사!"

거듭 고개를 숙여 보이는 연무기의 옆에서 청율과 고월자는 작게 불호와 도호를 외웠다. 곁에 앉은 이호패는 모두의 표정과 변화를 살피다가 청진에게 넌지시 말을 넣었다.

"맹의 분위기도 다스려야 하지 않겠습니까? 각파 장문인들의 불만이 간단치 않은데요?"

이호패를 돌아본 청진은 간단하게 말했다. 어찌 보면 차갑게까지 느껴지는 말이었다.

"그건 백룡단주 그대가 알아서 할 일이 아니신가? 이미 기호지세에 이르렀거늘, 중차대한 시기에 맹을 다스릴 수완을 보여야겠지. 아니 그러한가?"

서늘한 청진의 눈매가 이호패를 엄습했다. 순간적으로 찬물을 뒤집어쓴 느낌을 받은 이호패는 급히 고개를 숙여 보였다.

"말씀을 좇겠나이다."

거두어지는 청진의 눈길을, 살짝 들려진 이호패의 얼굴과 말이 다시 붙잡았다.

"하옵고… 비술에 참가시킬 인원들의 선발은 제가 임의대로 조정해
도 되겠습니까?"

청진의 눈매가 반짝 빛을 보였다. 그러나 곧 대답이 나왔다.

"좋겠지. 백룡단을 무적의 군대로 만드는 일이 될 테니까."

이호패의 고개는 다시 숙여졌다.

청진은 열려진 후원문을 돌아보며 혼자 중얼댔다.

"나비가 되어 날자면… 고치의 세월을 견뎌야 하느니……."

후원의 녹음 속으로 나비들의 날갯짓이 휘청거렸다. 꼭 허공에 춤을
춰대는 것만 같았다.

❸

골짜기로 들어선 지 벌써 한 시진이나 되었다. 숲은 원시림처럼 울
창했고 발은 부엽토 속에 자꾸만 빠졌다. 전신에선 땀이 흘러 옷을 다
적셨다. 거기에 산 숲의 습한 공기가 더해 물먹은 솜처럼 늘어졌다. 그
렇게 산골짜기를 헤치던 몸이 지탱하기 힘들 무렵, 목적한 곳이 모두의
눈에 들어왔다.

"휴우, 다 왔군."

등짐을 내려놓는 진태구를 보며 노대호도 걸음을 멈췄다. 그의 뒤로
는 지친 행색이 역력한 삼십여 명의 수하들이 그처럼 멈춰 섰다. 그들
의 눈에 보인 것은 골짜기 안의 넓은 분지였다. 사방이 첩첩의 산으로
둘러싸인 곳에 넓은 공지가 존재했다. 그리고 그 안에 사람의 흔적들

이 보였다.

무너진 석탑과 허물어진 석상, 버려진 돌 제단들과 없어진 전각들의 주춧돌이 분지 안에 가득했다. 그런 것들 위로 우거진 잡초와 작은 관목들이 빽빽하게 땅을 덮었다. 그 속을, 갈대 숲 같은 그 사이를 진태구가 걸어갔다.

"모두 내 뒤를 따라와."

사방의 산을 올려다보던 노대호는 곧 다시 뒤따랐다. 무릎에서 허리까지 스치는 풀과 나무들을 헤치고 다다른 곳은 분지의 가장 안쪽이었다. 전방은 산의 절벽이 찍어 내린 것처럼 막았고 그 아래의 가운데는 커다란 동혈이 아가리를 벌렸다. 높이와 폭이 삼 장은 될 성싶은 동굴은 꼭 용의 아가리를 벌려놓은 것만 같았다.

"이곳이……."

"성지(聖地)의 한 군데라네."

진태구의 대답에 노대호는 시선을 돌렸다. 그가 말하는 성지의 뜻이 헤아려지질 않았기 때문이다.

"그분이 말씀하시길, 신녀(神女)가 정하신 세 곳의 성지 가운데 하나라고 하셨네. 세상에서 숨겨진 곳이며 드러나선 안 될 곳이라고도 말씀하셨지."

땀을 닦으며 말하는 진태구를 노대호는 계속 바라보았다. 성지, 신녀, 모두 처음 듣는 얘기였다. 그분의 정체에 대해 단편만을 알고 있는 자신에 비해 진태구는 보다 상세한 것들을 알고 있는 것이 틀림없었다.

'그래… 그분을 접견하는 것도 항상 저놈이었고 명을 전하는 것도 항상 저놈이었지.'

생각해 보면 노대호 자신은 아는 것이 별로 없었다. 그저 그분이 어느 날 자신들 앞에 나타났고, 비인간적인 능력을 보이며 복종할 것을 명했다. 그분의 궁극적인 뜻이 과연 어디에 있으며, 자신들을 왜 필요로 하는지조차 알지 못했다. 그저 죽지 않기 위해서, 섬에서처럼 살아남기 위해서 따랐을 뿐이었다.

하지만 진태구 저놈은 달랐다. 놈은 일의 전말과 향후의 진행 방향조차 알고 있는 것이 확실하며, 그분의 목적이 어디에 있는지도 알고 있는 게 틀림없었다. 때문에 금와를 희생시키고 이 먼 태백산까지 온 것이다.

'무서운 놈! 금와가 죽을 것을 뻔히 알면서도 그를 교묘히 충동질해서 사지로 몰아넣은 놈!'

노대호는 진태구가 새삼스럽게 진저리쳐졌다. 놈은 섬서의 서북에 위치한 이 태백산(太白山)까지 오면서도 목적지에 대해선 한마디도 내뱉지 않았다. 언제 이런 곳까지 왔었던 것인지 놀랍고 신기하기까지 했다.

금와에게 오라던 다리 밑엔 썩은 거룻배 하나 놓지 않았다. 물론 노대호 자신도 금와가 죽음의 덫을 썼다고 생각했었다. 하지만 그걸 씌우는 진태구에게도, 발을 디미는 금와에게도 아무런 말도 해주지 않았다.

예전부터 그랬듯이 셋은 목적을 위해서 손을 잡았을 뿐, 한때는 서로의 목에 칼을 겨누던 사이였다. 그런 자들이 서로를 위해 애쓴다는 것은 어불성설이었다. 차라리 저렇게 죽일 기회를 엿보는 것이 오히려 타당했다. 또한 그렇게 씌워지는 올가미를 피하지 못한 것은 스스로의 탓이었다.

'하지만 아무리 그래도 저놈은… 언젠가는 나도 죽이려고 하겠지.

개 같은 놈!

노대호는 새삼스럽게 이가 갈렸다. 하지만 고약한 개새끼처럼 험상 굳은 저 얼굴을 거스르지 않아야 했다. 놈의 손길에 대해 대비가 될 때까지, 놈의 심기를 건드려선 안 되었다. 그래서는 죽음만이 있을 뿐이었다. 그저 숨죽이고 복종하다가 기회를 엿보아야 했다. 그것만이 살 길이었다.

"이젠 예서 어째야 하는 거지?"

노대호의 조심스런 물음에 진태구는 씨익 웃어 보였다. 그리고 선선히 대답했다.

"일단은 감숙 땅의 접경인 봉현(鳳縣)에 여각과 객잔의 터를 잡았으니만큼, 그곳에서 감숙과 회족들의 땅, 그리고 몽고 땅으로 원행하는 장사치들을 상대로 기반을 잡아야겠지. 그리고 이곳엔 성지의 불을 다시 밝히는 거지."

"성지의 불?"

"예서 기다리다 보면 그분의 뜻이 전달될 걸세. 조급해하지 말게나. 다 잘될 걸세. 조급해하다 보면 금와처럼 일을 그르치게 되지. 목숨까지 잃고."

말을 마친 진태구의 웃음은 더욱 짙어졌다. 바라보던 노대호는 그 얼굴에서 시선을 돌렸다. 가슴속에서 울컥한 것이 치받쳐 올라왔다. 하지만 내색할 수는 없었다. 놈이 말한 금와의 죽음은 일종의 경고와도 같은 것이었다. 그저 잠자코 따라오라는 무언의 압박인 것이다.

소리없이 숨을 내쉬며 노대호는 등짐을 내렸다. 어느새 주변에는 수하들이 등짐을 내리고 주저앉아 있었다. 그들을 보던 노대호는 진태구에게 다시 물었다.

"곧 밤이 될 텐데… 이곳에서 노숙 준비를 해야 하는 것인가? 만약 그래야 한다면, 내 생각엔 저 동굴 속에서 밤이슬을 피하는 게 좋을 듯 싶은데?"

노대호의 시선을 따라 동굴을 보던 진태구는 잠시 망설이는 눈빛이었다. 그러나 곧 결단을 내렸다.

"그리하지. 어차피 이곳은 우리의 터전이 될 터이니 이 기회에 둘러보는 것도 좋겠지."

"하면, 아직 동굴 안은 들어가 보질 않은 건가? 이곳이 초행이 아니질 않은가?"

"그분의 이끎으로 들렀다 갔을 뿐이네. 저 동굴 속이 어떠한지는 나도 아직 모른다네."

고개를 끄덕이는 노대호에게서 진태구는 수하들에게 시선을 돌렸다.

"곧 밤이 닥치니 야숙 준비를 해라. 동굴 안을 살피고 그곳에서 지낼 수 있도록 해라. 알겠느냐?"

명령이 떨어지자 사내들은 대답과 함께 일어섰다. 그리고 가지고 온 등짐을 한데 모으고 일을 분담했다. 열 명의 사내는 자리와 거적 등을 준비해서 동굴로 향하고 또 열 명의 사내는 동굴 앞의 잡목들을 제거하기 시작했다. 나머지 열 명의 사내는 식사 도구를 꺼내 저녁 준비를 했다.

"크아아아악!"

비명이 들린 건 너무도 급작스러웠다. 처절하게 울리는 비명은 분지를 올라 사방의 산으로 퍼졌고, 그걸 들은 사람들은 홀떡 고개를 돌렸다.

비명은 동굴 안에서 들렸다. 그 비명이 들리자마자 동굴 안으로 들어갔던 사내들이 혼비백산 뛰쳐나왔다. 하얗게 질린 얼굴의 그들은 진태구와 노대호가 있는 쪽으로 사력을 다해 달려왔다. 하지만 그중 몇몇은 뒤로 날아갔다.

"어헉!"

"으어억!"

"으아악!"

마치 뒤에서 쭉 잡아당긴 것처럼 끌려 날아간 사내들은 모두 셋이었다. 그들은 곧 동굴의 어둠 속으로 삼켜졌고, 나머지 사내들은 일행 곁으로 달려왔다. 진태구는 바로 소리쳤다.

"모두 무기를 잡아라!"

사내들은 등짐 속에서 모두 칼을 잡아 뽑았다. 그리고 모두 동굴을 주시했다. 살얼음 같은 긴장감이 흘렀다. 정체를 알 수 없는 적이 동굴 속에 있는 것이다.

무섭게 뒤틀린 얼굴로 동굴을 노려보던 진태구는 한 발을 나서며 외쳤다.

"웬 놈이냐? 어떤 놈인지 정체를 밝혀라!"

소리 때문인지 동굴 벽에서 흙 한 줌이 흘러내렸다. 하지만 동굴 속에선 아무 대답도 나오지 않았다. 그러한 침묵이 잠시간 더 흘러갔다. 때문에 진태구는 이를 악물었다. 그리고 뒤를 향해 명령했다.

"화탄을 던져라!"

명령을 받은 수하 몇이 화탄을 짐 속에서 꺼냈다. 하지만 그들이 부시를 치려던 순간, 동굴 속에서 몇 줄기 번개가 터져 나왔다. 새파랗게 공간을 축약해 날아온 그것들이 수하들의 머리를 때리고 날아갔다.

피이융!

퍼퍼퍼퍽!

화탄을 만지던 수하 넷이 진태구의 등 뒤에서 머리가 터졌다. 그들은 뻣뻣한 장작처럼 넘어갔다. 진태구와 노대호는 물론 나머지 수하들도 모두 기겁을 했다. 쓰러지는 자들의 손에서 화탄이 허무하게 굴러 떨어졌다. 그리고 그때 동굴 속에서 말소리가 흘러나왔다.

"성지를 폭파시킬 셈이냐?"

진태구의 눈이 부릅떠졌다.

"누, 누구시오!"

동굴의 어둠이 꿈틀거리는 것 같은 순간, 바깥 사람들의 시선 속으로 목소리의 주인이 나타났다.

"헉! 저, 저런!"

진태구는 그답지 않게 놀란 소리를 내질렀다. 노대호는 숨소리조차 잊은 얼굴이었다. 나머지 사내들도 다 같았다. 그럴 수밖에 없었다. 나타난 인물은 한 명이 아니었다. 모두 셋이었다. 그들의 손에 끌려간 자들이 잡혀 있었다.

꼭 거짓말 같은 형상이었다. 맨 앞의 인물에게 두 명이 잡혔다. 하나는 심장에 손이 박혔고 하나는 머리통을 잡혔다. 나머지 두 인물도 각각 한 명의 머리통을 잡은 모습이었다. 그렇게 잡힌 사내들은 허수아비처럼 휘둘렸다.

잡힌 사내들은 정신도 반 이상 나간 것 같은 얼굴이었다. 특히 심장에 손이 박힌 사내는 입가에 거품까지 물었다. 죽음이 임박한 모습이었다. 그런 사내들을 손에 장난감처럼 들고 나타난 세 인물의 모습은 더욱 특이했다.

셋 다 청년으로도 보이고 중년으로도 보이는 모호한 인상이었다. 하지만 구분되는 것은 그들의 눈과 피부색이었다. 맨 앞에 선 사내는 청색의 불길이 타오르는 것 같은 눈길에 같은 색의 피부색이 화염처럼 넘실대는 사내였다. 그의 양손에 가슴 뚫린 사내와 머리 잡힌 사내가 각각 보였다.

두 번째 인물은 붉은 화염의 피부색과 눈빛이 이는 자였다. 그의 손에도 머리통을 잡힌 수하 하나가 흰창의 눈을 부들대는 게 보였다. 마지막 세 번째 인물은 하얀 백색의 정수로 이루어진 듯, 온 전신에 그 기운이 넘실댔다. 역시 그의 손에도 한 명의 생명이 머리통을 쥐어 잡혀 있는 형국이었다.

나타난 세 인물 모두, 색깔은 다르지만 화염이 전신으로 넘실대는 것 같은 모습이었다. 하지만 희한하게도 그들이 입고 있는 의복은 아무렇지도 않았다. 그러나 그들의 몸을 감싸고 있는 게 화염이란 걸 부인할 사람은 없어 보였다.

미끄러지듯이 동굴 밖으로 나온 세 인물 중 맨 앞의 청색화염사내가 입을 다시 열었다.

"네놈이 봉공께서 말씀하시던 그놈인가 보구나."

말하는 사내의 입술 사이로도 청색 화염이 넘실거렸다. 진태구는 눈가를 경련하며 주춤거렸다.

"누, 누구시온지… 나를 아시오이까?"

청색 화염의 사내는 불현듯 미소를 지었다. 그 섬뜩한 미소가 무엇인지 진태구가 헤아리기도 전에 청색화염사내는 두 손을 벌려 올렸다.

"커으윽!"

가슴에 손이 박힌 사내가 다시 한 번 신음을 내뱉었다. 하지만 그는 곧 내던져졌다. 청색화염사내의 휘둘리는 손이 그를 내던진 것이다. 그러나 그의 가슴에서 뽑힌 청색화염사내의 손엔 심장이 잡혀 있었다. 그것도 곧 터졌다.

퍼억.

조각의 핏덩이로 흩어지는 심장으로부터 파릇한 뇌전들이 청색화염사내의 손을 타고 흘러 들어갔다. 그것이 사라질 무렵, 청색화염사내의 다른 손에 잡힌 사내의 몸이 부르르 경련을 일으켰다. 하지만 그것도 순간, 사내의 몸은 순식간에 쭈글쭈글한 가죽이 되어 땅에 버려졌다. 가공할 모습이었다.

"허어억!"

"세상에……!"

진태구와 노대호는 눈을 찢어질 듯이 치켜떴다. 그 놀라운 순간에도 죽음은 연속해서 이어졌다. 붉은 화염과 백색 화염 인물의 손에 잡혔던 나머지 두 명의 수하들도 찰나간에 목내이처럼 말라비틀어져 땅에 떨어졌다.

수하들의 목숨을 빨아들인 것이 분명한 세 인물의 몸에선 작은 번개 같은 것들이 파지직거렸다. 하지만 그것들은 곧 그들의 몸속으로 사라졌다. 그리고 아무 일도 없었던 것처럼, 청색 화염의 사내는 다시 입을 열었다.

"우리에 대해서 못 들은 모양이로구나."

진태구는 더듬거리는 목소리로 물었다.

"그, 그대들은 대관절 뉘시오? 뉘, 뉘시길래 시, 신교의 무공을 사, 사용하는 것이오?"

청색 화염의 사내는 대답 대신 손을 뻗었다. 그 손으로 진태구의 몸이 쭉 빨려 들어갔다.

"어헉!"

날아간 진태구의 머리통이 청색화염사내의 손에 붙잡혔다. 진태구는 바로 소리쳤다.

"사, 살려! 살려주십시오!"

두 손을 허우적대는 그를 내려다보던 청색화염사내는 노대호와 나머지 인물들에게로 시선을 들며 다시 말했다.

"들어라. 우리는 신교의 삼대수호신장인 청염(靑炎)과 홍염(紅炎), 백염(白炎), 세 명의 수라(修羅)다. 우리의 존재 목적은 신교의 수호와 교령(敎令)의 위엄을 지키는 일, 그리고 세 분의 신교주를 모시는 일이다."

노대호의 놀란 눈은 세 인물과 그중의 하나에게 머리통을 잡힌 진태구에게로 쏠렸다. 그 모습을 보는 그는 순간적으로 진태구의 생명이 빨려나가는 모습을 상상했다. 그걸 생각하자 등골의 오한처럼 쾌감이 스쳐 갔다. 하지만 그 순간 청염수라의 손이 진태구의 머리에서 떨어졌다.

"엎드려 경배하라!"

청염수라의 목소리는 분지를 쩌렁쩌렁 울렸다. 진태구는 그의 무릎 앞에 바싹 엎드렸다. 그걸 본 노대호는 물론 다른 수하들도 번개처럼 엎드렸다. 그런 그들의 머리 위로 청염수라는 준엄하게 외쳤다.

"너희는 이제부터 신교의 종이다! 너희가 가진 생명을 포함한 모든 것이 신교의 것이다! 이 순간 이후로는 오직 신교에 대한 복종만이 있을 뿐이다! 그것이 너희의 존재 목적이고 사는 이유가 될 것이며, 종내에는 환락을 맞으리라!"

청염수라의 눈에선 푸른 화염이 넘실거렸다. 하지만 엎드린 자들은 부들부들 떨었다. 그 모양을 냉정하게 바라보던 청염수라는 다시 푸른 화염의 말을 내뱉었다.

"복종의 맹세를 외쳐라!"

천둥 같은 그 외침에 제일 먼저 반응 한 것은 진태구였다.

"복종합니다! 신교와 신교주님께 충성을 맹세합니다!"

발악처럼 소리친 진태구는 머리통을 바닥에 찧었다. 그 복종의 소리는 뒤쪽의 노대호에게 이어졌고, 곧 다른 수하들의 입으로 이어졌다. 그렇게 그들이 외치는 복종의 소리는 분지를 뒤흔들었다.

파랗고 붉고 하얀 불꽃이 전신에 넘실대는 세 사람은 그들의 모습을 보며 미소 지었다. 화염을 넘실대며 웃는 그들이 옛사람들이란 건, 내려다보는 산조차도 모르는 것 같았다. 오직 그들만이 서로의 옛 모습을 기억할 뿐이었다.

❶

항주에서 태호(太湖)로 가는 샛강의 길목에 신달호는 약포를 냈다. 엄밀히 말하면 새로 약포를 냈다기보다는 위탁 운영해 오던 것을 넘겨받았다는 말이 맞았다. 다년간 거래하던 곳을 인수하여 남의 손에 맡겼던 것이다.

약포의 위치는 번거롭지 않으면서도 길손이 끊이지 않는 곳이었다. 항주 중심과 외곽으로 이어지는 여러 길목 가운데 동북으로 뻗은 길의 끝자락이었다. 앞쪽으로는 강물이 흘렀고 뒤로는 너른 논밭 저 뒤로 산자락이 보였다.

새로운 곳에 새 둥지를 튼 사람들은 날마다 부산스러웠다. 신달호, 신율호 형제는 거래선의 정비와 장사 준비로 바빴고, 풍오자는 날마다 술추렴에 식탐으로 혼미했다. 거기다 용태웅과 임홍빈은 허파에 바람이 들었는지 들락거렸다. 얼핏 들은 얘기로는 여자를 꼬시러 다닌다는 것 같았다.

어둠에 묻힌 새벽 창을 계장수는 열었다. 두 사람을 떠올리자 실없는 웃음이 나왔다. 멀리 어디선가 닭이 홰치는 소리가 들렸다. 새벽별들이 반짝이는 아래로 산 그림자는 음울했다. 사방 천지는 아직 깜깜했고 바람은 서늘했다. 천천히 열었던 창문에서 돌아선 계장수는 조심스레 옷을 입었다.

침상에는 하얀 달처럼 드러난 모용화연의 어깨가 보였다. 가녀린 그녀의 어깨가 새벽 바람에 오슬대는 것 같았다. 행낭을 등에 메고 침상으로 다가갔다. 소중하게 어깨를 쓰다듬으며 내려다보았다. 그녀의 눈썹이 가늘게 떨렸다.

잠은 이미 깬 듯싶었다. 하지만 모용화연은 계속 자는 척을 했다. 보이고 싶지 않은 것이다. 떠나는 자신에게 눈물을 보이고 싶지 않기 때문이었다. 결코 지금의 헤어짐이 이별이 아니기에 별스럽게 굴고 싶지 않은 것이다.

천천히 손을 뻗은 계장수는 모용화연의 흩어진 머릿결을 쓸어 올렸다. 하얀 볼과 하얀 이마가 드러났다. 그 볼에 고개를 숙여 입을 맞췄다. 눈썹의 떨림은 더욱 짙어졌다. 하지만 모용화연은 그 눈을 뜨지 않았다.

꿈같고 꿀 같은 이레가 지났다. 부부의 연을 맹세하고 지낸 항주에서의 일곱 밤과 낮은 너무도 빠르게 지나갔다. 하지만 할 일이 있기에, 그 일을 멈추지 않을 거라는 걸 알기에 연인들은 모른 척으로 서로를 배려했다.

기약했던 것은 아니지만, 둘 다 어젯밤이 마지막 밤이란 걸 예감했다. 그래서 새벽까지 서로를 그렇게 탐닉했는지도 몰랐다. 하지만 시간은 어김없이 흘러 예정한 시각을 들이밀었다. 이제는 떠나야 할 때였다.

투박한 손으로 모용화연의 볼을 매만진 계장수는 작게 속삭였다.

"다녀오리다."

열린 창문으로 들어온 찬바람 때문인지 모용화연의 작은 어깨가 후루루 떨렸다. 그 어깨에 손을 얹어 진정시킨 계장수는 천천히 상체를 일으켰다. 손도 떨어졌다. 그대로 모용화연을 내려다봤다. 눈에 새기는 것처럼.

말없이 바라보던 계장수는 몸을 돌렸다. 어둠 속에 윤곽이 보이는 문고리를 잡고 문을 열었다. 그런데 뒤에서 소리가 들렸다. 그녀의 말소리였다.

"조심해서 다녀오세요."

계장수는 돌처럼 굳어버렸다. 하지만 곧, 멈춰졌던 발걸음을 다시 움직였다. 그대로 문을 잡고 서 있다간 다시 발걸음을 돌려 버릴 것만 같았다. 그래서 이를 물고 발을 밀었다. 발걸음은 쇳덩이를 단 것처럼 무겁게 떨어졌다.

문을 닫고 나와 약포의 대청으로 향했다. 작은 후원을 지나 본전 약포의 뒷문을 열고 들어서는 순간까지 계장수는 모용화연의 목소리만 생각했다.

잘 다녀오라는 거다. 자신 또한 그렇게 말했다. 둘 다 아무렇지도 않게 말했다. 장 보러 나가는 사람처럼, 그 사람을 배웅하는 여자처럼 서로에게 상처를 주지 않으려고, 의도적으로 그렇게 말했다. 고마운 여자였다.

'돌아오리다. 다시 돌아와 그대와 남은 인생을 살겠소. 꼭 그리하

리다!'

마음속으로 다짐을 했다. 하지만 그 다짐이 이루어질지는 계장수 자신도 가늠이 되질 않았다. 그럼에도 마음으로나마 다짐하고 맹세하는 건 진실로 그녀와 애모(愛慕)하는 사람과 함께하고 싶은 때문이었다. 진정으로.

상자들이 쌓인 짧은 복도를 지나자 대청 중앙에 모인 사람들이 보였다. 사방에 가득한 약초 냄새가 사람들의 얼굴 사이로 날아다니는 것 같았다. 하지만 흔들리는 그들의 얼굴 음영은 탁자 중앙에 선 촛불의 흐느적임이었다.

계장수는 탁자 앞에 섰다. 발간 빛으로 모인 자들의 면면이 보였다. 풍오자와 용태웅, 임홍빈과 신가 형제, 그들이 모여 무거운 시선을 던졌다.

"이제 나오는구먼. 체, 힘도 좋지. 밤새 시끄러워서 잘 수가 있어야지. 젠장맞을."

용태웅이 투덜대는 소리를 던졌다. 하지만 왠지 악의없는 힘 풀린 빈정이었다. 때문에 말 많은 임홍빈은 피식피식 웃기만 했고 풍오자도 턱만 긁었다.

가만히 흘겨보던 용태웅은 헛기침을 두어 차례한 후 다시 말했다.

"그런데 너, 정말로 혼자 갈 생각이냐? 그러지 말고 생각을 바꾸는 게 어때? 이 자식하고 노인네야 별 도움이 안 될 테지만 나는 다르잖냐? 안 그러냐?"

용태웅의 말에 임홍빈의 눈매가 돌았고 풍오자는 당장 손가락 두 갤 뾰족하게 세웠다.

"이런 쌍녀러새끼!"

달려드는 풍오자를 밀쳐 내며 용태웅은 불퉁거렸다.

"아, 왜 이래요? 내 말이 틀려요? 난 이래 뵈도 주먹이 있다고요, 주먹이."

"누군 주먹 없냐? 너만 주먹 있고 누구는 손모가지에 손가락만 붙었냐? 엉? 말해 봐, 이 자식아!"

"맞아. 주먹만 크면 뭘 해? 사람은 자고로 지혜와 경륜이 있어야 한다고. 그런 걸로 보자면 어르신의 경륜과 나의 지혜야말로 커다란 보탬이 되지. 암, 그렇고말고."

"뭐? 지혜와 경륜? 놀고 있네."

임홍빈의 말 뒤로 용태웅은 바로 코웃음을 쳤다. 또다시 시작되는 진흙 밭의 개싸움에 신달호, 신율호 형제는 넌덜머리가 나는 듯 고개를 내둘렀다. 계장수는 서로에게 삿대질하는 세 사람에게 조용하게 말했다.

"화연을 잘 부탁합니다."

세 사람의 분쟁은 바로 멈췄다. 자신에게 돌아오는 그 눈길들을 계장수는 하나하나 맞춰보았다. 풍오자의 눈에서 용태웅, 임홍빈의 눈에서 신달호와 신율호, 모두를 차례로 주시한 후에 계장수는 다시 말을 꺼냈다.

"말씀드린 대로 난 지금 한 가지 사실을 알아보러 가는 길이오. 도장 어른의 염려처럼 경거망동하는 일은 없을 거요. 혼자 가는 이유는 내 일신과 가문의 복수에 관계되는 일이니 그러하오. 하지만 내 짐작이 맞다면, 철무련도 암흑마궁 잔당들의 일에서 자유롭지 못하오. 그걸 알아내겠소."

바라보던 풍오자는 그래도 걱정이 가시지 않는 얼굴로 말을 받았다.

"네놈이 잘 알아서 하겠지만, 그래도 상대는 철무련이다. 무심결의 방심이 그들의 검을 불러들일 것이다. 명심해야 한다. 상대는 철무련인 거다."

작게 고개를 끄덕이는 계장수에게 이번엔 임홍빈이 말을 했다.

"어차피 우리가 몰려간다면 행색이 탄로나겠지. 잘하는 일인지도 몰라. 우리 이미 알려진 자들이니까. 하지만 어려운 일은 함께해야 돼. 뒤에 우리가 있다는 걸 잊지 마."

임홍빈에게도 계장수는 고개를 끄덕였다. 기다렸다는 듯이 용태웅이 입을 벌렸다.

"난 아직도 뭐가 뭔지 잘 모르겠지만, 우리가 상대해야 할 자들이 세상의 해악이 될 거라는 건 이제 확실히 알았다. 네 기별을 기다리는 동안 필히 도움이 될 한주먹으로 갈고닦으마. 오래 기다리게 하지 말아라."

계장수는 역시 고개를 끄덕여 보였다. 지난 이레 동안 저들은 보이지 않는 곳에서 각자의 검과 주먹을 다듬었다. 아마도 십팔금강동인이나 연무기 같은 자들의 출현은 저들에게 충격을 준 모양이었다. 그것이 자극이 된 듯, 풍오자는 태극검보를 뚫어지게 보았고 용태웅은 권로를 밟았다.

아이들과 노는 한편 벽사진경을 탐독하는 임홍빈과 더불어, 저들은 자신과 다시 만날 그날까지 스스로를 갈고닦을 것이다. 그것은 큰 힘이 되어줄 것이다. 이젠 저들 없이 그들을 상대할 수 없었다. 상대는 아직 드러나지도 않았고, 나타날 때는 미증유의 힘으로 세상을 덮을 것이다.

뜨겁게 꿈틀대는 풍오자와 임홍빈, 용태웅의 시선을 보던 계장수는 조용하게 또 말을 꺼냈다.

"기일은 약속할 수 없지만, 오래지 않을 거요. 나 혼자 어떻게 해보겠다는 생각 같은 건 이제 하지 않소. 때가 이르면 우리의 손이 그들을 잠재울 거요."

풍오자는 흡족한 미소로 고개를 크게 끄덕였다. 용태웅은 씨익 웃었고 임홍빈은 가만히 눈을 감았다. 셋 모두 계장수가 전하는 마음을 안 때문이었다.

단 한 번도 계장수는 우리라는 말을 쓰지 않았었다. 마음만 내키면 언제라도 홀로 떠날 사람처럼 행동해 왔었다. 하지만 지금은 자신을 포함해 우리로서, 뜻을 같이한, 사랑하는 연인을 부탁하는 친구로서 말하는 것이다.

"필히 우리의 뜻이 이루어질 날이 올 것이다. 남겨진 일과 사람들은 걱정하지 말아라. 그저 네가 가고자 하는 길과 그 뜻을 이룰 일만 생각해라. 그리고… 몸 보중하거라."

풍오자의 말은 계장수는 물론 모두의 가슴에 잔물결처럼 스몄다. 그 느낌이 어색해 용태웅이 헛기침을 할 때, 신율호가 파릇한 빛깔의 죽립을 내밀었다.

"시선을 *끄는* 용모이니 얼굴을 드러나지 않도록 해야 할 겁니다."

무심결에 받아 드는 계장수에게 이번엔 신달호가 말했다.

"칼도 주시지요."

잠시 의아한 눈으로 바라보았지만, 계장수는 곧 귀신도를 잡아 내주었다.

"에휴, 무겁네."

두 손으로 받아 든 신율호는 탁자 아래서 누런 가죽 뭉치를 올렸다.

돌돌 말린 걸 풀자 기다란 모양이 되었다. 그 안에 귀신도를 집어넣고 끝을 뒤집어 내려 그에 달린 가죽끈으로 동여맸다. 중간과 아래쪽을 같은 방식으로 묶고 이번엔 목도를 청했다.

"그것도 주십시오."

목도마저 받은 신율호는 귀신도를 집어넣은 혁낭(革囊)의 옆으로 목도를 집어넣었다. 바깥의 주머니가 겹 대어 있었던 듯, 목도는 손잡이만을 보이고 쑥 들어갔다.

"이제 됐습니다."

기다란 혁낭을 내미는 신율호를 보다가 계장수는 받아 들었다. 신달호가 다시 말을 건넸다.

"칼도 알아볼 자가 있을 듯싶어 준비했습니다. 죽립과 혁낭 모두 모용 아가씨의 생각과 준비지요."

잔잔한 웃음이 신달호의 눈가에 떠올랐다. 임홍빈은 바로 감탄을 터뜨렸다.

"허어, 언제 저런걸? 역시 모용 아가씨야. 연인을 걱정하는 세세한 손길이 느껴지는군. 이봐, 그렇지? 저 정도면 거의 장인의 솜씨잖아? 대단하지?"

용태웅에게 묻자 용태웅의 고개는 바로 돌아갔다.

"체, 더러워서 정말. 매일 둘이 방구석에서 뒹구는 줄만 알았더니 언제 저런 걸 만들었담? 에잉, 짝 없는 놈은 혀 빼고 죽어야 돼. 야, 혀 내밀어봐."

용태웅이 손을 임홍빈의 입으로 들이밀자 임홍빈은 뒤로 물러서며 소리쳤다.

"뭐야? 네 혀나 빼! 이 미친놈아!"

용태웅의 눈알을 바로 희번덕댔다.

"어라, 이 자식 봐라? 뭐? 미친놈?"

물러선 임홍빈은 자신의 반응이 너무 격했던 것인가 하며 순간 불안해했다.

"너, 내가 너희 큰형뻘인 거 알지? 이게 그동안 오냐오냐 해줬더니 이젠 욕설을 해? 죽을래, 이 자식아!"

쪽 뻗친 손은 임홍빈의 멱살을 바로 쥐어 잡았다. 하지만 그 순간 두 사람의 뒤통수를 풍오자가 후려갈겼다.

딱! 딱!

"아쿠!"

"아야!"

눈을 부라린 풍오자는 침을 튀며 소리 질렀다.

"에라이, 똥물에 튀겨 죽일 자식들아! 왜 사냐? 왜 살어? 이 앞뒤 분간 없는 자식들아!"

불만과 머쓱함이 섞인 두 사람의 시선과 바락대는 풍오자의 얼굴을 보며 계장수는 작은 미소를 지었다. 한동안은 저들의 저런 모습을 보지 못할 것이다. 저들을 생각하면, 아마도 끼니를 거른 것처럼 허전해할 것만 같았다.

귀신도를 집어넣은 혁낭을 등에 가로 멘 계장수는 마지막 말을 꺼냈다.

"가겠소."

부산스럽던 셋의 눈길이 다시 돌아오고 계장수는 죽립을 들었다. 그런데 신달호가 또 말을 걸었다.

"혹시… 백제(百濟)국을 아시오?"

신달호의 눈을 돌아다본 계장수는 되물었다.

"백제국이라니요?"

잠시간 계장수의 눈을 들여다보던 신달호는 사람들의 시선 속에서 말을 꺼냈다.

"배달족의 잊혀진 왕조올시다. 중원 땅의 동쪽을 같은 민족인 신라(新羅)와 더불어 지배하던 왕국이지요. 역시 같은 민족인 고구려와도 호각을 이루던 제국입니다."

바라보는 계장수의 눈에 이채가 어렸다. 신달호는 말을 이어 내뿠다.

"우연한 기회에 보게 되었습니다만, 모용 아가씨에게 주신 용봉지환… 그것은 백제인들의 유물이 분명한 듯싶습니다만… 해서 여쭤보는 겁니다. 혹시라도 지니게 되신 연원이나 내력을 알 수 있을까 해서 말입니다."

이채롭던 계장수의 눈이 번쩍 빛을 뿜었다.

"난 아는 게 없소. 당신은 아는 게 있는 것 같구려. 말해 보시오."

무거워진 계장수의 눈을 보던 신달호는 침을 삼켰다. 그리고 조심스럽게 말했다.

"그 용봉지환은… 백제의 팔대성씨 가운데 하나이며 일곱 장군가 중의 하나인 목씨(木氏) 가문의 증표가 확실합니다. 그걸 어찌 아냐 묻는다면… 기실, 우리 형제도 백제국의 후예로서 목가를 받들던 집안 후손들이올시다."

계장수는 물론 듣고 있던 풍오자와 임홍빈을 비롯해서 용태웅도 놀란 얼굴을 했다. 신달호는 계속 말했다.

"그 물건의 연원은 그리합니다. 만약 그 물건과 관계가 있다면 백제국과도 관계가 있는 것이지요. 비록… 지금은 잊혀진 제국일지언정 말입니다."

그 말을 끝으로 신달호는 입을 닫았다. 조개처럼 닫혀진 입은 더 이상 꺼낼 말이 없는 것처럼 보였다. 대신 임홍빈과 용태웅의 입이 벌어지려고 옴찔거렸다. 그걸 계장수는 손을 들어 차단했다.

둘의 입을 막아버린 손을 천천히 내린 계장수는 다른 손의 죽립을 매만지며 나직하게 읊조렸다.

"백제… 목씨 가문……."

신달호와 신율호를 바라보는 눈은 꿈틀대는 것 같았다. 하지만 음미하듯 이어지던 계장수의 말은 그대로 흩어졌다. 대신 죽립을 머리에 쓰며 마지막 말을 던졌다.

"연락은 약정대로 무한과 개봉, 정주의 약포를 이용하겠소. 기일이 늦어지더라도 염려치 마시오."

죽립을 뒤집어쓴 계장수는 돌아섰다. 더 이상의 말도 나누지 않고, 다른 이들의 배웅하는 눈길도 받지 않은 채 약포의 쪽문을 밀고 나섰다.

뒤에서 임홍빈과 용태웅이 무심한 놈, 잘 가라 어쩌구 하는 소리가 섞여 나왔다. 하지만 다시 볼 강한 의지가 그들의 말보다 먼저 다가오기에 계장수는 대꾸하지 않았다.

새벽별들은 아직도 찬연히 빛을 뿜었고 바람은 서늘했다. 등 뒤로 약포의 모든 것이 점점 멀어져 갔지만 계장수는 느낄 수 있었다. 어디선가 바라보는 모용화연의 눈길과 그 볼을 타고 흘러내리는 뜨거운 이슬방울을.

자꾸만 가슴을 적셔오는 그녀의 눈물과 신달호의 말을 되새기며 계

장수는 발을 밀었다. 내딛는 걸음에 사각대며 밟히는 것은 새벽별들의
빛무리였다.

❷

　말린 육포를 씹으며 계장수는 하늘을 봤다. 깜깜한 밤하늘은 비가
오려는지 별들조차 숨었다. 발밑의 기와들은 밤하늘만큼이나 어두웠
다. 지붕에 앉아 밤하늘을 보는 것도 별스러운 느낌이 들었다. 앉은자
리에선 집 안의 곳곳이 다 보였지만, 도처에 삼엄한 무사들은 자신을
보지 못했다.

　무한에서 손종동의 집을 찾는 것은 너무도 쉬웠다. 철무련의 장경당
주라는 지위도 지위려니와 본가와 따로이 첩의 집을 둔 그의 행태는
누구나 알았다. 자신도 조극강이던 시절 놈의 계집에 대한 편력을 알
고 있었다.

　손종동 놈은 계집을 너무 좋아했다. 자신이 죽기 전인 십삼 년 전에
둔 첩은 벌써 내버렸고, 그사이에 갈아치운 계집만도 벌써 스물이나 된
다는 것이다. 반년에 하나 꼴로 첩을 갈아치운 셈이다. 하지만 지금 계
집은 일 년이 넘었다고 했다. 뭣 때문인지 푹 빠져서, 해만 지면 이리
직행한다는 풍문이었다.

　'물건도 부실해 보이던 자식이 계집은 유별나게 밝히는군. 그것도
자식뻘 되는 계집들만… 추접한 새끼.'

　손종동을 씹듯 육포를 질겅대며 계장수는 정문 쪽을 봤다. 저 멀리
로 철무련의 전각 지붕들이 아스라이 보였다. 놈은 지금 저곳에서 이

리로 이르는 거리의 어느 곳을 마차로 오고 있을 것이다. 오는 길에 계집에게 줄 과실(果實) 등을 살지도 모른다. 흐뭇한 웃음이 입가에 걸렸을 것이다.

'어서 오너라. 널 기다리는 사람이 있다. 넌 계집 생각에 흐뭇하겠지만, 난 네놈 생각에 흐뭇하구나. 다시 볼 네 얼굴이 기대돼서 말이다!'

마지막 조각의 육포를 계장수는 입 안에 넣었다. 어두워지기 전부터 놈의 집을 맴돌다 지붕에 올라왔다. 무한에 도착한 지 이틀이 지났지만, 철무련 쪽은 기웃거리지도 않았다.

스스로를 달래고 삼간 것이다. 혹시 모를 마음의 격분을 미리 차단한 것이다. 보지 않으면 모르되 보고서야 참을 수 없을지도 몰랐다. 그래서 철무련 쪽엔 발길을 하지 않았다.

지금도 아스라이 어둠 속에 보이는 철무련의 전각 지붕들. 저 속에 그들이 있을 것이다. 자신을 죽인 원수들. 죽여야 할 패륜 배덕자들. 모든 것을 빼앗아간 옛 기억의 존재들.

계장수는 저절로 쥐어지는 주먹의 힘을 풀며 호흡을 내뿜었다. 들끓는 가슴속의 기운이 조금씩 가라앉았다. 하지만 정소연과 사마용추, 두 사람의 이름과 얼굴이 기억 속에 맴돌며 눈앞을 떠나지 않았다. 둘의 형상은 가위처럼 진득하게 온몸을 눌러왔다.

'개같은 연놈들! 내 너희를 가루 내어 마시리라! 그리 못한다면 다시 사는 의미 또한 없느니! 으드드득!'

이를 갈아붙이며 계장수는 어깨를 후두둑 떨었다. 얼마나 분노했든지 어깨는 잔떨림으로 쉬 고정되지 않았다. 하지만 밤하늘을 보며 곧 냉정을 찾아갔다. 해야 할 일들을 떠올리고, 목적을 되새기며 냉철함을 찾았다.

흔들리던 어깨가 잦아들고 눈가의 열기가 가실 무렵 정문 너머의 대로에서 한 대의 마차가 나타났다.

'왔구나! 손종동!'

계장수는 눈을 치켜뜨고 마차를 봤다. 마차는 정문을 지나쳐 천천히 마당에 들어섰다. 놈은 대담하게도 호위 무사나 보표 없이 돌아왔다. 아마도 무한에서 천하의 철무련에 대항하는 어리석은 일은 없을 거라는 생각임에 분명한 행동이었다. 대단한 자신감이었고 현실 또한 그러했다.

하인들의 맞이 속에 오십 줄의 사내 하나가 마차에서 내렸다. 약간은 작달막한 키에 통통한 몸매, 거드름 피우며 팔을 내젓는 꼴이 영락없는 모리배의 행색이었다. 그런 사내를 계장수는 한눈에 알아보았다. 죽던 날 책을 내밀었던 남자, 자신의 호통 속에 고개 숙여 떨던 수하, 손종동이었다.

"마님은 어디에 계신 게냐? 왜 나와보지도 않는다더냐?"

놈의 거만한 말소리가 들렸다. 어렵게 대꾸하는 하인들의 말도 들렸다.

"별채에서 수욕(水浴) 중이십니다. 대인어른 돌아오시면 그리 모시라 하셨습니다."

"그래? 요것이 이제 별스런 짓을 다 하는구먼. 수욕 중이라고? 허허허허."

너털웃음을 터뜨리며 손종동은 별채로 향했다. 그 웃음과 발걸음을 좇아서 계장수는 두 개의 지붕을 건너뛰었다.

소리없는 그림자가 되어 별채 지붕에 안착한 계장수는 조용히 추녀

끝에 매달렸다. 그대로 안의 동정을 살피던 잠시 후, 휘리릭 돌며 땅에 내려서 벽에 붙었다.

별채의 문 쪽에서 주안상과 침의를 들고 들어가는 시녀들의 기척이 들렸다. 그들이 다시 나오고 얼마 지나지 않아 벽의 반대쪽으로 돌아 창문을 찾았다.

예상대로 창문은 안으로 잠겨 있었다. 가볍게 운기하자 안쪽의 고리는 곧 바스러졌다. 다시 한 번 주변을 돌아보았다. 무사들은 안팎의 경계에만 힘을 쓸 뿐 별채 주변으로는 가까이 오지 않았다. 창문을 열고 몸을 날렸다.

창문을 닫고 주변을 살폈지만 역시 아무도 없었다. 허드렛 물건들을 두는 방인 듯한데, 슬며시 열린 문틈으로 빛이 들어왔다. 다가가서 문을 밀치니 별채 중앙이 보였다. 좌우로 연한 방들을 지나 가장 안쪽이었다.

분홍빛이 야릇한 휘장 안쪽에 커다란 나무 욕조가 보였다. 흐릿한 김이 피어올랐고 옆에는 주안상과 커다란 침상이 보였다. 그런데 수증기 안쪽에 사람의 형체가 보였다. 욕조의 안쪽에서 알몸으로 얽힌 그것은, 손종동과 그의 애첩이었다.

애욕으로 서로의 몸을 더듬는 두 사람에게로 계장수는 걸어갔다. 느긋한 그 걸음이 휘장을 지나 주안상 위의 사과 하나를 집어 들 때까지도 둘은 서로에게 집중했다. 거친 숨소리는 모락대는 김보다도 더 뜨거웠다.

"헉, 요, 요년! 이, 이렇게 해봐라!"

"허억, 어, 어떻게요? 이렇게요?"

밀착된 몸을 뒤로 돌리는 애첩의 가슴을 손종동은 터질 듯이 쥐어 잡았다. 계집은 참을 수 없는 듯이 비음을 터뜨렸고 손종동은 목덜미에 입술을 박았다.

이상한 소리가 들린 것은 그때였다.

퍼석.

서로에게 몸을 비비던 둘은 그 소리가 무엇인지 알지 못했다. 하지만 소리는 또 들렸다.

파삭.

그때서야 이상함을 느낀 손종동이 고개를 돌렸다. 달뜬 표정으로 상기된 얼굴인 계집도 시선을 돌렸다. 그리고 둘은 보았다. 자신들을 내려다보며 한 사내가 사과를 씹고 있는 것을.

"누, 누구?"

놀란 손종동이 소리치는 순간, 계장수의 몸은 쭉 다가서며 손종동의 목을 잡았다.

"컥!"

역시 놀라 비명 지르려는 계집의 목도 잡았다. 그리고 둘을 동시에 들어 올렸다.

"크윽!"

"케엑!"

시뻘게진 얼굴로 바둥대는 둘을 끄집어낸 계장수는 곧 바닥에 패대기쳤다.

"소리 지르는 순간 죽는다."

맨몸의 충격으로 고통스러워하던 둘은 곧 입을 다물었다. 하지만 손종동은 명색이 철무련의 장경당주, 모로 돌아간 그의 시선은 날카롭게 빛을 냈다. 그걸 계장수는 보았다.

“허튼 생각이 있으면 지금 해봐라. 그러면 네 머리통을 두 손에 들게 해주마.”

협박치고는 너무도 덤덤하게 말을 던진 계장수는 손을 주안상으로 뻗었다. 손바닥에 자주색 기운이 어른대는 것 같더니 한순간 쑥 뻗어나갔다. 그것이 상을 물들이는 것도 찰나, 모든 것은 흐물흐물 녹아서 흘러내렸다.

“헉! 저, 저런……!”

나왔던 손으로 다시 회수되는 자주색 기운을 보며 손종동은 눈동자를 떨었다. 알몸의 계집은 아예 고개도 들지 못하고 부들댔다. 그런 두 사람 앞에 무릎을 접고 앉은 계장수는 죽립을 뒤로 제꼈다. 손종동은 또 신음 소릴 냈다.

“호, 혹시 그대는 흐, 흑마왕?”

목에 걸린 죽립 끈을 슬쩍 매만진 계장수는 무표정하게 대답했다.

“날 알아보는구나. 나도 널 안다.”

공포 속에 놀란 손종동의 눈에 의혹이 어렸다. 계장수는 슬쩍 웃었다.

“어떻게 아냐고?”

“나, 난 그대를 모, 모르오만?”

“넌 날 몰라도 돼. 하지만 내가 너를 아는 건 중요하지.”

“그, 그게 무슨 소리…….”

“유령문을 알지?”

“유령… 문……?”

손종동의 눈에 어린 의혹은 더욱 짙어졌다. 계장수는 바로 또 말했다.

"기억 안 나면 기억나게 해주마."

무쇠 같은 주먹이 손종동의 눈에 들어왔다. 뒤를 잇는 말도 무서웠다.

"난 시간이 별로 없다. 기다리는 것도 안 좋아해."

두두둑 소리와 함께 자주색으로 물드는 계장수의 주먹을 보며 손종동은 죽음의 공포를 느꼈다. 그리고 살기 위해선 눈앞의 사내가 묻는 말에 정확히, 신속하게 대답하는 것만이 길이라고 생각했다. 사내는 흑마왕인 것이다.

"아, 압니다! 알고말고요!"

주먹을 내린 계장수는 다시금 씨익 웃었다. 그런데 그 웃음이 주먹보다도 더욱 공포스러워 보였다.

"이제 얘기할 분위기가 조성됐군. 그러면 이제, 본격적인 대화를 나눠볼까?"

손종동은 고개를 정신없이 끄덕였다. 그의 눈에는 북마련을 해치우고 무림맹을 패퇴시킨, 그리고 철혈대를 몰살한 괴물의 모습만이 보이는 것 같았다.

느긋한 미소를 더욱 짙게 보인 계장수는 나직하게 질문을 던졌다.

"네놈의 지시로 유령문은 철혈대가 멸문시켰다. 맞지?"

"그, 그렇습니다."

대답하는 손종동은 그런 사실을 흑마왕이 어찌 아는지 의문도 생기지 않는 것 같았다. 그저 좀 더 빨리 대답 못하는 게 안타까운 얼굴이었다.

"넌 유령문의 존재를 어떻게 알았지? 그들은 왜 멸문시켰나?"

"그, 그들은 주모(主母)의 정보로 알게 됐습니다. 사, 사이한 무리니

없애야 한다고 하셨습니다.”

“주모라니? 정소연 말인가?”

“그, 그렇습니다.”

“그녀는 그들을 어찌 알았지?”

“그, 그것까진 소인도…….”

만족한 대답을 못 꺼내는 자신이 원망스러운 듯 손종동은 죽을상을 지었다. 잠시 그 얼굴을 보던 계장수는 다시 물었다.

“넌 그들을 멸문시키고 생사비결이란 책자를 취했다. 그걸 조극강에게 바쳤지. 그것도 정소연의 지시였나?”

“생사… 비결?”

잠시 생각을 더듬던 손종동은 곧 밝은 표정으로 대답했다.

“확실히 그런 적이 있습니다. 하지만 그 책의 일은 주모와는 상관없이 소인이 유령문에서 취한 것을 올린 것입니다.”

“왜 그 책을 조극강에게 주었지?”

“그건 그냥… 유령문주란 자가 그 책을 지키려고 목숨을 아끼지 않기에… 뭔가 귀중한 것이라 생각되어 그리한 것입니다. 다른 뜻은 없었습니다.”

어느새 옛 기억에 반추하는 사이, 손종동은 공포로 떨던 몸이 안정을 찾는 듯했다. 그런 그에게 계장수는 또 물었다.

“정소연이 그들과 관계된 아무 단초도 알지 못했나? 사소한 것이라도 말이야?”

“그것이… 주모가 각종의 약방문을 모은단 소리는 들었습니다. 보신약에 관련된 것들이라고 했습니다. 사기(邪氣)를 물리치기 위해 술사나 방사, 무당 등도 만났답니다. 그 와중에 알게 된 문파라고 얼핏 들은 듯도 합니다만……."

순간 계장수의 눈이 파랗게 빛을 뿜었다. 하지만 빛은 나올 때보다 더 빨리 사라지고 질문이 대신했다.

"정소연과 사마용추는 어떠한가? 잘들 있겠지?"

잠시 머뭇대던 손종동은 다시 입을 열었다.

"주모와 사마 대주는 실질적인 부부 사이나 다름없소이다. 지난 십 년이 넘는 세월을 그리 살아왔지요. 아마도 곧 두 사람의 정식적인 혼례가 있을 것으로 아오이다."

계장수는 다시 웃었다.

"혼례라… 그것들이 혼례를 올린단 말이지?"

차갑게 짙어지는 계장수의 웃음을 보며 손종동은 새삼 의문에 휩싸였다. 그리고 끝내는 그걸 참지 못하고 물었다.

"대관절… 나조차도 기억이 가물한 그런 일들을 그대는 어찌 아는 것이오? 흑마왕 그대가 본 련에 원한을 가진 것은 알고 있소만, 어찌 그런 내밀한 일들을 알고 물으시오?"

웃던 계장수는 웃음보다 더 차가운 말을 던졌다.

"쓸데없는 소릴 지껄이는 걸 보니 이제 살 만하다고 생각하는 모양이구나."

손종동은 급히 손을 내저었다.

"아, 아니올시다! 그, 그런 게 아니오라……!"

계장수는 굽혀 앉은 무릎을 한 걸음 내디뎠다. 눈과 눈이 지척으로 맞닿는 거리였다.

"마지막 질문이다."

너무도 담담한 목소리에 실린 살기는 손종동의 몸에 차가운 소름을

돌위 올렸다. 두 다리 사이에 늘어졌던 양물은 조그만 모양으로 슬아
붙었다.

계장수는 참아왔던 질문을 꺼냈다.

"귀도문주 계은범. 그는 누가 죽였나?"

올 것이 왔다는 듯, 손종동의 눈은 급속도로 다시 떨리기 시작했다.
하지만 곧 모든 걸 포기하는 심정으로 대답을 했다.

"철혈대 부대주 십자검 진성… 그가 일을 주도했소……. 물론 손을
쓴 것도 그자요."

다물어지는 손종동의 입을 바라보던 계장수는 천천히 몸을 일으켰
다. 파란빛이 이글대는 눈은 분노로 쏟아져 나올 것만 같았다. 하지만
굳게 다물려진 입과 움켜쥔 두 주먹은 눈가의 분노를 차츰차츰 잠재워
갔다.

이글거리던 눈가의 파란빛이 사그라지던 순간에, 작은 목소리가 계
장수의 입에서 흘러나왔다.

"남편을 배신한 탕녀와 주인을 문 개의 최후가 어떠한지 똑똑히 알
려주마……!"

의미를 알 수 없는 계장수의 중얼거림에 손종동은 떨군 고개를 들어
올려다보았다. 떨리는 목소리가 뒤를 이었다.

"그, 그대는 누, 누구요? 호, 혹시 그대는……?"

무언가 알 수 없는 의문과 깨달음이 뒤섞인 손종동의 눈은 끝내 마
지막 말을 꺼내지 못했다. 대신 계장수가 입 벌려 말했다.

"이젠 가야겠다. 그런데 너희를 그냥 두고 갈 수는 없구나."

손종동의 눈은 급격하게 흔들렸고, 그때까지 음부를 가리고 엎드려
있던 계집은 벌떡 일어나 애원했다.

"대인! 살려주십시오! 살려만 주시면 무슨 일이든 하겠습니다! 살려주세요, 대인!"

계장수의 다리를 붙잡고 울부짖는 계집은 이제 수치도 모르는 듯, 가리던 곳은 신경도 쓰지 않고 매달렸다. 처절한 그 몸부림은 살려는 발악이었다.

무심하게 두 사람을 내려다보던 계장수는 여자를 발로 차 밀었다.

"악!"

손종동의 옆으로 나동그라지는 여자를 보며 계장수는 나직하게 말했다.

"모시던 자의 죽음을 방조하고 일신의 안위를 위해 진상을 외면한 신하는 일을 주모한 놈들과 다르지 않다. 고로, 손종동 너에게는 자결할 자격도 없다."

흔들리던 손종동의 눈은 이제 감겨 버렸다. 차가운 계장수의 목소리는 또 이어졌다.

"더불어 네 계집 또한 네 덕으로 방탕한 삶을 영위하였는바, 원칙을 따지자면 굳이 죽여야 할 것은 아니나 이 자리에 있는 것이 죽을 이유이다."

계집의 얼굴은 하얗게 질려 숨을 꺽꺽거렸다. 하지만 무표정한 계장수는 손을 허리 뒤로 가져갔다.

허리춤의 단도가 이탈하며 시퍼런 선을 방 안에 그었다.

피이웃!

남자와 여자, 두 개의 머리통이 몸에서 떨어졌다. 너무도 간단한 최후였다.

피를 뿜어 올리는 두 사람에게 계장수는 최후의 말을 전했다.

"지옥에서 보자."

언제나 죽이는 자들에게 던지는 그 말이었다. 그 말을 남기고 계장수는 뒤돌아섰다. 아직도 꿈틀대는 두 사람의 몸에선 피가 쏟아져 나왔다. 바닥을 구른 네 개의 눈동자는 그렇게 어둠 속으로 사라지는 자의 뒷모습을 보았다. 세상 사람들이 일컫기를 흑마왕이라고 부르는 자였다.

❸

"열진(列陣)!"

우렁찬 목소리에 맞춰 검은 갑옷의 무인들은 신속하게 움직였다. 각 열 명씩 창을 든 자가 앞에 서고 검을 든 자들이 그 뒤로, 마지막엔 활을 든 자들이 섰다. 그렇게 삼십 명씩 열 개의 조가 횡으로 벌려서 전방을 주시했다.

"출진(出陣)!"

넓디넓은 연무장의 동쪽 전각 앞, 지휘대에서 터진 명령은 무인들을 움직였다. 검은 갑옷의 무리들. 이들은 철혈대였다. 그 명성만큼이나 움직임은 신속했다.

피피피피피피핑!

삼 열의 궁수들이 활을 쏘자 빗발 같은 화살들이 전방의 과녁을 두들겼다. 그것이 신호가 되어 전진하는 창수들은 방패를 앞세우고 창을 찔렀다. 사람 모양의 목인(木人)들이 배를 찔리는 순간, 이 열의 검수들이 튀어나와 목을 쳤다.

백여 개 목인들의 목이 거의 동시에 떨어져 나갔다. 검수들은 또다시 전진하며 검을 그었다. 시퍼런 검광이 일사불란하게 목인들의 사이를 유린했다. 창수들은 뒤를 바짝 따르며 창을 내밀었고 궁수들은 활을 재어 겨냥했다.

"퇴진(退陣)!"

지휘대의 명령이 또 터졌다. 검을 그어대던 검수들은 썰물처럼 물러서며 퇴각했다. 창수들은 기다란 창으로 견제하며 그들의 퇴로를 도왔다. 그렇게 창수들마저 일정 거리로 물러서자 궁수들은 다시 활을 쏘았다.

피피피피피핑!

가상의 적인 목인들의 몸통과 그 앞에 화살의 비가 내렸다. 적의 전진을 막은 철혈대는 어느새 다시 처음의 진형으로 돌아갔다. 하지만 이번엔 횡렬이 아닌 학익진이었다. 뒤쫓는 적을 진의 위세에 몰아넣고 섬멸하는 것이다.

"출창(出槍)!"

미리 준비된 철갑 마차가 진의 사이사이에 나타났다. 모두 다섯 대. 창두 스무 개씩을 내민 마차들은 그대로 창을 날려 보냈다.

퓨퓨퓨퓨퓨퓨퓽!

요란한 소리와 함께 창들이 화살처럼 날아갔다. 그것들은 이미 검과 화살 등에 유린된 목인들을 휩쓸고 지나갔다. 연거푸 뒤쪽의 과녁들까지 산산조각으로 흩어버린 창들은 준비된 흙더미 방벽들에 몸을 박고 멈춰 섰다.

"멸진(滅陣)!"

벌어진 학익진의 날개가 좁혀들며 전진했다. 한 발 한 발 내딛는 철혈대는 앞에 걸리는 가상적들을 몰아붙였다. 물샐틈없는 진의 기세는 압살(壓殺) 그 자체였다.

"산진(散陣)!"

전진하던 철혈대는 명령과 함께 순식간에 진형을 바꿨다. 몰고 가던 기세를 버리고 한순간 사방으로 흩어졌다. 처음의 열 명씩 한 조로 벌어진 그들은 다시 삼 열의 소진으로 진형을 잡았다. 도합 열 개의 소진은 그렇게 전장을 중심으로 원형의 포진을 했다.

해는 뜨겁고 바람은 후텁지근한 오후였다. 무겁고 검은 갑옷을 입은 철혈대원들의 얼굴엔 땀과 먼지가 범벅이었다. 하지만 그들의 손에 든 무기에선 시린 빛이 흘렀고, 눈에선 엄정한 기세가 뿜어져 나왔다. 그들은 대철무련의 자존심이며 전 무림이 경외로 바라보는 철혈대인 것이다.

동쪽 지휘대의 상석에서 명령을 내리던 검은 갑주의 삼십대 사내는 잠시 연무장의 철혈대원들을 바라보다 다시 지휘봉을 들었다. 그리고 다음 명령을 내리려는 순간에 등 뒤의 목소리에 입을 다물었다.

"그만 해라."

말 던진 자를 돌아보았다. 작은 다탁을 옆으로 놓고 의자에 앉아 이제껏 연무를 지켜보던 사내. 흉터투성이의 얼굴 사이로 언제나 마주보기 힘든 눈빛을 뿌리는 사내. 중년의 나이가 무색할 만큼 거칠고 단단한 사내. 철혈대 부대주 십자검 진성이었다.

느릿하게 다탁의 술병을 기울여 잔에 채운 진성은 입가로 가져가며 조금씩 흘려 넣었다. 작은 잔의 술이 여섯 번에 걸쳐서 넘어갈 때까지 지휘하던 사내, 총사(總師) 주진모(周盡矛)는 말을 하지 않았다.

이윽고 술잔을 다시 내려놓은 십자검 진성은 주진모에게 명령했다.

"해산시켜라."

아주 짧은 시간 동안 진성의 얼굴을 보던 주진모는 뒤돌아 명령을 내렸다.

"해산(解散)!"

명령을 받아 내리기까지 망설임이나 주저함은 없었다. 철혈대에게 그러한 일은 있을 수도 없고 있어서도 안 되기 때문이었다. 하지만 주진모는 진성의 눈에서 권태로움과 짜증을 엿보았다. 그 원인도 알고 있었다.

"쓸데없는 짓이야."

진성의 목소리가 작게 들렸다. 주진모는 해산하는 철혈대원들을 보다 뒤돌아섰다. 또 한 잔의 술을 나누어 마시는 진성의 모습이 보였다.

"저 숫자의 열 배, 아니, 어쩌면 백 배는 되어야 놈의 상대가 될 거다."

술잔을 다시 내려놓는 진성의 눈은 회의와 채워지지 않는 욕구로 가득해 보였다.

"벽력월인궁의 일만 해도 벅차거늘 어디서 그런 놈이 튀어나와서… 그나마 놈이 무림맹을 손보았다지? 손 안 대고 코를 풀었군. 적의 손을 빌려 또 다른 적을 쳤으니 말이야. 장사꾼의 셈으로는 돈을 벌었다고 해야 하나?"

자조의 웃음이 진성의 입가에 걸렸다. 손은 술병을 잡아 술을 따랐고 입은 다시 말을 내뱉다.

"귀도문주의 아들놈이라… 그게 흑마왕이란 말이지? 복수를 하겠다고? 크흐흐흐흐."

의미 모를 웃음을 웃던 진성은 다시 술잔을 들었다. 이번엔 나누어 마시지 않고 단번에 들이켰다. 잔 트림처럼 말이 또 나왔다.

"놈이 쳐들어온다면 본 련의 팔천 병력만으론 막기 힘들 거야. 놈은 단신으로 북마련을 몰살시킨 놈이지. 시간을 끌 수 있을진 몰라도 놈을 막진 못해. 그 시간 안에 각 지방 분대 병력의 조응이 이루어져야 한다. 얼마나 신속하게 그 일이 이루어지느냐에 따라서 본 련의 운명이 결정되는 것이지."

시린 빛이 진성의 눈에서 나왔다. 조용히 서서 듣고만 있던 총사 주진모는 처음으로 입을 열었다.

"의문입니다. 진실로 그러한 일이 가능할지요. 상대는 단신이고 우리는 철무련입니다. 아무리 상대가 개세의 고수라고 해도 각처의 병력의 모두 모이면 기병 이만을 합쳐 오만에 육박합니다. 이는 생각조차가 터무니없는 일입니다."

조용히 의견을 내놓는 주진모를 진성은 차갑게 웃으며 보았다. 말소리도 차가웠다.

"아직도 미망에서 깨지 못했구나. 진실을 깨닫지 못했어. 놈은 사람이 아니다. 대관절 어디에서 그런 놈이 나왔는지는 모르지만, 도왕과 암왕, 독왕의 비전이 놈의 한 몸에 전해진 걸로 드러났다. 그건 이미 인간이 아닌 거야."

주진모는 말이 없었다. 빈 연무장으로 시선을 돌린 진성은 다시 말을 이었다.

"그놈을 인간으로 봐선 안 된다. 놈의 손에 무림맹도 무릎을 꿇었다. 그건 결코 일개의 인간이란 존재로는 가능한 일이 아니지. 하지만 만에 하나 놈이 이곳으로 쳐들어온다면, 그건 놈이 무덤을 파는 꼴이 될게다. 아무리 놈이라 해도 네 말처럼 수만의 병력을 상대로 싸울 수는 없을 테니까."

진성의 눈이 또 파랗게 빛을 뿜었다. 하지만 곧 염려의 빛이 잠식해 왔다.

"그러나 그 후가 문제가 될 거다. 본 련의 세가 급속하게 약화될 것이야. 이는 벽력월인궁에겐 절호의 기회가 될 테지. 적이 원수와 상잔하는 기회를 놓칠 그들이 아니니까 말이야. 어쩌면 놈들은 기다리는지도 모르지……."

주진모의 눈에 세 번째로 술병을 기울이는 진성의 모습이 보였다. 채워진 술잔은 곧 넘어갔다.

"크읍… 오늘따라 술이 달군. 어때? 술 한잔할 텐가?"

말없이 지켜보던 주진모는 진성의 마음을 헤아려 보았다. 결코 술을 저렇게 마시는 자가 아니었다. 언제나 음미하듯 여러 번에 나누어 마시며, 결코 취할 때까지 마시지 않는 것이 진성의 주도였다. 그런데 오늘은 단숨에 들이키고 있는 것이다. 마음속의 응어리들이 그를 취하게 만들려는 것 같았다.

바라보던 눈을 아래로 내리고 고개를 끄덕인 주진모는 손을 내밀었다.

"한 잔 주시지요."

진성은 술 대신 일어서며 말을 줬다.

"이곳이 아닐세."

의아해하는 주진모의 눈앞에서 진성은 지휘대를 내려갔다. 곧바로 옆에 매어놓은 말[馬]에 올라탄 진성은 주진모에게 재촉했다.

"따르게."

잠시 모호한 눈빛으로 보던 주진모는 진성처럼 지휘대를 내려가 말에 올라탔다. 진성은 곧장 앞서 달리며 말했다.

"오늘은 한번 취해 보자구. 하앗!"

진성의 말이 삽시간에 연무장을 달려 정문으로 향했다. 뿌옇게 먼지를 일으키는 그 모습을 보며 주진모도 말 배를 찼다.

"하앗!"

달리는 눈앞으로 앞서 나간 진성의 말발굽이 일으킨 먼지가 얼굴에 부딪쳤다. 매캐함을 뚫고 달려나가자 곧 정문이 다가왔다. 달리는 진성의 말에 위사들이 황급히 비켜나는 것이 보였다. 그 뒤를 따라 달리니 철무련의 웅장한 정문이 멀어져 갔다. 거대한 편액도 자그마하게 뒤로 밀려갔다.

말의 갈기가 얼굴 앞에 어른거렸다. 바람은 뒤로 씽씽 지나갔다. 그 사이사이로 행인들의 기겁한 소리와 장사치들의 놀란 비명 소리가 들렸다. 저만치 앞서 달리는 진성은 말을 속도를 늦출 기미가 보이지 않았다. 오히려 더 빨라지는 것 같았다. 놓치지 않기 위해 주진모도 말 배를 거듭 찼다.

얼마나 달린 것일까? 무한의 시가지를 벗어나고 외곽이 시작되는 길에서야 진성은 속력을 늦추기 시작했다. 달리던 걸음에서 가볍게 뛰는 걸음으로, 그리고 걷는 걸음으로 변했다. 그의 옆으로 다가갔다. 거리의 풍경은 어느새 변했다. 번화하고 정갈한 화려함에서 왠지 음습하고 추레한 모습으로 변한 것이다.

거리 자체가 그랬다. 좁은 길에 다닥다닥 붙은 집과 점포들이 그랬고 그 사이사이의 음습한 골목길들이 그랬다. 또한 다른 무엇보다도 말을 타고 거리를 걷는, 자신들을 보는 사람들의 시선이 그랬다. 이곳은 무한성의 그림자, 화려함 뒤에 감춰진, 그 벽을 뛰어넘지 못한 빈민들의 삶터였다.

"무한에 이런 곳이 있었군요."

주진모의 말에 진성은 대답하지 않았다. 그저 말을 몰아 좁은 골목 길로 들어선 후 좌로 구불, 우로 구불 길만 걸어갔다. 그 걸음이 골목 의 거의 끝자락에 이르렀을 무렵, 드디어 진성은 말을 멈췄다. 앞에는 주막이 있었다.

극락주가(極樂酒家). 주막 앞에 내걸린 낡은 표기에는 분명 그렇게 써 있었다. 하지만 허름하고 칙칙함이 감도는 작은 주가는 이름과 어 울리는 구석이 한 군데도 없어 보였다.

"이곳의 술은 진정 극락이지."

말에서 내리는 진성이 한 말이었다. 그 말을 던지고 진성은 성큼 주 가로 들어갔다. 말들을 주가의 깃대에 맨 주진모는 뒤따라 들어갔다. 시큼한 술 냄새가 사방에서 진동했다. 열 개뿐인 탁자에는 벌써 대여 섯 곳이 취객으로 장악되었다. 해가 아직도 한참이나 남았는데 그들은 인사불성이었다.

"야릇한 곳이군요."

진성의 맞은편에 앉으며 주진모는 말했다. 진성은 설핏 웃으며 대답 했다.

"진솔한 곳이지. 마시고 싶으면 마시고 취하면 쓰러져 자고, 한 주병 의 술값만 있으면 누구라도 이곳에서 극락에 든다네. 이곳의 감로(甘 露)는 그걸 이루어주지."

"감로요?"

"이 집에서 만든 술 이름이라네."

"독특하군요."

"천하 일품이지. 자네도 반할 걸세."

왠지 조금은 들뜬 듯한 진성의 얼굴을 보며 주진모는 과연 저자가 언제 이런 곳을 알았을까 하는 생각을 했다. 또한 이런 곳에서 이런 사람들 틈에 섞여 무슨 생각을 했던 것일까 궁금했다. 한 가지 확실한 건, 전혀 새로운 진성의 모습을 보고 있다는 사실이었다.

"가끔은 답답함을 털어버리기에 더없이 좋은 곳이지. 누구도 날 알아보는 이가 없고, 그저 사람들 속에 섞여서 똑같이 취하다 보면 가진 자들이 안고 있는 온갖 시름으로부터 벗어나 못 가진 저들처럼 편안해진다네."

진성이 말을 하는 사이 주인이 술을 가져왔다. 세월과 가난에 젖은 주인의 얼굴은 주름으로 가득했다. 말없이 세 병의 술과 잔 두 개, 허술한 안주 접시를 내려놓는 주인은 아무 말도 하지 않고 뒤돌아갔다. 그 모습을 보며 주진모는 진성의 말에 속으로 대답했다.

'이곳에서 무거운 어깨를 덜어낸다는 건가? 하지만 술이 깨면 다시 그대로겠지.'

주진모가 속으로 뭘 생각하든 진성은 술병을 잡아 술을 따르며 흐뭇한 미소를 지었다.

"정말 오랜만이로군."

잔은 바로 입으로 넘어갔다.

"크으… 좋군!"

연거푸 두 잔의 술이 더 들어간 후에야 진성은 주진모의 잔에도 술을 채워줬다.

"자네도 들어보게나."

예상외로 맑은 청주의 향기에 주진모는 잔을 잡았다. 그사이 또 한

잔을 털어 넣는 진성을 보며 자신도 잔을 넘겼다. 그리고 놀랐다. 술맛은 터무니없이 훌륭했다. 이런 술은 좋다 하는 각지의 명주를 마셔본 외로 처음이었다. 이렇게 후미진 곳에 이런 좋은 술이 있다는 건 정말 의외였다.

"어때, 좋지? 두 잔만 더 마셔보라고. 서서히 극락문이 보일 거야. 그리고 세 병을 마시면, 그때는 극락에서 노니는 자신을 발견하게 되지. 하하하하!"

기분 좋은 웃음을 터뜨리며 진성은 또 한 잔을 마셨다. 그리고 술잔을 내린 후에 자신의 철검을 탁자 위에 올렸다. 그걸 유심히 내려다보며 어루만졌다.

"이걸 손에 잡고 참 많은 일이 있었었지……. 검사의 꿈은 사그라진지 오래고, 때로는 부끄러워 말 꺼내지 못할 일도 서슴지 않았지. 검이란 그런 것인지도 몰라."

평소답지 않게 짙은 회한이 깃든 말을 진성은 읊조렸다. 잔은 또 채워졌고 어김없이 입으로 넘어갔다. 그 모양을 가만히 바라보던 주진모는 자신도 한 잔의 술을 넘겼다. 그리고 어느새 중독된 사람처럼 빈 잔에 술을 채웠다.

쪼르르르. 술이 채워지는 소리가 이상하게 허무하게 들렸다. 벌써 취한 건가 하는 생각이 들었지만 대수롭지 않았다. 어쩌면 술이 아니라 진성에게 취했는지도 몰랐다. 그가 하는 말이, 언제부터인가 자신에게도 찾아온 이상한 회의와 거리낌, 그런 것들과 같아 보였다. 그래서 울적했다.

"술 냄새가 아주 좋군."

채워진 잔을 들려는 순간 들려온 목소리는 굵고 나직했다. 그런데도 또렷하게 귀에 들렸다. 고개를 돌려보니 커다란 사내 하나가 죽립을 쓰고 들어서고 있었다. 짙은 청의 위로 불거진 팔다리는 우람해 보였다.

"주인장, 나도 술 좀 주시오."

문 앞의 탁자에 앉은 사내는 주인에게 주문을 했다. 예사롭지 않은 사내를 주진모는 유심하게 바라봤다. 진성 역시 불그스름한 눈으로 사내를 쳐다봤다.

잠시 후 주인은 술을 내왔다. 사내는 주인이 가져온 술을 죽립도 벗지 않은 채 마셨다. 진성처럼 연거푸 석 잔을 마신 사내는 잔을 내려놓았다. 그리고 술병을 잡아 병째로 입에 가져갔다.

죽립과 팔에 가린 사내의 얼굴은 보이지 않았다. 하지만 주진모와 진성은 왠지 사내가 위험스러워 보였다. 그것은 야수들의 본능 같은 것이었다. 머리 속에서 저 사내는 위험하다고 소리를 질러댔다. 하지만 움직일 수 없었다. 위험하다는 본능보다도 호기심이, 그보다도 자신에 대한 믿음이 그렇게 했다.

이윽고 술병을 다 비운 죽립사내는 병을 탁자에 내려놨다. 잠시 그렇게 탁자를 보던 사내가 불쑥 말을 던졌다.

"뭘 그렇게 보냐? 내 술이 탐이 나냐?"

죽립사내의 말에 주진모는 눈썹을 일으켜 세웠다. 곧장 검을 잡는 그의 앞에서 진성이 먼저 말했다.

"술은 우리도 있다. 날 만나러 온 거라면 용건을 얘기해라."

그 말을 하고 진성은 자신의 철검을 가만히 잡았다.

주진모와 진성, 철무련 철혈대의 총사와 부대주를 응시하고 있던 죽립사내는 여전히 죽립에 가린 얼굴로 말을 했다.

"용건이라… 그래, 용건이 있지. 아주 오래된 거야. 그것 때문에 널 찾아왔다, 십자검 진성."

반응은 바로 나왔다. 주진모는 검을 뽑아 들고 일어섰고 진성도 의자를 밀치며 일어섰다.

"누구냐? 죽립을 벗어라!"

주진모가 검을 겨누며 외쳤다. 주인은 어디론가 사라졌고 탁자 위에 쓰러졌던 취객들도 귀신처럼 사라진 후였다. 약한 자일수록 목숨을 보존하는 일에는 더욱 민활한 반응을 보이는 것 같았다. 마치 생존의 비결처럼.

주진모의 뒤를 이어 진성도 철검을 소리없이 뽑았다. 칙칙하게 불그스름한 빛이 감도는 철검을 내밀며 진성은 죽립사내에게 말했다.

"내 이름을 확실히 아는 것을 보니 필시 나와 곡절이 얽힌 자이겠구나. 이곳까지 미행해 왔으면 그만한 자신이 있었을 터, 그렇다면 얼굴을 보여라."

조용하지만 강한 살기가 배인 진성의 말에 죽립사내는 천천히 일어섰다.

"내가 죽립을 벗으면, 그 순간 너희들은 죽는다. 그래도 좋으냐?"

너무도 당연해 의심함이 없는 사실을 말하는 것처럼 죽립사내의 말은 당당했다. 그 말을 듣는 주진모와 진성의 미간이 일그러진 것 또한 너무 당연했다. 둘 중 주진모의 반응이 더욱 빠르고 격렬했다.

"어디! 그럴 실력이 있는지 보자꾸나! 하잇!"

주진모의 검이 튀어 오르는 뱀처럼 솟구쳤다. 중간에 걸리는 탁자와 의자들을 모조리 가르고 뻗어 나오는 검기는 시리고 날카로웠다. 그 검기가 죽립사내의 몸에 닿기도 전에 주진모의 몸이 도약해 왔다.

"죽어라!"

일 격에 이은 이 격. 다르면서도 동시인 그 공격을 죽립사내는 주먹을 쳐올리는 것으로 막았다.

부아이아아악!

첫 번째 검기가 부서져 흩어지는 그 위에서, 같은 순간 내리긋는 두 번째 공격, 시린 빛으로 갈라 내리는 검을 주먹이 후려졌다.

파앙!

검날이 산산조각으로 터지고 주먹은 계속 올라갔다. 그 주먹이 검 잡았던 주진모의 손과 팔을 뭉개고 안면에 틀어박혔다.

퍼억!

훌러덩 주진모의 몸뚱이는 뒤로 돌았다. 내려치던 반대 방향으로 다시 돌아가는 그 모양은 원숭이의 재주 같았다. 하지만 돌아가는 주진모의 몸에는 머리가 없었다. 대신 머리를 이루었던 것들이 천장 쪽으로 흩어졌다.

콰앙!

탁자 하나를 박살 내며 주진모의 몸이 떨어졌다. 너무 창졸간이고 믿기지 않게 간단한 결과에 진성은 눈을 부릅떴다.

"뭐, 뭐야?"

진성이 놀라는 그 순간 죽립사내는 죽립을 뒤로 넘겼다.

"날 보고 싶다고?"

진성은 부릅뜬 눈으로 사내를 봤다. 그리고 알았다, 사내가 누구인지를.

"너, 너, 넌! 흑, 흑마왕!"

드러난 검은 얼굴. 장대한 체구에 가공할 무력. 비칠거리며 진성은 물러났다. 그런 진성에게 흑마왕이라고 불리운 자, 계장수는 느릿하게 다가서며 말했다.

"날 알아봤으면 내가 왜 왔는지도 알겠지?"

"그, 그, 그게……!"

"모르면 안 되지. 난 지난 십삼 년 동안 꿈에서도 잊어본 적이 없는데 말이야."

"네, 네가 저, 정말로……?"

"그래, 귀도문주 계은범의 아들. 네가 죽인 그분의 아들이 나다."

"허어억!"

진성은 더 이상 물러서지 못했다. 등 뒤를 막은 벽은 그를 물러나지 못하게 했다.

천천히 한 발 한 발 진성에게 다가간 계장수는 걸음을 멈췄다. 그리고 조용하게 말했다.

"그분의 최후가 어땠는지 말해 봐."

눈동자를 떨고 입술을 떨던 진성은 얼굴을 일그러뜨렸다. 하지만 저자를, 저 괴물 같은 자의 요구를 거절할 수가 없었다. 때문에 기억을 더듬으려 애썼다. 떨리는 음성이 흘러나왔다.

"자, 장렬했소이다. 마, 마지막에 다, 당신을 찾았소."

계장수의 어금니가 물렸다. 주먹은 당장에라도 튀어나갈 것처럼 부들댔다. 하지만 그런 심정을 누르고 계장수는 또 물었다.

"누구의 생각인가?"

떨면서도 진성은 무슨 말인가를 되새기는 얼굴이었다. 그러다가 질문의 요지를 알아내고 곧 대답했다.

"주, 주모가 결단한 일이오."

언제나 그렇듯, 정소연을 떠올리면 솟아나는 분노의 염화가 계장수의 눈에서 화르륵 쏟아졌다. 그 거센 눈길을 감당하지 못하는 듯 진성은 시선을 돌렸다.

불같은 시선으로 계장수는 재차 물었다.

"네놈 따위에게 허망하게 죽어갈 분은 아니셨다. 분명 암수가 있었겠지?"

돌아갔던 진성의 얼굴이 그 순간 부들부들 떨렸다. 그러기를 잠시 후, 떨리던 얼굴과 떨리던 눈동자 모두 눈이 녹듯이 천천히 사라져 갔니.

시선을 외면했던 진성은 고개를 돌려 계장수을 보며 나직하게 말했다.

"평생 후회할 일이 있다면… 그 일이 될 것이오. 참무인으로 맞서지 못한 것. 다른 것은 모르나 검을 맞대는 일에 있어서마는 당당하고자 노력했소. 하나 그날은… 그러지를 못했구려."

가라앉은 진성의 눈동자를 보던 계장수는 천천히 뒤로 물러났다. 정확히 다섯 걸음을 물러난 후에 진성에게 말했다.

"검을 펼쳐라. 기회는 한 번뿐이다. 그 후에 네놈은 치욕스럽게 죽을 것이다."

두 발을 벌려 서는 계장수를 보고 진성은 가만히 고개를 끄덕여 보였다. 그리곤 벽에서 등을 떼고 검을 내밀었다. 고개 숙였던 검은 어느새 칙칙한 검기로 휩싸이며 날을 번득였다.

마주 선 두 사람 사이에 공기가 요동쳤다. 꼭 겨울날 얼어붙는 바람의 경직처럼, 그렇게 둘의 사이엔 강한 긴장이 팽배했다. 부풀대로 부푼 그것이 얼음처럼 깨지려는 그 순간에, 진성의 철검은 십자의 날을 뿜으며 터져 나왔다.

쉬에에에엑!

두 줄기 검광이 십자로 퍼지며 계장수에게 날아왔다. 짧은 거리를 촌음 간에 축약해 온 그것에 계장수는 몸을 들이밀었다. 동시에 시커 메진 두 주먹을 연달아 내뻗었다.

파광!

검은 주먹과 충돌한 검광은 좌우로 흩어졌다. 계장수의 몸 양옆을 비끼며 날아간 그것들이 주가의 벽을 뚫고 사라졌다. 그리고 같은 순 간 계장수의 몸은 진성에게 달려갔다.

파캉!

진성의 철검이 터져 나갔다. 검을 조각 낸 손은 회오리처럼 돌며 진 성의 팔을 잡았다. 회전은 멈추지 않았고 진성의 팔은 빨래처럼 기류 속에 뒤틀렸다.

"크악!"

회전하던 계장수의 손이 뒤로 당겨지자 진성의 뒤틀린 팔이 뽑혀 나 왔다. 같은 순간 계장수의 철각이 진성의 무릎을 후려쳤다.

바각!

관절의 반대 방향으로 무릎이 꺾어지며 뼈가 튀어나왔다. 입만 벌린 채로 진성은 주저앉았다. 하지만 계장수는 그걸 보고 있지 않았다. 곧 장 머리채를 부여잡아 훌쩍 들어 올렸다. 주저앉던 몸뚱이가 떠올랐고 계장수는 남은 주먹을 후려쳤다.

퍽!

"커억!"

복부를 후려 맞은 진성은 피를 토했다. 계장수의 주먹은 가슴으로 또 박혔다.

퍽!

"쿠흑!"

진성의 오른 가슴이 꺼지며 뼛조각이 튀어나왔다. 눈알은 튀어나올 것처럼 치떠졌고 코와 입에선 피가 터졌다. 그런 진성의 남은 팔을 계장수는 잡았다. 그리고 이미 이지를 상실한 듯한 진성에게 속삭이듯이 말했다.

"내게 네놈들에게 일말의 자비라도 베풀 줄 알았다면… 그건 오산이지!"

진성의 남은 팔을 계장수는 잡아당겼다. 거친 소리가 나며 팔이 몸통에서 떨어져 나갔다.

"크으으윽!"

진성이 몸이 학질 환자처럼 떨렸다. 뽑아낸 팔을 집어 던진 계장수는 진성의 몸을 돌렸다. 머리째 잡았던 손으로 목을 잡고 나머지 손으로 사타구니를 잡았다. 그리곤 뒤로 잡아 꺾었다.

"커흐어어어어……."

뿌드드드드득.

진성의 몸통이 뒤로 접어지기 시작했다. 아직도 의식이 남은 몸은 잦아지는 신음 소릴 냈고 몸뚱이는 거북한 소리를 또렷하게 울어댔다. 너무 섬뜩한 소리였다.

"흐으으으……."

뿌직. 뿌지직. 뿌드드득.

흩어지는 진성의 숨소리와 함께 소리도 끝이 났다. 이미 진성의 몸은 완벽하게 뒤로 접혀 머리가 사타구니 사이에 있었다. 그걸 잡은 검은 손은 넝마 던지듯 던져 버렸다.

쿵.

사람의 형태라곤 여겨지지 않는 것이 바닥에 떨어졌다. 누구도 상상할 수 없는 처참하고 끔찍한 죽음이었다. 그 죽음을 만들어낸 장본인, 계장수는 자신이 만든 결과를 차분하게 내려다보았다. 그러다가 뒤돌아섰다.

"저놈 패거리가 올 때까지 손대지 마라."

누구에겐지 모를 협박이 분명한 한마디를 남기고 계장수는 주가를 나섰다. 그가 넘어간 입구로 주가의 주인이 주름 가득한 얼굴을 들이밀었다.

"세상에……!"

바로 구역질을 시작한 그는 철무련의 무사들 올 때까지도 계속 그 짓을 했다.

격랑으로 흐르는 세월 3

❶

철무련 선창(宣昌) 분타의 담장을 바라보는 계장수는 마지막 건량을 입에 넣고 죽통의 물을 마셨다. 옷을 적셨던 땀은 어느새 다 말라 버렸다. 둔덕의 솔숲을 스치는 밤바람은 서늘한 기운을 전해주었다. 등이 허전했다.

천천히 일어서서 행낭을 등에 멨다. 그 위로 칼을 집어넣은 혁낭을 가로질렀다. 저만치 눈 아래쪽으로 보이는 선창 분타의 건물들은 횃불 속에 흔들렸다.

선창 시가지로 들어서는 관도의 입구에 위치한 분타는 관헌보다도 더 컸다. 그도 그럴 것이 저 안에만 구백여 명의 철혈대들이 상주하고 있는 것이다. 각 지방의 지대가 한 대의 기본 구성인 삼백인 것에 비하면 큰 규모였다. 전투 인원을 뺀 부속 인물들까지 친다면 근 천여 명의 인원인 셈이다.

손에 든 죽통의 물을 마지막 한 방울까지 마신 계장수는 행낭을 돌려 안에 갈무리했다.

옛날 생각이 났다. 사천(四川) 원정을 가면서 이곳을 지났다. 장강의 물결을 타는 지형에 반해 무심결에 분타를 세워야겠다고 말했다. 아랫놈들에 의해 일은 일사천리로 이어졌다. 하지만 그걸 부수러 지금 다시 온 것이다.

'내 손의 흔적들… 모두 내 손으로 거둬야겠지.'

뒤로 넘긴 죽립도 쓰지 않은 채 계장수는 둔덕을 내려갔다. 내딛는 걸음마다 가까워지는 선창 분타의 정문은 밝았다. 커다란 화톳불 두 개가 문 양옆으로 타올랐고, 그 사이에 검을 차고 창을 든 철혈대 무사 넷이 위병을 섰다.

걷는 도중 조금씩 어깨가 결렸다. 어깨의 경직은 피곤함을 알렸다. 무한에서 이곳 선창까지 반나절에 달려왔다. 배를 타다 시간의 촉박과 조급함을 못 이겨 달리기 시작했다. 미친 천리마가 있다면 자신과 같았을 것이다. 하지만 자시를 넘긴 지금은 선창 분타를 향해 걸어가고 있는 것이다.

'쉴 틈 따위가 없지. 놈들에게 시간을 줘선 안 돼.'

지난밤에 손종동을 해치우고 오늘 낮에는 진성을 해치웠다. 그리곤 곧장 이리로 달려온 것이다. 이리 온 이유는 하나였다. 무한의 철무련 본전을 둘러싼 남쪽의 악양(岳陽)과 동쪽의 황석(黃石), 북쪽의 동백산(東柏山) 중 서쪽의 선창을 먼저 치기로 마음먹은 것이다.

동백산 분타를 제외한 나머지 세 곳 모두 장강의 물길로 연결되어 있다. 지리적으로는 동쪽의 황석 분타가 제일 가깝다. 더구나 그곳에는 강소, 절강, 안휘를 아우르고 지휘하는 철혈대 분대가 이천의 병력이나 있다.

악양도 마찬가지다. 호남과 귀주, 광동의 지대들을 통솔하는 병력이 이천이다. 이곳이 두 번째로 가깝다. 물 길로만 이어진 동백산엔 사천의 철혈대 병력이 상주한다. 상대적으로 벽지인 사천(四川) 지방으로 가는 길목인 선창에만 병력이 적은 것이다.

지금쯤이면 손종동의 죽음은 물론 진성의 죽음까지도 파악됐을 것이다. 놈들은 일의 인과와 흉수를 찾기 위해 움직일 게 뻔했다. 각 분타에도 구체적인 상황이 파악되는 대로 비응전서나 비합전서를 날릴 것이다.

그전에 한 군데라도 먼저 까부숴야 한다. 그래서 상대적으로 먼 곳인 이곳을 먼저 찾은 것이다. 놈들이 지금쯤 소식을 공유했다고 해도 무한에서 제일 먼 곳인 이곳을 칠 것이란 생각은 못할 것이다. 이것은 성동격서, 더더군다나 놈들은 분타가 직접 공격당하리란 예상은 하지 않을 것이다.

이미 술집 주인 등의 증언으로 흉수가 흑마왕이란 것은 드러났을 터였다. 그럼에도 그들은 철무련, 철혈대의 자존심이 경계보다도 앞설 것이 분명했다. 우려하는 자들이 있겠으나 그들이 걱정하는 목소리는 기우로 묻힐 것이다. 그것은 이미 철혈대와 북마련의 몰살, 무림맹의 일이 있었어도 마찬가지다. 그 이유는 그들이 패배를 모르는 철혈대이기 때문이다.

믿기 힘들고 터무니없는 현실을 받아들이기 힘들었을 것이다. 자신들이 직접 부딪치기 전에 수긍하지 않을 것이다. 다른 분대의 몰살을 공포보다는 패배의 수치로 받아들였을 것이다. 그렇게 가르치고 만든 것이 철혈대였다. 무림맹이나 북마련 따위와는 비교하는 것이 수치스러운 그런 존재들이 철혈대였다. 하지만 그런 집단의 최면도 깨졌다. 그들은 이미 등을 보이고 도망친 적이 있었다.

십팔금강동인과 칼과 연무기의 검 앞에서 철혈대는 이미 도주했다. 계장수 자신의 칼 앞에서는 불패의 신화가 깨졌다. 저들도 그걸 안다. 하지만 애써 모른 척하고 있을 뿐이다. 철혈의 무인 집단인 자신들의 수와 기세를 아직도 신봉하고 있는 것이다. 그것이 저들에게 칼이 되어 돌아갈 것이다. 진실을 외면한 오만과 턱없는 자존심은 저들의 숨통을 조일 것이다.

"거기 누구냐? 서라!"

"웬 놈이냐?"

수문 위사들이 계장수를 보고 소리쳤다. 창과 검을 내미는 그들의 모습은 절도가 있었다. 은연중 문을 막고 선 넷의 위치도 엄밀했다. 하지만 계장수는 태연하게 계속 걸었다. 네 명의 위사가 소리친 건 너무 당연했다.

"서라! 서지 않으면 베겠다!"

"죽고 싶지 않으면 그 자리에 서서 정체를 밝혀라!"

그 순간 계장수는 뛰었다. 뛰면서 등에 가로지른 혁낭의 목도를 끄집어냈다.

"엇! 저놈이?"

"베라!"

선임인 듯한 자가 베라는 명령을 내린 순간, 두 명의 위사가 검을 들고 앞으로 나섰다. 하지만 그들이 한 발을 움직이는 동안 계장수는 이미 그들 앞이었다.

"엇?"

"뭐야?"

목도가 빠른 선을 그었고, 놀라는 두 위사의 어깨를 스치며 지나갔다.

빠박!

어깨가 부서져 주저앉는 두 위사를 튕겨내며 계장수는 전진했다. 두 위사의 어깨를 부순 목도는 그때까지도 사태를 파악 못한 두 명의 창수에게로 뻗어갔다. 목도는 그때서야 창을 들어올리는 두 사람의 옆구리를 가격했다.

퍼벅!

신음을 지르고 쓰러지는 위사들을 뒤로하고 계장수는 정문을 넘었다. 간단한 손목의 놀림으로 넷을 쓰러뜨렸다. 하지만 쓰러진 놈들 중 한 놈이 비상 호각을 불었다.

삐이익! 삐이익!

삽시간에 분타의 요소요소에서 조응하는 호각 소리가 줄을 이어 나왔다. 상시 준비된 횃불과 유등들이 분타의 곳곳에서 밝혀졌다. 초병들의 보습도 보였다.

분타의 내부는 넓었다. 연무장을 겸한 드넓은 마당을 중심으로 끝쪽에 본전 건물이 있고 양옆으로는 철혈대 무사들의 막사와 부속 건물들이 연이었다. 본전 뒤쪽에 마련된 거대한 마방에서는 말똥 냄새가 바람에 실려왔다.

삐익! 삐익! 삐이익!

요란하게 서로 어울리던 호각 소리가 끝날 무렵 무사들이 뛰쳐나왔다. 항시 준비가 되었던 듯, 그토록 짧은 시간에 무장을 갖추고 나오는 철혈대들은 놀라웠다. 양 막사에서 쏟아져 나오는 그들의 수효는 새카맸다.

검과 창, 활을 들고 일부는 달려나오며 일부는 에워싸는 철혈대를
향해 계장수는 시선을 고정시켰다. 그러나 곧 마주 달렸다. 달리며 손
에 쥔 목도를 휘둘렀다.

빡!

제일 선두의 무사가 옆구리를 가격당해 쓰러졌다. 틀림없이 정문 위
사 놈들처럼 늑골이 모두 부서졌을 터였다. 쓰러지는 무사의 옆으로 스
쳐 지나가며 계장수는 몸을 한껏 낮췄다. 동시에 목도를 횡으로 그었다.

바바바바박!

반원의 궤적 속에서 다섯 놈의 정강이가 부서졌다. 그들의 검 사이
로 솟구쳐 오르며 계장수는 도약했다. 역시 철혈대였다. 뛰어오른 계
장수의 몸에 창들이 찔러왔다. 신속한 공격이었다. 하지만 계장수의
목도가 환영처럼 나뉘며 그것들 모두와 충돌했다.

파파파파파파파팡!

여덟 자루의 창날이 동시에 터지고 창대도 폭죽처럼 결을 타고 터졌다.
그걸 잡았던 창수 여덟은 손과 팔의 근육이 터지며 뒤로 나동그라졌다.

틈을 주지 않는 공격은 계속 이어졌다. 뒤로 나뒹구는 동료들의 몸
을 받치는 자들에게 목도가 춤을 추었다. 땅을 밟으며 내려치고 올려
그은 두 번의 칼질에 한 놈은 팔이 부러지고 또 한 놈은 아래턱이 박살
났다. 그들 사이로 파고들며 십자의 칼 후림이 터지자 예닐곱의 팔다
리가 부서지며 튕겨 나갔다.

쓰러지는 자들의 뒤에서 철혈대는 첩첩의 산처럼 에워쌌다. 그 속을
계장수는 거친 물결처럼 누비며 목도를 휘둘렀다. 후려치고, 올려 때
리고, 횡을 긋고, 사선을 후리고, 촘촘히 찌르고, 벌컥대며 찍어대고.
숨결의 흐트러짐도 없이, 표정의 변화도 없이 누비는 계장수의 모습은

너무 평온했다.

철혈대는 계속 쓰러졌다. 속절없는 그 모습은 답답하기까지 했다. 이는 꼭 늑대 한 마리가 양 떼를 유린하는 모습이었다. 하지만 아무리 늑대라 해도 무리의 양 떼에게는 덤비지 않는 법이다. 더구나 저렇게 일방적이지도 않다. 마치 허수아비들을 지팡이로 툭툭 휘둘러 쓰러뜨리는 것과 진배없었다.

"산진! 흩어져라!"

본전 앞에서 누군가 소리쳤다. 아마도 분타장이 틀림없는 중년 사내는 시퍼렇게 눈을 부릅떴다. 분노스럽고 황당한 꼴을 보는 눈이었다. 하지만 사내의 외침이 효과가 있었던 듯, 에워싸기만 하던 철혈대는 사방으로 물러나기 시작했다.

"궁수!"

분타장 사내가 거듭 외치지 양옆 막사 앞에서 궁수들이 활을 당겼다. 마당 중앙의 계장수를 겨냥한 그들의 활은 힘껏 당겨졌다. 분타장은 발사 명령을 내리려고 입을 벌렸다. 하지만 그 소리보다 먼저 들린 소리는 온몸을 울렸다.

쿠웅!

진각 소리였다. 계장수가 들었다 내린 발이 땅을 밟는 소리였다. 소리와 함께 지진 같은 충격이 분타 내부를 휩쓸었다. 울렁대는 물결처럼 밀린 땅이 출렁였다. 그 위에 선 철혈대들은 정신없이 비틀거리고 쓰러졌다. 막사 앞 계단 위의 궁수들도 비칠대고 자빠지며 활을 놓았다. 비 화살이 사방에 날렸다.

피피피피피피피피핑!

"커억!"

“억!”

“으윽!”

양쪽에서 사방으로 흩어진 화살은 철혈대원들의 갑옷을 뚫었다. 어깨, 복부, 등짝, 엉덩이, 팔과 다리, 제 동료들이 쏜 화살에 맞아 철혈대는 또 쓰러졌다. 심지어는 건너편의 상대 궁수들까지도 서로의 화살에 맞았다.

“이, 이런! 뭣들 하는 거냐? 일어서라!”

분타장 사내가 호통을 질렀지만 혼란은 더해만 갔다. 바람처럼 움직이는 계장수는 계속해서 목도를 휘둘렀고, 그때마다 어김없이 철혈대원들이 부서져 내렸다.

화기를 삭이지 못하고 바라보던 분타장 사내는 검을 빼 들고 소리쳤다.

“네 이놈! 손을 멈춰라!”

분노로 일그러진 얼굴을 내밀며 분타장은 마당을 가로질렀다. 앞을 막은 대원들을 건너뛰고 그들의 어깨와 머리를 발판 삼아 도약하며 허공에 솟구쳤다. 바람을 탄 수리처럼 높게 솟은 그 몸과 검이 떨어지며 소리를 질렀다.

“죽어라!”

씨이이이잉!

분타장이 내리찍는 중검(重劍)이 공기 가르는 소리를 무섭게 냈다. 하지만 그 순간 계장수는 목도를 왼손으로 옮겨 잡고 오른손은 허리 뒤를 더듬었다. 다시 나온 그 손에 단도가 보였고, 그것이 시퍼런 번개를 올려 그었다.

시에에엑!

분타장 사내의 몸이 깨끗하게 둘로 갈렸다. 피가 터질 사이도 없이 몸은 두 쪽이 났다. 정수리부터 사타구니까지 두 개가 된 몸은 여전히 눈을 부릅떴다. 그 몸이 검을 잡고 떨어져 내렸다. 계장수는 슬쩍 몸을 피했다.

쿵!

바닥에 떨어진 분타장의 몸이 벌어지며 그때서야 피가 쫘악 퍼졌다. 처참하고 끔찍했다. 보는 자들도, 죽은 자도 죽음을 인지하지 못할 찰나의 일이었다.

"모두 물러서라! 본전 앞에 종대(縱隊)로 진을 갖춰라!"

급박하고 놀라운 순간에 누군가 또 소리쳤다. 철혈대원들 뒤에 선, 역시 사십 줄의 사내였다. 분명히 부분타장일 것이다. 사내는 분타장의 경악스런 죽음을 보는 순간에 퇴각을 명령했다. 만일 저 사내가 죽으면 분대주가, 그 후엔 부분대주가 명령을 내릴 것이다. 그것이 철혈대의 체계였다.

단도를 돌려 허리 뒤로 갈무리한 계장수는 물러나는 철혈대를 보았다. 이미 마당의 곳곳에는 부상당한 자들이 수없이 널려 있는 상태였다. 고통스런 신음을 내지르는 그들을 놔두고 철혈대는 물러나 진영을 갖췄다. 도와줄 수도 없는 상황이고 쓰러진 자들은 오히려 방해만 되었다.

진영은 삽시간에 갖춰졌다. 삼십 열의 횡렬이 서고 그 뒤로 꼬리처럼 무사들이 붙어 섰다. 궁수들도 삼 열의 체제로 양옆의 막사 앞을 신속히 메웠다. 이미 많은 자들이 쓰러졌지만, 아직도 철혈대의 숫자는 칠백여 가까이나 되었다.

철혈대의 움직임을 아무 제지 없이 서서 계장수는 바라만 보았다.

'발악들을 하는구나. 하지만 소용없다. 너희들 모두, 오늘 몸뚱이가

부서질 거다!'

목도를 고쳐 잡으며 계장수는 어금니를 물었다. 목도를 쓰는 이유, 놈들을 죽이지 않는 이유가 따로 있었다. 어울리지 않는 자비심 따위가 아니었다. 놈들을 부상자로 만드는 것. 그것이 놈들에겐 더욱 타격인 때문이다.

죽이면 문제는 의외로 간단하다. 하지만 부상자는 돌보아야 할 손이 따로 필요하고 심적으로나 재정적으로 큰 부담이 된다. 더구나 부상자의 숫자가 일이백이 아닌 그 이상이 된다면 문제는 걷잡을 수 없다. 그런 혼란과 부담, 그리고 그를 통한 좌절과 내부의 분열을 노린 수인 거다.

"개진!"

부분타장의 목소리에 맞춰 진이 움직였다. 진 사이가 벌어지며 철갑마차가 모습을 드러냈다. 창날이 화살처럼 발사되는 저 마차를 계장수도 본 적이 있다. 엄청난 살상력을 가진 무기였다. 하지만 자신에겐 소용없었다.

"출창!"

명령과 함께 창날들의 폭발하는 비상이 보였다. 동시에 양옆에서는 궁수들의 활이 연속해서 발사됐다.

퓨퓨퓨퓨퓨퓨퓸!

피피피피피피핑!

날카로운 소리들이 선창 분타의 하늘을 가득 메웠다. 날아오는 창들과 수백의 무사들 뒤쪽에 선 한 사내의 얼굴이 보였다. 의미심장한, 득의한 미소를 짓는 사내는 명령을 내린 부분타장이었다.

놈은 계장수 자신이 흑마왕이란 사실을 이젠 알았을 것이다. 분타장놈은 멍청하게도 달려들다 두 쪽이 되었지만 자신은 다르다는 표정이었다. 확인되지 않은 온갖 소문의 주인공이지만 저 속에선 살 수 없을 거라는 자신감이 보였다. 그 얼굴을 똑똑히 보며 계장수는 마주 웃었다. 그리고 두 손을 내밀었다.

"으랴앗!"

기합 소리와 함께 계장수의 두 팔이 크게 휘둘렸다. 안에서 밖으로 원을 돌린 두 팔엔 시커먼 기운이 뭉클대며 일어났다. 그것이 용의 몸통처럼 쭉 터져 나와 두 팔을 따라 돌았다. 시커먼 소용돌이로 변한 그것은 계장수의 전신을 타고 용틀임했다.

투타타타타타타탕!

세상의 어떤 것이라도 꿰뚫을 것 같던 창들이 터지고 꺾이며 튕겨 나갔다. 그 위로 연사된 화살들이 무수히 몸을 박았지만 사방으로 퉁그러졌다. 모두가 검은 용의 몸통 같은 철령기에 부딪쳐 비껴 나갔다. 요란한 충돌의 불꽃은 화려한 폭죽놀이 같았다. 하지만 놀이는 금방 끝이 났다.

두두두두두둑.

사방에 흩어지는 화살들 속에서 계장수의 몸이 동작을 그쳤다. 휘두르던 두 팔은 내려졌고 검은 용의 몸통들도 사라졌다. 탄식 같은 숨소리가 철혈대원들의 사이에서 터졌다. 그런데 그 순간 계장수는 두 손을 다시 들었다.

들리는 계장수의 두 손을 따라 시커먼 용의 몸통이 다시 뻗어 나왔다. 그 상태로 계장수는 돌았다. 한 바퀴, 두 바퀴를 돌자 늘어진 옷자락처럼 검은 용의 몸통, 철령기의 기운도 같이 돌았다. 그것이 다가 아니었다. 사방에 흩어진 화살들, 수백 개의 그것들이 두둥실 떠오르며 함께 돌았다.

그것은 꼭 철새들의 움직임처럼 장관이었다. 시커멓게 허공을 덮은 그것들이 돌아가는 계장수의 손짓과 몸짓을 따라 움직였다. 물결처럼 허공을 흐르는 그것들은 계장수의 몸 주위에 붙은 벌 떼 같았다. 새들의 군무처럼, 곤충들의 무리 진 유희처럼, 그렇게 화살들은 격류를 타고 흘렀다.

바라보는 자들은 생전 처음 보는 광경에 넋을 잃었다. 저것이 분명 철혈대인 자신들을 공격하기 위한 것이란 걸 알지만 손을 쓸 수가 없었다. 무엇을 어떻게 해야 할지도 생각나지 않았다.

그런 그들의 눈앞에서 돌던 계장수의 몸이 멈췄다. 그리고 두 팔을 뿌리치듯이 앞으로 내뻗었다.

피피피피피피피피피피핑!

수백 개의 화살들이 비산(飛散)했다. 날아가는 화살들의 속도는 상상을 초월했다. 거기에다 새처럼 비행했다. 숏구치던 화살들은 물결을 차는 잉어처럼 급격히 가라앉으며 지면을 스쳐 날았다. 그것들이 철혈대의 하반신을 쓸었다.

살이 뚫리고 사람들이 내지르는 고통의 소리가 거듭 이어졌다. 화살은 순식간에 삼백여 무사들의 정강이와 허벅지, 사타구니를 헤집었다. 그들이 모두 무너지자 뒤쪽에 선 무사들은 황급히 물러났다. 그 순간 계장수는 또 움직였다.

"갈!"

한 번의 도약으로 우측 막사의 지붕으로 계장수는 날아갔다. 발을 딛자마자 목도로 지와 지붕을 내려쳤다. 곧바로 딛고 선 곳부터 지붕 끝까지 기와 지붕은 붕괴했다. 하지만 목도는 검은 철령기를 쏟아내며 기와 파편들을 끌어당겼다. 자철(磁鐵)의 쇳가루처럼 그것들은 목도로 몰려들었다. 비단 몰려들었을 뿐 아니라 회오리처럼 돌며 잘게 부서졌다. 올려 든 손에 검은 기류처럼 뭉쳐진 그 모습은 기괴했다. 하지만 목도는 바로 내려쳐졌다.

투투투투투투투투웃!

목도의 휘두름을 따라 기와 조각들이 새카맣게 날아갔다. 물러나던 나머지 사백여 철혈대의 하반신에 그것들이 구멍을 냈다. 종아리, 발목, 허벅지, 궁둥이 할 것 없이 피 구멍이 났다. 무사들은 속절없이 쓰러졌고, 암기의 폭풍은 또 한 번 밀려왔다. 그것은 곧바로 남은 자들의 몸을 또 덮쳤다.

투투투투투투투투웃!

춤추는 자들처럼 모두 휘청이며 쓰러졌다. 사람들을 쓰러뜨린 검은 조각들은 땅과 계단, 본전 건물에까지 파고들며 소리쳤다. 하지만 소리는 곧 사라졌다. 대신 막사가 울어댔다. 그건 지붕이 무너지고 붕괴하는 소리였다.

쿠르릉.

무너지는 막사의 지붕을 차며 계장수는 마당 중앙으로 내려섰다. 천신의 하강처럼 느리게 내려서는 그 주변으로는 부상자들의 몸이 꿈틀댔다. 어느새 제 몸을 지탱하고 서 있는 철혈대원들은 몇십이 되지 않았다. 궁수들조차 공격을 받아 채 삼십여 명이 안 되었다. 한순간의 몰락이었다.

천하 최강 철무련, 그 핵심인 철혈대의 위용을 자랑하던 선창 분타엔 신음 소리만이 가득했다. 그 소리의 한가운데를 밟고 선 커다란 사내, 세인들이 두려운 목소리로 흑마왕이라고 부르는 사내, 계장수는 천천히 발을 옮겼다. 나직하고 음산한 목소리가 옮기는 발걸음에 맞춘 듯이 새어 나왔다.

"여기에 멀쩡한 놈은 이제 없을 거다."

최후의 통첩을 중얼거린 후 계장수는 달리기 시작했다. 성한 모습으로 남은 자들은 그 모습을 보며 공포에 떨었다. 그들 중 누구도 제정신을 가진 자는 없어 보였다.

❷

손에 쥔 전서를 찢어버리는 사내는 철무련 집법당주(執法堂主) 제형각(諸形殻)이었다. 환갑이 다 된 그는 대춧빛 얼굴을 붉게 물들이며 부들부들 손을 떨었다.

"대관절 어찌 이런 일이……!"

어금니를 무는 그의 앞에는 감찰당주(監察堂主)를 비롯해서 내외총령(內外總令), 정보를 관장하는 천목비주(千目秘主)까지 앉아 있었다. 원래대로 치자면 상석엔 내외총령이 앉아야 할 것이나, 전대부터 신임과 공이 깊은 집법당주 제형각이 실권을 휘두르는 형국이었다.

"내 평생에 이런 터무니없는 일을 겪으리라곤 생각도 못했건만… 어떻게 이런 일이……!"

거듭 되는 제형각의 말에 감찰당주 서인보(徐引寶)를 비롯해서 내외총령 유성용(柳猩勇), 천목비주 공선빈(孔鮮彬)은 아무 말도 하지 않았다. 그저 인상만 돌처럼 만드는 그들을 보며 제형각은 호된 소리로 물었다.

"일이 이 지경이 되도록 아무도 조치를 취하지 않았단 말이오? 아니, 조치는 그렇다 치고 정황조차도 알지 못하다니, 이러고서야 대철무련이라 하겠소?"

기가 막힌다는 듯한 그의 표정에 세 사람은 아무런 답변도 하지 못
했다. 특히 천목비주 공선빈의 얼굴은 점점 더 찌푸러들었다. 제형각
의 화살은 바로 그에게 돌아갔다.

"이보시오, 공 비주. 그대는 이 상황을 어찌해야 하겠소? 말해 보시
구려. 이제 와서 정보를 공개한 이가 그대이니 복안을 한번 말씀해 보
시오. 어서요."

천목비주 공선빈은 초로의 얼굴을 들지 못하고 숨만 내쉬었다. 제형
각은 바로 소리쳤다.

"허어, 답답하구려! 대관절 진성, 그놈은 왜 거기까지 가서 술을 처
먹었답니까? 명색이 철혈대의 부대주라는 놈이 그런 곳에서 맞아 뒈지
다니, 세상이 웃을 일이오!"

소리치는 제형각의 길쭉한 얼굴은 더욱더 붉어 보였다. 흥분한 그를
진정시키려는 듯, 시선을 맞추지 않던 내외총령 유성용이 넌지시 말했
다.

"꼭 그렇게만 생각할 일도 아닌 듯하오이다. 상대가 흑마왕이었다면
그 누구라 해도 결과는 같았을 겁니다. 그런 자를 만났다는 게 불운이
지요."

"뭐요? 그걸 지금 말이라고 하는 거요? 만난 게 불운이라고? 그럼
우린, 철무련은 뭐가 되는 거요? 우리도 그런 자를 적으로 두었으니 불
운을 만난 게요? 그것이 대철무련 내외총령의 자리에 있는 분이 하실
말씀이시오?"

곧바로 터진 제형각의 호통에 유성용은 찔끔한 표정을 지었다. 그도
그럴 것이 흑마왕이 귀도문의 후예라는 것은 이미 알려진 사실이었다.
그가 아비의 원수를 갚고자 하며, 그 대상이 철무련이라는 것 또한 퍼

진 얘기였다. 그런데 불운 운운하였으니 그만한 위치에 있는 자가 할 말이 아니었다.

"그런 정신들을 가지고 있으니 련의 내외가 이토록 불안한 것이오! 한마디로 정신들이 해이해졌단 말이오! 장경각주 손종동의 죽음이 하루가 지나서야 알려지질 않나, 진성이란 놈도 변두리에서 맞아 뒈질 때까지 아무도 알지 못했소!"

제형각의 성난 눈은 모로 고개 돌린 유성용과 공선빈, 그리고 입을 굳게 다문 서인보를 차례로 보았다. 눈빛만으로도 죽일 것 같은 얼굴로 그는 다시 말했다.

"게다가 이번엔 선창 분타의 궤멸이오! 천여 명의 철혈대가 맞아서 모두 병신이 되었소! 이게 있을 수 있는 일이오이까? 말들을 해보시오, 말들을!"

흥분을 감추지 못하고 제형각은 씩씩거렸다. 하지만 고개 돌린 세 사람의 얼굴에는 수긍보다 반발의 빛이 더 짙어 보였다. 그렇게 인상을 구기던 세 사람 중, 그때까지 말이 없던 순찰당주 서인보가 입을 열었다.

"부끄럽고 놀라운 일이나, 예비할 수도 없는 일이었다고 생각하오이다."

초로의 나이에 비해 팽팽한 얼굴을 가진 그를 제형각은 시큰 뜬 눈으로 쳐다봤다. 말은 바로 이어졌다.

"우리가 그럴 만한 위치에 있다고는 하나, 기실 공공연하게 이 인자의 행세를 하던 진성이었소. 물론 그자의 연륜이나 모든 것이 아직은 미칠 바가 아니나, 사마 대주의 총애를 받던 자가 그였단 말이오. 그런 자의 일거수일투족을 탐지한다는 것은 전임 련주의 사후로는 불가능하다는 걸 잘 아시지 않소."

제형각은 뭔가 할 말이 있는 듯 입술을 달싹였다. 하지만 서인보의 말이 더 빨랐다.

"장경당주의 일도 그러하오. 손종동 그자가 첩의 집에서 죽은 일을 누가 알 수 있겠소? 그만한 위치에 있는 자가 하루 모습을 보이지 않는다면 자연 그만한 일이 있을 거라 생각하겠지요. 첩년의 배에 엎어졌다고 말이오."

"이보시오, 순찰당주!"

제형각이 소리쳤지만 서인보는 할 말을 다 했다.

"이는 어쩌면 예견된 일이오. 집법당주께서 기강이 해이해졌다 말씀하셨는데, 그 말이 백 번 옳소. 전임 련주가 계셨다면 꿈도 꾸지 못할 일이지요."

제형각의 얼굴이 벌게졌다. 그 얼굴을 똑바로 보며 서인보는 계속 말했다.

"근무하던 놈이 술을 처마시러 가는 거나, 해 지기 무섭게 첩년의 사타구니에 빠지는 놈이나 모두 그분이 계셨다면 생기지 않았을 종자들이지요. 벌이 무서워서보다도 그분의 위엄을 거스르기 힘들어 스스로 삼가했을 것이오."

서인보의 얼굴을 제형각은 물론 공선빈과 유성용도 바라보았다. 벙그레하게 입을 벌린 그들은 반쯤은 놀란 듯, 또 반쯤은 느닷없는 소리에 넋이 샌 듯한 모습이었다. 하지만 곧 머리를 흔든 공선빈이 다급히 말했다.

"이보시오, 감찰당주! 말씀을 가리시오! 어쩌시려고 그런 말씀을 함부로 하시오?"

서인보는 공선빈을 보며 피식 웃었다.

"왜 그러시오? 공 비주가 위에 알리기라도 하시겠소? 뭐, 천목비주

이시니 당연하기도 하겠소이만.”

“허어, 그런 뜻으로 드린 말씀이 아니질 않소?”

“그만, 그만들 하시오!”

제형각의 목소리가 다시 제지하고 나섰다. 하지만 그의 얼굴은 처음보다도 더욱 침중하고 무거워 보였다.

“지금은… 그런 걸 따질 때가 아니오이다. 그분은 이미 유명을 달리하셨고, 우리가 모시는 분은 따로 있소이다. 더불어 무엇보다도 련의 안위가 중요하오.”

서인보는 당장 반발했다. 그건 꼭 오래 참았던 감정을 뱉어내는 것 같았다.

“우리가 사마 대주를 위해 있다는 말씀이오이까? 젊은 주모를 위해서 말씀이오? 그들이 우리의 주군이오? 당치 않소! 더구나 련주의 죽음엔 뭔가 석연치 않은…….”

“그만 하시오!”

천둥 같은 제형각의 외침에 서인보는 눈을 동그랗게 떴다. 벌어지던 입도 다물렸다. 제형각은 부릅뜬 눈으로 말했다.

“이제 와 소용없는 얘길랑 하지 맙시다. 각자의 생각은 속으로 품으시오. 우리에겐 섬겨야 할 이들보다도… 그분이 일으킨 기업을 보존해야 할 의무가 있소.”

낮아졌지만 강한 의지가 실린 제형각의 말에 모두는 숙연한 얼굴이 되었다. 제형각의 말이 가슴을 움직인 때문이었다. 그들이 젊은 시절, 조극강은 그들에게 천하제패의 꿈을 주었다. 무서울 만큼 패도로 치닫던 그였지만, 그것 자체가 그들에겐 동경의 대상이었다. 하지만 그런 그가 어느 날 세상을 떠났다.

그가 남긴 것은 젊은 미망인과 어린 아들, 그리고 천하를 발 아래 둔 철무련이었다. 그러나 젊은 미망인은 젊은 부하와 한 몸이 되었다. 어린 아들도 이젠 그들의 아들이었다. 솔직한 심정은 련주의 생전부터 둘의 사이가 그랬는지 의심스러웠다. 때문에 아들의 존재도 그렇게 생각됐다.

아들 조현수. 유일한 련의 후계자인 그는 커갈수록 사마 대주를 닮아갔다. 그의 존재를 두고서 이제 철혈무제 조극강을 떠올리는 사람은 아무도 없었다. 하지만 이미 엎질러진 물이고 지나간 바람이었다. 이제 그들에게 중요한 것은, 자신들이 청춘을 던져 만든 기업, 철무련을 지키는 것이었다.

"무엇보다도 규율을 엄중히 세우는 일이 시급하오. 사방에 난적이 득세하는데 정신이 무너져서야 아무 일도 할 수 없소. 더구나 벽력월 인궁과 교전이 뜸한 시기에 그런 자에게 전력의 손실을 입는다면 큰 낭패가 아닐 수 없소."

차분해진 제형각의 목소리에 세 사람은 귀를 기울였다. 때는 이미 기호지세(騎虎之勢)라. 호랑이의 등에 탄 것과 같은 형국에 뛰어내릴 처지가 아니었다. 우선은 덤비는 적을 물리치고 내외를 정비하는 것이 급선무였다.

"이제 그자의 대비를 어찌해야 하오리까? 상식으로는 대처할 수 없는 자가 아닙니까? 한밤의 기습이었다고는 하나, 혼자서 구백의 철혈대를 쓰러뜨린 자입니다. 그런 터무니없는 자에게 어떤 대처가 합당하겠습니까?"

내외총령 유성용의 말은 듣는 자들의 가슴에 무거운 돌을 던졌다. 현실을 얘기하고 대처하고자 하니 현실 같지 않은 인물에 비현실적인 일이 그들의 가슴을 눌렀다. 흑마왕, 그자는 정녕 꿈같고 거짓 같은 인물이었다.

“휴우, 그런 자가 대관절 어디에서 나왔단 말인가… 도깨비도 아니고…….”

한숨 쉬는 공선빈의 숨소리를 들으며 그들은 잠시 더 침묵했다. 하지만 곧 서인보가 말을 꺼냈다.

“예상컨대, 그자의 최종 목표는 이곳이오. 그 도중에 지금처럼 각 분타의 세력을 와해시킬 것이오. 물론 그것이 지금과 같은 결과를 몇천의 병력을 상대로 만들지는 의구스러우나, 가능하다는 전제 하에 일을 추진해야 하오.”

“어쩌자는 말이오?”

제형각이 묻고 공선빈과 유성용이 눈길로 묻자 서인보는 차분하게 대답했다.

“흑마왕이 비인간의 경지라 하나 그도 사람인 이상 한계가 있을 터, 더구나 그가 노리는 최종의 목표는 이곳이니 병력을 본전에 집결해야 합니다.”

바라보던 제형각의 눈이 가늘어지며 물었다.

“병력을 집결한다? 그 후에는?”

“집결된 힘으로 만반의 준비를 하고 찾아올 그자를 쳐야지요. 그리된다면 그가 오지 않을 수도 있고, 설혹 온다고 해도 수만의 병력을 상대로 일개인이 싸운다는 것은 어불성설이지요. 흑마왕이 신이 아닌 이상 그건 불가능합니다. 하지만 그가 실제로 불나방처럼 덤벼든다면, 최후에는 죽음이 있겠지요.”

의심스러운 얼굴로 유성용이 말했다.

“결국은 우리의 손발을 묶고 이곳에 모여 그자를 기다리자는 얘기 아니오? 온갖 방법을 다 동원해 그자를 상대하고, 마침내는 숫자의 이득으로 그가 지칠 때를 기다려 대적해 죽이자는 얘기구려? 하지만 그 틈을 노려 벽력월인궁이 발호한다면 어쩌겠소? 그들도 버겁긴 매한가지요.”

“맞소. 무림맹도 주저앉았다 하나 이는 어디까지나 표면의 일일 뿐, 그들이 가진 저력으로 물밑의 일이 어찌 될지는 알 수 없소. 그들은 구대문파요.”

공선빈도 말을 붙였다. 그런 그들의 얼굴을 가만히 바라보던 서인보는 제형각에게 시선을 고정하며 말을 다시 꺼냈다.

“세(勢) 불리함을 인정해야 하오이다. 작금의 상황은 손에 쥔 두 개의 떡 중 하나는 버리고 검을 잡아야 할 때이오. 어떤 걸 선택하든 한 가지는 해야 하오. 그걸 하지 않으면 우리는 흑마왕과 얼굴을 직접 맞대게 될 것이오.”

말하는 서인보도 마주 보는 제형각도 눈빛이 거세어졌다. 천천히 고개를 끄덕인 제형각은 입을 열었다.

“헛간과 별채는 잠시 비우고, 안방을 지키자는 말씀이구려. 강도의 발길이 뻔히 짐작되니 말이오. 힘을 집중해 강도를 물리치고, 연후에 도적들에게 빼앗긴 땅을 다시 찾자는 말이구려. 현 상황에선 타당한 말씀이오.”

스스로의 말에 고개를 끄덕이던 제형각은 다시 말을 이었다.

“결국은 죽은 진성 놈이 처음 하던 얘기가 되겠구려. 죽은 놈은 안 됐으나 선견지명이 있는 놈이었소. 실전의 바탕이 놈에게 상대를 가늠하는 능력을 주었는지도 모르겠구려. 흑마왕에 대한 대처는 놈이 처음 주장했으니 말이오.”

“선견지명이 있는 놈이라면 그렇게 제가 대비하자던 상대에게 맞아 죽지는 않았겠지요."

서인보의 말에 제형각은 눈매를 시큰 올렸다. 자신의 말을 꼬집었기 때문이다. 하지만 뒤이어 나온 말은 눈매를 다시 풀게 만들었다.

"놈의 죽음은 사마 대주의 한 팔이 없어진 것과 진배없소. 그건, 작은 틈과도 같은 것이지요. 그런 틈은 쐐기를 처박으면 삽시간에 벌어지고 마오."

바라보던 제형각의 눈이 번쩍 빛을 뿜었다. 공선빈과 유성용의 눈도 그렇긴 마찬가지였다. 한결 은밀해진 서인보의 목소리는 나직하게 다시 이어졌다.

"금번의 일은 련의 외부가 와해되더라도, 내부의 허물을 털어낼 수 있는 절호의 기회가 될 수 있소. 거짓된 충성은 이제 끝을 내야 하오. 그게 내 생각이오."

닫히는 서인보의 입을 보는 세 사람의 눈동자는 떨렸다. 하지만 떨림은 잦아들게 마련인 것처럼, 흔들리던 그들의 눈동자가 가라앉는 시간이 지난 후에 제형각의 입에서 다시 말이 나왔다.

"위기는 곧 기회라… 새로운 시대는 새 꿈을 꾸는 자에게만 있느니……!"

조용히 말을 늘이는 제형각의 얼굴에 작은 미소가 피어올랐다. 그 눈을 마주 보며 서인보가 같이 미소 지었다. 두 사람을 보던 유성용과 공선빈의 얼굴에도 모종의 결의가 보이고, 곧 두 사람처럼 소리없이 웃기 시작했다.

침묵 속의 화려한 네 사람의 교감은 그렇게 농익어갔다. 미소가 식기 전에 제형각은 세 사람에게 말을 꺼냈다.

"각처에 전서를 띄워 일급 전투령을 내리시오. 계획대로 철혈대의 병력을 집결합시다. 나는 사마 대주와 주모에게 보고를 올리겠소.”

세 사람은 고개를 끄덕였다. 그들에게 제형각은 낮고 강하게 말을 던졌다.

“오늘의 일은 무덤으로.”

세 사람도 곧 따라 말했다.

“죽음으로써 비밀을.”

“새 날을 위해서.”

“안팎의 적을 모두 죽이는 그날까지.”

마지막 서인보의 말을 끝으로 그들은 다시 웃었다. 음모로 중첩한 곳에서 또 다른 음모를 피워대는 이들의 얼굴엔 하얀 미소가 충만했다. 하지만 그 미소는 죽음 뒤의 죽음을 부를 미소였다.

“전갈입니다!”

문밖의 커다란 소리는 네 사람의 얼굴에서 미소를 지워냈다. 침묵의 결의로 충만한 그들의 얼굴을 문으로 돌려 버린 목소리는 다시 다급하게 터졌다.

“비주! 새로운 전서입니다!”

천목비주 공손빈의 눈이 치떠졌다. 제형각은 눈을 가늘게 뜨며 말했다.

“들입시다.”

공손빈은 문을 향해 말을 던졌다.

“들라!”

말이 끝나기가 무섭게 젊은 무사 하나가 문을 밀치고 들어섰다. 급하게 들어선 그는 공손빈이 앉은 탁자 앞으로 다가와 무릎을 꿇었다. 내밀려진 손에는 작게 말린 밀지들이 들려 있었다.

제형각과 유성용, 서인보의 시선 속에서 밀지를 받아 든 공선빈은 내용을 확인했다. 그리곤 삽시간에 얼굴을 악귀처럼 일그러뜨렸다. 그 모습을 보고 불안한 눈을 만든 세 사람 중 유성용이 다급히 물었다.

"뭐요? 무슨 전갈이오?"

일그러진 시선으로 유성용을 본 공선빈은 서인보의 시선을 거쳐 제형각에게 시선을 맞췄다. 떨리는 음성이 뒤를 이었다.

"황석 분타와 악양 분타의 철혈대가 모두 당했답니다……."

"뭐요?"

"아니, 그게 무슨 소리요?"

서인보와 유성용이 놀라 소리쳤다. 제형각은 치떠진 눈을 감추지 못했다. 공선빈은 그런 그들에게 뒷말을 꺼냈다.

"이번에도 죽은 자는 거의 없답니다. 악양 분타는 독에 중독되어 기동할 자들이 없고… 황석 분타는 부러지고 깨지고 중독되고 터진 자들이 전부랍니다."

제형각은 탄식을 터뜨렸다.

"이럴 수가……!"

하지만 그는 곧, 자리를 박차고 일어서며 고함쳤다.

"중원의 전 철혈대를 모두 소집하시오! 나는 지금 바로 사마 대주에게 보고하고 대비하리다!"

제형각은 빠른 걸음으로 입구를 나섰다. 서로 눈길을 교환한 세 사람도 바로 자리를 일어섰다. 역시 바쁘게 문을 나서는 그들의 뒷모습을 젊은 무사는 멍하니 보았다. 젊은 무사의 눈엔 그들의 모습이 왠지 들뜬 것처럼 보였다.

❸

"미친년!"

싸늘한 한마디를 남기고 사내는 뒤돌아섰다. 객점의 별실문을 나가는 그의 발걸음은 거칠어 보였다. 명색이 흑도 제일고수라는 사내였다. 지난 이십 년간 누구도 그의 옷깃 한 번 건드려 본 적이 없다는 무인이었다. 하지만 그런 사내도 한 남자의 별호 앞에선 눈동자를 떨었다. 그리고 저렇게 돌아간다.

"아가씨……."

중년 사내가 검은 면포 쓴 여자를 불렀다. 두 팔의 소매가 헐렁한 사내는 팔이 없는 불구처럼 보였다. 사내에게 아가씨라 불린 여자는 눈만 내민 얼굴로 입구를 봤다. 앉은 모습이 허전한 모양은 두 다리가 없는 게 틀림없었다.

"가자."

검은 면포가 흔들리고 여자는 눈을 감았다. 소매 헐렁한 사내가 안타깝게 보다가 뒤쪽에 명했다.

"아가씨를 모셔라."

그림자처럼 뒤에 시립했던 네 명의 건장한 사내가 여자에게 다가왔다. 여자가 앉은 의자의 앞뒤를 잡아당기자 봉이 튀어나왔다. 그걸 잡고 일어서자 의자는 사인교가 되었다.

네 명의 호위들은 의자를 붙잡고 객점을 나섰다. 무한과 가까운 황주(黃州) 거리에는 무인 복색 사내들이 넘쳐 났다. 거리 곳곳은 신명난 사람들의 숨결이 느껴졌고 장사치들의 얼굴은 아주 밝았다. 이는 다

철무련의 영향이었다.

철무련의 무사가 되기 위해 젊은 사내들은 항상 무한으로 모였다. 그 길목이며 인접한 황주에도 그런 이유로 사람들은 넘쳐 났다. 덕분에 인심 흉흉한 다른 지방과는 달리 활기가 넘쳤다. 돈과 사람, 모든 게 풍성한 곳이었다.

사인교 위에 앉은 여인은 사람들의 모습을 흘려 보며 거리를 지나쳤다. 걸음이 장강을 타는 지류의 선창 가까이에 이르자 여자는 누구에겐가 말했다.

"한적한 곳에서 강이 보고 싶구나."

뒤따르던 팔 없는 사내가 얼른 옆으로 다가서며 대답을 했다.

"알겠습니다, 아가씨."

사내는 네 명의 호위에게 다시 명령했다.

"포구를 돌아 강둑으로 가자."

대답없이 고개를 숙여 보인 네 사내는 사인교를 메고 강둑으로 향했다. 강의 범람을 막기 위해 제방처럼 쌓은 강둑은 거대한 논두렁처럼 보였다. 길게 강을 따라 이어진 그 모습은 커다란 황구렁이 같았다. 바람을 맞으며 그곳에 오르니 포구의 전경과 강을 지나는 배들이 다 보였다.

팔 없는 사내는 소매를 펄럭이며 여인에게 공손히 물었다.

"더 올라갈까요, 아가씨?"

여인은 권태롭게 대답했다.

"됐다."

검은 면사의 펄럭임이 여인의 얼굴을 잠깐 잠깐 드러냈다. 강을 보는 그 얼굴에 흉측한 칼자국이 보이는 것은 너무도 순간적이었다. 한쪽만이 아닌 양쪽 다였다. 펄럭이는 검은 면사는 그렇게 여인의 얼굴을 잠깐씩 드러냈다.

말없이 강만 바라보고 있는 여인의 뒤에서 팔 없는 사내는 다시 말을 건넸다.

"초희 아가씨, 강바람이 상처에 좋지 않을 듯합니다. 그만 숙소로 돌아가시지요. 비취 년도 코가 빠지게 기다리고 있을 겁니다요."

사내의 말에 초희라고 불린 여인은 고개를 돌려 사내를 봤다. 팔 없는 사내의 소매가 강바람에 펄럭였다. 쌍비검 초량으로 불리던 저 사내가 왜 저런 모습인지 그녀는 잘 알고 있었다. 비틀려 꺾어진 팔을 스스로 잘랐기 때문이다.

초량의 팔을 보던 여인, 엽초희는 시선을 다시 강으로 돌렸다. 초량의 말처럼 잘린 두 다리의 상처는 아직 다 아물지 않았다. 온몸에는 화상이 일그러진 진흙 표면처럼 덮였다. 때때로 가려운 느낌에 없는 종아리를 긁는다. 그때마다 느끼는 소름 끼치는 감정은 까무러칠 정도였다.

겨우 두 달포가 지난 일이었다. 해동이 되어 막 새싹이 움트려던 시절이었다. 그때 그놈이 찾아왔다. 언젠가 섬으로 보내 버린 어린놈이었다. 기억 속에서 흐려졌던 놈이었다. 섬이 폭발해서 가라앉았다는 소식을 들었다. 그때서야 놈을 찾지 않은 후회가 들었다. 그런데 놈이 찾아왔다.

놈은 변해 있었다. 무슨 일이 있었던 건지, 장대한 기골에 감당 못할 무공으로 집안을 유린했다. 놈에게 화산파의 장문이라는 놈은 개처럼 두들겨 맞았다. 초량은 꺾어진 팔을 고치지 못해 끝내 잘라야 했고, 자신은 두 다리가 잘리고 숯덩이 속에서 익혀졌다. 그때 죽는다고 생각했다.

죽이려는 놈의 눈이 아직도 기억났다. 시퍼런 지옥의 염화를 줄기줄기 뿜어내던 그 무서운 눈. 아버지 덕분에 살아났다. 자신도 죽을 지경인데 아버지는 그놈에게 딸을 살려달라고 빈 거다. 그 순간에 그놈이 과연 무슨 생각을 한 건지, 놈은 두 다리만을 잘라 버리고 살려주었다.

지독하고 끔찍한 화상과 다리의 상처는 아직 다 낫지 않았다. 그럴 만한 시간도 지나지 않았다. 하지만 집에 있을 수가 없었다. 놈에게 받은 걸 돌려주려면, 이 가슴속에 응어리진 원한을 올올이 풀어내자면 방법을 찾아야 했다. 놈을 잡아 죽일 수 있는 방법을. 그런데 그게 없는 것이다.

흑마왕. 놈이 세상에서 불리는 이름은 이제 흑마왕이었다. 이제 여름이 시작되건만 놈은 그사이에 엄청난 일을 저지르고 다녔다. 그놈이 저지른 일은 인간이 할 수 없는 일이라고 사람들은 말했다. 누구도 그 이름을 듣고는 떨지 않은 자가 없었다. 욕을 던지고 간 객점의 그 무인처럼.

출렁이는 강물의 푸른 물결에 시선을 주던 엽초희는 독백처럼 중얼거렸다.

"정녕 그놈을 상대할 자는 없는 걸까?"

얼굴을 가린 면포는 바람에 계속 흔들렸다. 그건 꼭 말하는 그녀의 심정을 내비치는 것 같았다. 옆에 서서 보다 고개를 숙이는 초량은 안타깝게 말했다.

"초희 아가씨, 아무래도 그자에 관한 일은… 이제 그만 잊으심이 나을 듯합니다요."

강물을 보던 엽초희의 눈이 돌아왔다.

"잊으라고, 그놈을? 날 이렇게 만든 놈을?"

초량의 안면이 더욱 안쓰럽게 물들었다.

"하지만 아가씨, 이미 겪으신 것처럼 누구도 그자와 대적하려 하지 않습니다. 그 자체가 곧 죽음이니까요. 유일한 대적 상대라 할 만하던 곤륜이성의 전인도 그자에게 패했다 하지 않습니까? 청진 대사가 무릎 꿇고 빌었답니다. 그런 자를 세상에 누가 있어 맞서겠습니까? 그는 사람이라고 할 수 있는 자가 아닙니다."

엽초희는 초량의 일그러지는 얼굴을 보았다. 엽초희 자신의 심정을 알면서도, 자신만큼이나 그놈에게 원한이 있으면서도 저렇게 말하는 것이다. 저 말이 맞는 말이었다. 그놈은 이미 세상에서 대적할 상대가 없어 보였다.

초량의 얼굴에서 시선을 두 소매로 내린 엽초희는 잠시 바라보았다. 이내 시선은 강물로 돌아갔지만 초량의 존재가 새삼스러웠다. 팔까지 자른 저 사내는 그 일이 있은 후에 충복이 되었다. 돈이나 받아 챙기던 보표였다. 그런 자가 흑마왕 놈의 일을 함께 겪은 후에 마음을 바치는 것이 느껴졌다.

왜 초량이 저렇게 변했는지는 알 수 없었다. 엽초희 자신도 초량을 대하는 것이 그전과 같지는 않았다. 그러나 확실한 건 둘 다 흑마왕 놈을 죽이고 싶어한다는 것이다. 하지만 그럴 방법이 없었다. 가능성이 있는 무인들을 찾아다니며 말을 꺼냈지만, 한결같이 오늘 같은 결과였다.

"누만금을 준다고 해도 그자 앞에 설 자가 없으니… 강호란 이런 곳인가? 도대체 그놈은 어떻게 그런 지경에 이르렀지? 정녕 그놈을 죽일 방법이 없는 걸까?"

엽초희의 목소리는 가늘게 떨렸다. 초량은 그 심정을 헤아리는 듯 눈을 무겁게 감았다. 하지만 곧 다시 입을 열었다. 그 입에서 나온 말은 아직 전하지 않은 말이었다.

"이제야 말씀드립니다만, 오늘 아침에 새 소식을 들었습니다."

　다시 돌아온 엽초희의 눈을 외면하며 초량은 말을 이었다.

　"흑마왕, 그자가 철무련 선창 분타와 악양 분타, 그리고 황석 분타 세 곳을 무너뜨렸답니다. 불과 이틀 반나절 만에 벌어진 일이랍니다."

　엽초희의 눈꺼풀이 껌벅껌벅 오르내렸다. 실감하지 않는 눈이었다. 그러다가 조심스럽게 물었다.

　"무너뜨려? 누구하고? 다 죽였단 말이야?"

　"혼자서 그랬답니다. 의외로 죽은 자들은 거의 없고, 독에 중독된 자들이 태반을 넘고, 나머지는 모두 팔다리가 부러지는 등의 부상을 입었답니다."

　"부상이라고? 죽이지 않았단 말이야?"

　"그렇습니다. 어찌 보면 그건, 철무련에 엄청난 부담이 됩니다. 해서 그 일로 철무련에 비상이 걸리고 각지의 병력이 본전으로 모이는 중이랍니다."

　껌벅대던 눈을 가라앉은 엽초희는 시선을 내리며 중얼거렸다. 맥이 새는 듯한 소리였다.

　"그랬구나… 그래서 거리에 뜨내기들만 가득했구나……."

　초량은 돌아가는 엽초희의 옆얼굴에 대고 말을 더했다.

　"선창 분타를 치기 하루 전에, 이미 철무련 장경당주 손종동이 첩의 집에서 죽었답니다. 철혈대의 부대주 십자검 진성도 죽었답니다. 아주 끔찍했다더군요."

　또 중얼거림이 엽초희의 입에서 나왔다.

　"그래… 그놈이면 그러고도 남을 거야."

　긴 여행 끝에 풀어져 내리는 몸뚱이 같은 엽초희를, 초량은 가만히 내려다보았다. 그러다가 결심을 굳힌 듯 심중에서 꿈틀거리던 한마디를 꺼냈다.

"아가씨… 이젠 대인 어른께로 돌아가시지요. 원통스럽지만, 그자는 저희의 힘으로 어찌해 볼 수가 없는 자입니다. 그냥 모든 걸 잊고 돌아가심이……."

풀처럼 흐느적이는 것 같던 엽초희의 고개가 와락 돌아왔다.

"돌아가? 그놈을 두고 돌아가? 날 이렇게 만든 놈을 그냥 놔두라고? 안 돼! 절대 그럴 수 없어!"

면사로 가린 얼굴이 다 드러나도록 엽초희는 악을 썼다. 발광 같은 그 얼굴은 창백함으로 핏기가 가셨고, 눈에는 흰창의 혈관들이 드러나며 붉게 충혈됐다.

"그놈을 죽이지 못한다면 차라리 죽고 말겠어! 아니, 죽을 수 없어! 그놈을 내 손으로 잡아 갈가리 찢어놓을 때까지! 난 절대로 죽을 수 없어!"

서리서리 한 맺힌 원한을 토하는 것처럼, 엽초희는 상체를 숙이고 바들거렸다.

놀란 얼굴로 엽초희의 등을 내려다보던 초량은 의자 옆에 무릎을 꿇고 조심스레 말을 건넸다.

"죄송합니다, 아가씨… 소인이 짧은 생각으로 아가씨 심기만 어지럽혔습니다. 하지만 어쩌면 이번 일로 그놈에게 위험이 닥칠지도 모릅니다."

엽초희의 고개가 다시 발딱 들렸다.

"그게… 무슨 소리지?"

초량은 침을 한 번 넘긴 후 대답했다.

"말인즉슨, 그놈이 원수를 갚자면 철무련으로 쳐들어가야 합니다.

철무련은 놈을 잡기 위해 각지의 병력을 모두 모으는 중이지요. 그놈이 신이 아닌 이상 철무련 전체를 상대로는 죽음밖에 없습니다. 그것은 너무도 명백한 결과지요. 만일 그놈이 오지 않는다면 얘기는 달라집니다만.”

고개 든 엽초희의 눈이 파랗게 빛이 났다.

“그렇지! 그놈의 상대는 천하 그 자체인 철무련이야!”

갑자기 화색이 도는 얼굴로 엽초희는 상체를 바로 세웠다. 그리고 힘이 들어간 목소리로 말했다.

“무한으로 가자! 놈이 죽는 꼴을 봐야겠다! 그놈의 시체를 돈을 주고라도 사야 돼!”

네 명의 시위는 곧장 그녀의 의자로 다가갔다. 떠날 명령이 떨어진 것이다. 하지만 그들은 움직일 수 없었다. 갑자기 들린 목소리가 그들을 붙잡았기 때문이다.

“그런 일은 없을 거다.”

엽초희는 물론 초량과 네 명의 시위도 시선을 옆으로 돌렸다.

언제 나타난 것일까? 아니, 언제부터 거기에 서 있었던 것일까? 검은 장삼을 바람에 휘날리는 사내 하나가 웃고 있었다. 이십대 중반으로 보이는 창백한 인상의 사내였다. 그런데 사내의 눈에서 빛이 났다. 빠르게 흩어지는 그 빛은 붉은빛이었던 같았다. 얼핏 본 그것은 꼭 화염 같았다.

“누구냐?”

초량이 바로 앞을 막아서며 외쳤다. 검은 장삼의 사내는 창백하게 웃었다.

“웬 놈이냐? 누구길래 남의 말을 엿듣느냐?”

흉흉한 기세를 뿜는 초량의 뒤에서 네 명의 시위가 의자의 봉을 뽑았다. 그 안에서 나오는 시퍼런 검을 보며 검은 장삼사내는 더욱 짙게 웃었다.

"죽고 싶지 않으면 말해라! 네놈의 정체는 뭐냐?"

초량이 거듭 호통 치자 사내는 슬쩍 입을 벌렸다.

"나 말인가?"

초량은 사내의 입을 봤다.

"나는… 저승사자지."

말하던 사내의 몸이 환영처럼 화악 다가왔다. 피할 사이도 없는 그 순간에 사내는 초량의 머리통을 움켜잡았다.

"헉! 뭐, 뭐야!"

놀란 초량이 빈 소매를 떨쳤다. 그러자 소매 속에서 두 개의 검날이 튀어나왔다. 자른 팔 대신 장치한 무기가 틀림없었다. 그걸 사내의 몸에 쑤셔 박았다.

카캉!

양옆구리를 찌른 검날은 쇠 튕기는 소릴 냈다. 그 순간 엽초희는 눈을 부릅떴다. 네 명의 위사들도 놀라 움직이려던 몸을 멈췄다.

창백한 얼굴에 창백한 미소를 짓는 검은 장삼사내는 엽초희를 보고 다정하게 말했다.

"네가 말하는 그놈은 그렇게 죽을 놈이 아니다. 그놈은 내가 죽여주마, 네 눈앞에서."

놀란 엽초희의 눈동자가 흔들렸다. 꼭 뭔가에 홀린 듯한 눈빛이었다. 그런 눈만큼이나 떨리는 질문이 곧 나왔다.

"그걸 뭘로 믿지요? 그놈은 대적할 자가 없어요."

사내의 창백한 웃음이 더욱더 시리게 변해갔다.

"믿으면 된다."

초량을 잡은 사내의 손에 푸른 혈관이 도드라졌다. 머리통을 잡힌 초량은 비명을 질렀다.

"아악! 아가씨!"

비명은 한순간에 흩어졌고, 초량의 몸은 체액을 빨리는 벌레처럼 찰나간에 쭈그러들었다.

툭.

가죽 부대처럼 변한 초량의 몸이 땅에 떨어졌다. 머리를 잡았던 사내의 손을 타고 파란 뇌전 같은 것들이 파지직댔다. 그것들이 사내의 몸통을 타고 오르며 점점 스며들었다. 꼭 마른땅에 물이 스며드는 것 같았다.

사내는 여전히 웃는 얼굴로 엽초희를 보며 말했다.

"네 소원을 이루어주마."

엽초희의 눈과 눈꺼풀은 계속 떨렸다. 그것이 초량의 죽음 때문인지, 사내의 이적 같은 행위를 본 때문인지는 알 수 없었다. 대신 한 가지를 물었다.

"내가 뭘 해야 하지요?"

검은 장삼사내는 하얀 이를 드러내며 대답했다.

"원념(怨念) 어린 네 영혼을 다오!"

제9장
재회(再會)

재회(再會) 1

❶

　호남 땅 충앙(衝陽)에 자리잡은 벽력월인궁은 철무련만큼이나 웅대했다. 선 굵은 기와 지붕들이 연달아 펼쳐진 전각군의 모습은 차라리 아름다웠다.

　가만히 대로의 한편에서 바라다보던 계장수는 죽립 끝을 다시 내렸다. 분주히 드나드는 사람들과 각종의 마차와 가마들, 그들을 검문하는 위사들의 옆을 지나 정문을 지나갔다.

　견고한 바위들을 공들여 다듬은 돌벽은 성벽처럼 크고 웅장했다. 그 벽을 따라 걸어가자 서문(西門)이 나왔다. 정문에 비해 상대적으로 작은 서문에는 사람들의 왕래가 많지 않았다. 머뭇거리지 않고 곧장 위사들에게 다가갔다.

　"말 좀 전합시다."

　문의 양쪽에 두 명씩 나눠 선 위사들이 계장수를 보았다. 느닷없이 다가온 큰 사내가 밑도 끝도 없는 말을 하니 그럴 수밖에 없었다. 위사 중 하나가 물었다.

"뉘시오? 무슨 용무요?"

계장수는 자신이 문을 지키는 자들과 몇 번이나 조우했었나 문득 헤아려 보았다. 그러다 위사의 거듭된 말에 정신을 차렸다.

"무슨 일이냐고 묻지 않소?"

"안에 기별을 넣어주시오."

옆에 선 위사가 눈을 치켜뜨며 재차 물었다.

"기별? 무슨 기별을 말함이오?"

망설이지 않고 계장수는 대답했다.

"궁주를 만나고자 하오."

위사들의 반응은 한순간 멍함, 바로 그거였다. 하지만 신속하고 뜨거운 후속 반응이 뒤를 이었다.

"뭐라! 궁주?"

"이놈이!"

두 명은 검을, 두 명은 도를 뽑아 들었다. 신속하게 계장수를 에워싸는 그들의 뒤로 문 안쪽의 위사들이 달려나왔다. 그들은 벌려 서서 문을 막았다. 앞쪽은 막고 뒤쪽을 벌려서 대비하고 조응하는 오랜 훈련의 동작이었다.

"네놈! 정체가 뭐냐? 여기가 어딘지 알고서 그 따위 소리를 하는 거냐?"

맨 처음 물었던 위사였다. 그자는 죽립으로 가려진 계장수의 얼굴을 보며 눈을 부라렸다.

"미친놈이거나 꿍꿍이가 있는 놈이 분명하렷다? 죽립을 벗어라!"

사내의 호통 소리에 맞춰 다른 위사들의 병기가 스산하게 다가왔다. 계장수는 움직이지 않았다. 사내는 또 소리쳤다.

"죽립을 벗으란 말이 안 들리느냐? 감히 대벽력월인궁에 와서 궁주 운운하는 불경을 저지르고 네가 살 것 같으냐? 어서 얼굴을 드러내고 오체투지해라!"

거듭된 위사의 호통에 계장수는 천천히 손을 들어 죽립 끝을 잡았다. 그걸 살짝 들어올리고 위사들을 봤다. 덤덤한 목소리가 뒤를 이어 나왔다.

"살벌하군. 말을 전해달라 했을 뿐인데, 내가 뭘 잘못했나?"

위사들의 안면이 일그러지고 상황은 더욱 험악해졌다.

"이런 천둥벌거숭이 같은 놈이!"

"죽고 싶어 환장을 한 놈이구나!"

"아가리를 찢어낼 놈 같으니!"

분노한 위사들은 검과 도를 고쳐 잡으며 입술을 물었다. 그들의 얼굴에는 이미 문 앞에서 피를 보겠다는 의지가 가득했다. 그런데 그때 계장수가 죽립을 뒤로 넘겼다.

"가서 전해라. 흑마왕이 만나고자 한다고 말이다."

위사들은 일순간 멍해졌다. 하지만 눈앞에 드러난 검은 얼굴과 그 얼굴을 가진 자가 한 말을 순간적으로 되새기며 사태를 파악했다. 사내는 흑마왕이라고 했다.

"흐, 흐, 흑마왕!"

뒤쪽에 선 누군가가 신음처럼 말했다. 그 순간 검과 도를 겨누었던 네 위사는 주춤, 한 걸음씩을 물러섰다. 그중에서도 말을 던지던 위사는 상황 파악이 가장 빨랐다.

“무, 무슨 소리냐?”

억눌린 소리를 지르고 있지만, 위사의 눈은 계장수의 얼굴과 전신을 훑어보느라 정신이 없었다. 하지만 위사는 곧 확신을 가졌다. 묵직하게 일렁이는 계장수의 눈빛을 보았기 때문이다. 저런 눈빛을 본 건 그의 기억 속에 몇 되지 않았다.

“저, 정녕 그, 그대가 흑마왕이오?”

차분하게 바라보는 계장수는 담담하게 말했다.

“난 한가하지 않다.”

말을 걸었던 위사의 눈빛이 한순간 복잡하게, 여러 가지 빛깔로 변화했다. 하지만 눈빛은 이내 사그라지고 조심스런 질문이 이어졌다.

“카, 칼입니까? 마, 마, 말입니까?”

묻는 위사는 떨었다. 하지만 물어야 했다. 싸우러 왔는지, 아니면 말을 나누러 온 것인지 알아야 했다. 계장수는 아무 거리낌 없이 바로 대답해 줬다.

“차 한잔 얻어 마시러 왔다고 해라.”

물었던 위사 사내는 빠르게 고개를 숙여 보인 후 귀신처럼 안으로 사라졌다.

사내가 사라진 후 나머지 위사들은 엉거주춤 서서 어쩔 줄을 몰라 했다. 계장수는 문에서 등을 돌리고 거리의 풍경을 하릴없이 바라보았다.

대략 어린아이의 오줌발이 그칠 만한 짧은 시간이 지난 후 위사는 다시 나타났다. 하지만 그는 혼자가 아니었다.

“인사드리오!”

강한 목소리에 계장수는 뒤돌아섰다. 안으로 사라졌던 위사의 옆에서 한 사내가 공수의 예를 보이고 있었다. 두터운 검을 등에 메고 범 같은 눈빛으로 기세를 쏟는 사내는 사십 초반쯤. 기골이 건장한 무인의 전형 같은 사내였다.

"본인, 대벽력월인궁의 벽력대주 호악천검(虎岳天劍) 이수(李秀), 대협께 인사를 드리오이다!"

호탕한 목소리로 사내는 계장수에게 예를 보였다. 서슴없는 태도가 사내의 성정을 엿보이게 했다. 사내의 말대로라면 벽력월인궁의 열 손가락 안에 드는 실력자가 틀림없었다. 그런 사내가 대협을 호칭하며 극진한 태도를 보인 것이다.

"대협의 명성은 귀가 따갑게 들었소이다! 전혀 뜻밖이나, 이처럼 본궁을 찾아주신 후의에 환영을 드리오며 친교를 맺고자 하시는 마음에 감사를 드리오이다!"

벽력대주 이수는 사뭇 흥분한 얼굴이었다. 하지만 그 와중에서도 교묘한 언사를 뿌렸다. 계장수는 비록 싸우러 온 것이 아니라 하나, 친교를 맺으러 왔다고는 하지 않았다. 그러나 이수는 먼저 방석을 깔고 앉은 것이다.

그럼에도 한 가지 분명한 것이 있다면, 이수의 얼굴에 드러난 흥분이었다. 그것은 결코 꾸민 것이 아니며, 그가 지금 얼마나 놀라고 격동하고 있는지 알게 해주는 증거였다. 이수의 눈에서는 경외의 염이 흘러나왔다.

"변변치 않으나 본 궁에서 비치한 모든 재료를 뒤져 최상의 차를 대접하겠소이다! 결례가 아니라면 본인이 앞장설 터이니 따르시지요!"

고개를 숙여 보이는 이수의 목소리는 쉬 가라앉지 않을 듯싶었다. 다시 들리는 그의 얼굴을 본 계장수는 정중하게 답변을 했다.

“부탁하오.”

예상외로 정중한 계장수의 태도는 이수의 마음을 더 들뜨게 했다. 그는 자신에게 소식을 전한 위사에게 큰 소리로 명령했다.

“뭐 하는 게냐? 어서 가서 영빈관을 치우라 일러라!”

“예… 옛!”

위사 사내도 잠시 정신을 차리지 못하는 듯하다가 곧 큰 대답을 내놓고 뛰어들어 갔다.

두 번째로 뛰어가는 위사의 뒷모습을 보던 계장수에게 이수는 깍듯하게 길을 인도했다.

“먼저 앞장서겠습니다.”

등을 보이고 돌아서는 이수의 뒤를 따라 계장수는 걸음을 옮겼다. 푸르게 걸린 하늘이 전각들의 지붕 위에서 파랗게 흘렀다.

❷

화려함보다는 질감 좋은 목재들로 만든 가구들이 영빈관 내부를 채웠다. 탁 트인 실내 중앙에는 서역의 것이 분명한 양탄자가 깔렸고 그 위에 놓인 원형의 탁자는 쉬 볼 수 없는 자단목이었다. 그 위에 찻주전자가 홀로 김을 올렸다.

식어가는 차를 뒤로하고 계장수는 창문을 열어 밖을 보았다. 시원한 바람이 얼굴을 때렸다. 삼층에서 내려다보는 벽력월인궁의 전경은 활기차고 힘이 넘쳐 보였다. 정문 저 너머로는 충양의 시가지도 보였다. 모두 역동적이었다.

'벽력신수 혁련휘… 역시 너로구나. 거기다 위지강천 놈이 손을 보 탰으니 어련하려고.'

옛 얼굴들을 떠올리자 감회가 새로웠다. 자신이 아니었다면 천하를 조각 냈을 인물들. 두 개의 손바닥과 한 자루 장도(長刀)로 중원의 남쪽 을 장악했던 초인들. 벽력신수 혁련휘와 월인천강도 위지강천을 만난 건, 어쩌면 운명과도 같았다.

운명처럼, 아니, 숙명처럼 만나진 그들. 그들과의 천하를 건 격전과 숨 가빴던 나날들이 주마등처럼 스쳐 갔다. 조극강 자신이 아니었다면 필연적으로 부딪쳤을 인물들. 하지만 자신의 등장으로 그들은 차례로 자신과 싸워야 했다.

'십삼 년이 지났으니 이젠 늙었으려나? 늙었겠지, 세월엔 장사없으 니까.'

계장수가 상상하는 그들의 모습은 아직도 십삼 년 전 기억 속 그대 로였다. 환갑을 맞아 성대하게 잔치를 하던 혁련휘와 그보다 일곱 해 가 밑이던 위지강천이 축하하던 모습. 그것이 자신이 죽던 그해 초의 일이었다.

이제 혁련휘는 일흔넷, 위지강천은 예순일곱이 되었을 것이다. 말 그대로 노인들이 된 것이다. 그때까지만 해도 그들은 노인의 태가 나 지 않았다. 그냥 얼굴에 주름이 많은 무인들이었다. 그들을 이제 다시 만난다.

'삽혈(歃血)의 맹세를 드리던 때가 엊그제 같거늘… 죽고 다시 태어 나는 일을 겪고 저들을 다시 만나다니… 저들은 지나간 시절을 어찌 기억할 것인가.'

치열했던 승부 뒤에 저들과 맺었던 형제의 맹세를 생각하니 지금도 가슴이 뛰었다. 짐승의 피를 입에 바르고 살아 있는 동안 형제로서의 신의를 지키기로 했던 맹세. 그것이 비록 그 자리에서의 호기에 불과했을지라도 셋 모두 그때 그 자리만큼은 서로에게 진실했다. 그렇게 형제가 됐었다.

당연한 수순처럼, 자신의 사후 저들은 철무련과 갈라섰다. 짐작으로는 서로에게도 등을 돌릴 것으로 생각했었다. 하지만 둘은 손을 잡았다. 자신의 죽음에 의문을 제기하며 철무련과 전쟁을 치른 것이다. 그 속이야 물론 철무련의 궤멸과 그 빈자리의 장악에 있었겠지만, 탓할 일은 아니었다.

혁련휘와 위지강천 둘 다 영웅이고 야망으로 가득한 효웅이었다. 그것을 조극강 자신으로 인해 접어야 했다. 패배한 후 형제라는 허울을 쓰고 웃어야 했지만, 그들이 원래 꾸던 꿈을 지워야 했던 일은 가슴에 남았을 것이다. 그런데 기회가 왔다. 자신이 죽어 장벽이 없어진 것이다.

감히 생각할 수 없었던 기회, 그것을 그들이 놓칠 리가 없었다. 더구나 둘은 무슨 생각을 한 것인지 손을 잡았다. 그것만으로도 세상의 반을 먹은 것이나 진배없었다. 철무련이 아니라면 그들을 상대할 세력은 천하에 없었다.

'지금은 무림맹이 있으니 천하를 삼 분(三分)했군. 하지만 무림맹이나 사마용추와 정소연, 그리고 저들 누구도 다 가졌다고 생각하는 그 순간에 진실로 자기 것이 없음을 아무도 알지 못할 거다. 손에서 새는 모래와 같지.'

왠지 허망한 한숨이 소리없이 입으로 나왔다. 그 소리가 창문을 밀고 들어온 바람에 섞여 실내에 흩어졌다. 바람은 이제 많이 더워졌다.

곧 여름이 닥치고 저 바람 속에 비가 내릴 것이다. 그러면 더 많은 일들이 생기겠지.

생각을 접으며 계장수는 돌아섰다. 이미 문밖의 기척을 느꼈기 때문이다. 강하고 패도적인 저 기세. 그러나 은근히 속으로 갈무리되는 기운, 그들이었다.

열어놓은 문으로 벽력대주 이수가 들어섰다. 그 뒤를 두 명의 인물이 차분히 좇아 들어왔다.

"대협, 본 궁의 두 분 궁주님이 납시었습니다."

이수의 말 뒤로 두 사람이 보였다. 떡 벌어진 어깨에 부리부리한 눈, 짙은 연록색 장삼에 가슴까지 드리운 검은 수염, 내딛는 걸음에 산악의 기세가 담긴 인물은 벽력신수 혁련휘였다. 그 옆을 담담한 물이 흐르는 것처럼 걸어오는 중년 문사 같은 사내, 자색의 장삼에 짙은 머리와 수염이 청수한 인물은 월인천강도 위지강천이었다. 위지강천의 눈은 옛날처럼 서늘했다.

식은 차가 놓인 탁자까지 다가온 두 사람, 혁련휘와 위지강천은 담담한 표정으로 계장수를 보았다. 말은 오고 가지 않았다. 세 사람의 눈빛은 잠시간 그렇게 얽혔다. 이수가 눈치를 볼 무렵 혁련휘가 입을 열었다.

"귀하가 흑마왕인가?"

계장수는 대답없이 혁련휘를 보았다. 혁련휘는 선 자세 그대로 또 말했다.

"소문대로 젊군. 날 만나러 왔다고?"

혁련휘를 보던 계장수의 눈이 위지강천에게로 넘어갔다. 하지만 아주 자연스럽게 다시 돌아왔다. 그리곤 말도 아주 자연스럽게 나왔다.

“늙지 않았군.”

혁련휘의 미간이 좁아졌다. 위지강천의 서늘한 눈도 잔물결이 일었다. 이수는 당황한 표정으로 계장수를 봤다. 하지만 계장수는 또 말했다.

“많이 늙었을 줄 알았더니… 예전 그대로야.”

싸늘한 정적이 실내를 휩싸고 돌았다. 그 정적을 못 이기고 이수는 입을 벌렸다.

“이보시오, 대협! 그 무슨 망발이오? 지금 무례를 범하려는 게요?”

정문에서 보이던 경외의 눈빛이 지금 이수에겐 없었다. 대신 도발을 응징하겠다는 의지가 책임감처럼 피어올랐다. 그건 벽력대주라는 자리에 있는 자의 눈이었다.

이수의 눈에 눈동자를 맞추었던 계장수는 다시 혁련휘에게로 시선을 맞췄다. 나직하게… 조용한 음성이 뒤이어 나왔다.

“맑은 우물을 가진 자의 집엔 좋은 술이 있지. 송엽주의 맛은 그대로인가 모르겠군. 결의의 맹세로 마시던 술은 삼 일을 마셔도 취해지지 않았지.”

좁아졌던 혁련휘의 미간이 뒤틀렸다. 위지강천은 허리 뒤의 장도를 뽑아 올렸다.

피이잇!

푸른 섬광이 이는 순간 장도는 계장수의 목에 걸렸다. 시린 그 빛깔만큼이나 서늘한 목소리가 위지강천의 입에서 새어 나왔다.

“네놈… 지금 무슨 소리를 하는 거냐?”

위지강천의 목소리는 살기를 머금고 가늘게 떨렸다. 옆에서 바라보는 혁련휘의 눈동자도 흔들렸다. 계장수의 목소리는 또 흘러나왔다.

"바람 불어 서리 나린 골짜기에 세 호랑이 어울렸네. 하늘은 검고 세상이 어두워 손에 쥔 칼 빛 사라질까 두렵다네. 각자의 셋이로되 하나의 마음이라면… 여우의 머리처럼 한 고향을 지고 죽어갈 것이로세."

위지강천은 장도를 쥔 손마저도 가늘게 떨었다. 혁련휘의 눈자위는 거칠게 흔들렸다. 계장수가 무심히 읊조린 노랫말, 그것이 그렇게 만든 것이 틀림없었다.

이수는 혼란스럽게 세 사람을 번갈아 보았다. 계장수의 담담한 목소리가 또 이어졌다.

"너희들이 옛 맹세를 잊은 게로구나."

이수는 당장 소리를 질렀다.

"닥쳐라! 더 이상 궁주님들께 무례한다면 목을 치리라!"

검 손잡이를 잡는 그에게 혁련휘는 거칠게 말했다.

"나가라!"

격한 그 목소리는 왠지 심중의 충격을 터뜨리는 것 같았다. 놀라 돌아보는 이수에게 혁련휘는 또 소리쳤다.

"나가란 소리가 안 들리느냐? 어서 나가!"

"태, 태상궁주."

"썩 나가란 말이다, 이 자식아!"

소리치는 혁련휘의 얼굴은 붉게 일그러졌다. 놀란 이수는 장도를 목에 겨눈 위지강천과 태연한 계장수의 얼굴을 돌아보았다. 그러다가 곧 허리를 꺾었다. 그리고 방을 나갔다.

사라지는 이수의 뒷모습을 보던 계장수는 위지강천에게 시선을 맞추며 다시 말을 꺼냈다.

"언제까지 칼을 겨눌 테냐? 네 칼은 날카로워서 쉬 다친다."

입술까지 부들대는 위지강천은 떨리는 소리로 물었다.

"너는… 누구지?"

태연하고 담담한 계장수의 얼굴에 차분한 미소가 어리기 시작했다.

"혼란스러운가? 나는 네 칼의 예리함을 기억하는 몇 안 되는 사람 중의 하나다. 기억 속에서 잊혀진 사람이지. 하지만 너희가 기억해 낼 만한 사람이기도 하지."

꿈틀꿈틀, 부들부들 하는 위지강천의 얼굴을 보면서 계장수는 손을 들어올렸다. 그리고 천천히 장도를 밀어냈다.

"이제 그만 치워라."

밀어내는 계장수의 손으로 인해 장도는 목에서 떨어졌다. 계장수는 곧바로 탁자에 앉았다. 너무도 태연한 그의 모습을 혁련휘와 위지강천은 진정되지 않는 눈과 얼굴로 바라보았다. 혁련휘는 탁자로 한 발을 다가섰다.

"흑마왕… 네가 어떻게 알고 있지?"

계장수는 차분히 차를 따랐다. 식은 찻물이 흘러나오는 소리가 고즈넉했다. 그 소리를 못 견뎌하는 것처럼 위지강천은 와락 소리쳤다.

"말해라! 그날의 일과 그 노랫소리는 우리 두 사람과… 다른 한 사람만이 알 뿐이다! 네놈이 그 노래를 어찌 아는지 말해라! 아니면 목을 벨 테다!"

위지강천의 장도는 곧바로 계장수의 안면에 겨누어졌다. 두 손으로 굳게 잡힌 시퍼런 칼날엔 칼날의 예기보다 더 시퍼런 기운이 넘실대기 시작했다.

천천히 찻물을 입에 넘긴 계장수는 지그시 맛을 음미하는 듯 눈을 감았다. 식은 찻물 같은 말소리가 느리게 흘러나왔다.

“둘과 다른 하나밖에 모르는 일이라… 그런데도 그 일을 안다면, 나는 누가 되는 것일까? 지금 이 자리에 없는 다른 하나는 과연 누구인가? 하나는 죽고 하나는 살았으나, 셋의 비밀을 넷이 아는 꼴이니 이 또한 공교롭다.”

혁련휘는 끝내 폭발했다.

“말장난은 치워라! 더 이상 본말을 흐리고 잡소리를 늘어놓는다면 네놈을 가루로 만들겠다! 흑마왕의 위세는 이곳에서 통하지 않는다! 네놈은 누구냐?”

우렁찬 목청을 터뜨린 혁련휘는 분노로 뭉쳐진 두 손을 치켜들었다. 푸른 벽옥색이 빛나는 두 손은 그의 절기 벽력신수가 분명했다. 두 눈은 금방이라도 살인을 저지를 만큼 흉흉하게 빛을 뿜었다. 하지만 계장수는 하던 소리를 했다.

“그 넷이… 본래부터 넷이 아닌 그대로의 셋이라면… 얘기는 간단해지지.”

칼을 겨눈 위지강천과 두 손을 푸르게 물들인 혁련휘 모두, 그 순간 심장의 거친 고동 소리를 들어야 했다. 가슴을 울리고 고막을 때려대는 그 소리가 그들의 시야를 하얗게 만들었다. 어지럼증이 무릎을 흔들었다.

눈앞의 저 청년 흑마왕은 그들이 처음 보는 자였다. 하지만 저자가 말을 꺼내는 순간부터, 이수를 내보내던 그때부터 들기 시작한 의혹은 점점 더 짙어져 갔다. 또한 마음 한구석에서 피어오르는 한 사람의 영상은 조금씩 그 실체를 더해만 갔다. 하지만 그건 결코 있을 수 없는 일이었다.

연록색 장삼이 눈에 보이게 흔들리던 혁련휘는 두 손을 천천히 내렸다. 손에 머금었던 벽옥빛도 사라졌다. 대신 힘겨운 음성이 흘러나왔다.

"그럴 리가 없겠지만… 네가… 우리가 생각하는 그가 맞다면… 설명할 수 있겠나?"

심중의 충격을 감당하지 못하는 혁련휘의 얼굴을 보고 계장수는 희미하게 미소 지었다. 그걸 보던 위지강천은 혁련휘에게 소리쳤다.

"형님! 무슨 말씀을 하시는 겁니까? 그게 가능하기나 한 생각입니까? 대형은 죽었습니다!"

격하게 소리치는 위지강천의 얼굴을 돌아보며 혁련휘는 나직하게 물었다.

"너는 그럼 뭘 생각하고 있느냐?"

위지강천의 얼굴이 굳어졌다. 말문이 막힌 그의 얼굴에서 시선을 돌린 혁련휘는 계장수를 조용히 노려보았다. 바라보는 그의 시선엔 충격이나 격동 따위는 이미 없어 보였다. 대신 차분한 말소리가 뒤를 이었다.

"우리가 아는 일… 그건 형님으로 결의한 한 분과 우리 둘, 셋만이 아는 일이다. 하지만 그분은 이 세상 사람이 아니지. 그런데 그걸 네가 말하고 있구나."

계장수는 아무 말도 없이 그저 희미한 미소만을 계속 보였다. 혁련휘의 나직한 음성은 또 이어졌다.

"있을 수 없는 일이지만, 그 일은 본인이 아니면 알 수 없다. 내 고향집의 우물이나 그 물로 빚은 송엽주… 그걸 사흘 밤낮으로 마시고도 취하지 않던 호기, 그러나 서로의 우정에 취해 부르던 한줄기 노래자락……."

혁련휘가 말을 하는 동안 위지강천의 눈도 차츰 가라앉았다. 특유의

서늘한 눈매로 돌아왔던 그는, 혁련휘의 말에 옛 생각이 떠오르는 듯
눈가가 아득해졌다.

실내의 정적을 타고 잠시 끊어졌던 혁련휘의 말은 다시 이어졌다.

"지금 이 순간이 꿈일런지도 모르겠지만, 그때는 정말 꿈을 꾸는 시
절이었지. 그 꿈을 우리는 끝내 이루었다. 하지만 우리의 대형은 세상
을 떠나갔다. 대형의 삶 자체가 우리에겐 꿈이고 세상 그 자체였지. 그
분은 위대한 분이다. 만일 그분을 욕되게 하는 것이라면… 너는 죽지
도 살지도 못할 거다."

나직하고 잔숨결처럼 흘러나오던 혁련휘의 말이 멈췄다. 말이 전하
는 내용은 단 하나였다. 의혹을 제공했으니 그걸 풀어 증명하라는 거
였다. 만일 그렇게 하지 못한다면 잔혹하고 끔찍한 대가가 주어질 거
라는 말이었다.

찻잔을 들어 남은 찻물을 마신 계장수는 천천히 자리에서 일어났다.
그 모양을 차가워진 눈으로 바라보는 두 사람, 혁련휘와 위지강천의 눈
높이에 시선을 맞춘 후 두 주먹을 내밀었다. 그리곤 와락, 움켜쥐었다.

후아아악.

마치 불길이 피어 솟구치는 것처럼, 계장수의 두 주먹에서 검은 기
운이 화악 솟구쳤다. 두 주먹과 팔을 감싸고 넘실대는 그것은 철령기
였다.

"이 주먹의 비밀에 대해서 말한 적이 있을 거다."

계장수의 주먹과 말하는 입을 보며 두 사람의 눈동자는 다시 흔들렸
다.

"내 어릴 적의 얘기였지. 무덤 속에서 죽을 뻔한 이야기."

흔들리던 혁련휘와 위지강천의 눈동자는 이제 허물어지는 담처럼

힘을 잃어갔다.

"너희와 처음 만나 힘을 겨루던 때, 혁련휘 너에게는 어깨에, 위지강천 너에게는 가슴에 흔적을 남겼다. 그때는 아픔보다 분노가 더했을 것이다."

그때까지 들려 있던 위지강천의 장도가 스르르 칼끝을 내렸다. 혁련휘는 휘청, 몸을 흔들었다.

계장수의 마지막 말이 철퇴처럼 둘에게 떨어졌다.

"난, 너희들과 형제의 맹세를 한 너희들의 대형, 조극강이다."

혁련휘는 끝내 주저앉았고 위지강천은 칼을 떨어뜨렸다.

챙그렁.

맑게 울리는 도신의 울음소리가 방 안을 흔들었다. 그것은 검은 얼굴 사내를 바라보는 두 사람, 혁련휘와 위지강천의 몸과 정신에 스며 공명을 일으켰다. 떨리는 칼날만큼 흔들리는 그들의 몸은 쉬 그칠 것 같지 않았다.

연못을 스친 바람은 물 냄새를 물고 정자를 스쳐 갔다. 따갑던 햇빛은 기세를 잃어가며 후원에서 물러갈 준비를 서둘렀다. 여섯 개의 다리 중 세 개를 연못에 담근 정자는 침묵에 휩싸였다. 간간이 들리는 소리는 바람이 흩어지는 소리 같기도 했고, 누군가 옛일을 회고하는 소리 같기도 했다.

늦은 오후의 바람에 얼굴을 내맡긴 계장수는 눈을 지그시 감은 모습이었다. 작은 술상을 앞에 둔 그의 맞은편엔 혁련휘와 위지강천이 앉아 있었다. 눈 감은 계장수와 달리 그들은 거푸 술잔을 들이키는 중이었다. 잔바람은 계속 불어 그들의 붉은 얼굴을 식혀주었지만, 술잔을 잡은 손은 쉬지 않았다.

"그게… 벌써 십삼 년 전의 일이구나."

가만히 흘러나온 계장수의 목소리는 혁련휘와 위지강천의 가슴을 달구었다.

콰직!

"개같은 년!"

위지강천의 손 안에서 술잔이 부서졌다. 어금니를 물고 손을 떠는 그의 얼굴은 분노로 충만해 일그러졌다. 격한 음성은 또 튀어나왔다.

"애초부터 그년의 성정이 난 의심스러웠소! 그런데 결국은 그년이 대형의 목숨을 빼앗았소! 하지만 우리 형제를 제외하고 누구도 그년의 눈물을 의심하지 않았소!"

십삼 년의 세월이 한이 맺히는 듯 위지강천의 눈은 분노로 일렁거렸다. 혁련휘의 눈동자도 그렇긴 매한가지였다. 그의 입에서도 격노가 터져 나왔다.

"십삼 년 전 그때, 그년은 형님의 시신을 서둘러 화장했소! 죽기 전 망자의 유언이 그랬다며 모든 반발을 봉쇄했소! 사인도 갑작스런 심장 발작으로 인했다 하지만, 철혈무제 조극강이 그 따위로 죽는다는 걸 난 믿을 수 없었소!"

거칠게 술 한 잔을 더 들이킨 혁련휘는 불을 뿜어내듯이 또 말했다.

"난 확신을 가졌소! 형님의 죽음은 타살이며 그 일에는 정소연 그년의 손이 닿아 있음을 말이오! 그년이, 형님의 총애를 받던 그년이 지아비를 죽인 거요! 난 그년을 무릎 꿇려 진실을 토설케 하리라고 맹세했소!"

옆에서 똑같이 술을 들이킨 위지강천이 뜨겁게 말을 받았다.

"그때부터 전쟁을 했습니다! 그년과 사마용추 그놈을 거꾸러뜨리려고 둘째 형님과 손을 잡았지요! 물론 본래부터의 포부였던 천하를 갖겠다는 생각, 그것이 전혀 없었다고는 말못합니다! 아니, 어쩌면 기회로 여겼는지도 모르지요! 하지만 우리가 그들과 맞선 건 대형의 죽음 때문이었습니다!"

위지강천은 새 잔을 잡았다. 거기에 또 한 잔의 술을 따라 거칠게 들이마셨다. 그런 두 사람 앞에서 계장수는 부끄러웠다. 저들의 순연한 분노가 그리 만들었다. 자신은 저들을 욕심만이 앞선 효웅으로만 생각했었다. 그러나 저들은 그렇지 않았다.

지난 시간, 저들이 철무련에 맞선 이유가 천하제패의 욕심에만 있음으로 여겼었다. 저렇게 분노하는 저들과 형제의 결의까지 맺었던 자신이 할 생각이 아니었다. 설혹, 위지강천의 말처럼 그것이 마음의 반을 차지했다고 해도, 아니, 자신 때문에 분노한 심정이 한 줌 흩어지는 찰나의 결기였다 쳐도, 삽혈의 맹세를 드린 자신이 결코 그래서는 안 되는 것이었다.

이글대는 두 사람의 눈을 지그시 쳐다보던 계장수는 술병을 들었다. 비워진 두 사람의 잔에 술을 채워 넣은 후 나지막한 목소리로 말을 꺼냈다.

"너희들의 마음이 고맙고 부끄럽구나. 나 조극강의 한평생, 결코 헛되지만은 않았어."

자신의 잔에도 술을 채운 계장수는 잔을 들어올렸다.

"좋구나. 술맛도 변치 않았고 사람도 그대로이니, 이 어찌 아니 기쁠 테냐. 마시자꾸나."

계장수는 잔을 넘겼다. 이글대던 혁련휘와 위지강천의 눈은 아련함으로 흔들렸다. 계장수는 또 권했다.

"주향이 흩어진다. 어서들 들려무나."

뭔가 울컥한 것이 가슴을 치받는 듯, 어금니를 문 혁련휘는 술잔을 들이켰다. 입술을 부들대던 위지강천도 술잔을 털어 넣었다. 그리곤 비통한 목소리로 말했다.

"비명에 죽어 다른 자의 삶을 살아야 하다니… 아끼던 수하 놈과 정을 준 계집에게 죽임을 당하여… 천하의 철혈무제 조극강이 그런 일을……."

계장수는 또 한 잔의 술을 위지강천의 잔에 채우며 담담하게 말했다.

"울분을 풀어라. 내가 자초한 일이다."

"그것이 어찌 형님의 탓이오이까?"

반발의 고개를 쳐드는 위지강천의 눈을 보며 계장수는 작게 미소 지었다.

"아니면 누구를 탓하겠느냐? 자업자득인 것이지. 믿어야 할 자들을 멀리 두고 믿지 말아야 할 자들을 곁에 둔 나의 아둔이 비롯한 일이다."

위지강천은 뭔가를 더 말하려다 멈췄고, 혁련휘는 조용히 술잔으로 시선을 내렸다. 계장수의 음성은 또 이어졌다.

"살아생전 너희들에게 섭섭히 한 것이 미안하구나. 권세와 패권의 자리가 주는 세상의 미혹에 빠져 형제의 의를 뒤로했으니… 그 때문에 벌을 받은 게지."

혁련휘는 당장 반반했다.

"당치 않소. 그리 말씀하시면 우리 역시도 부끄럽소. 오로지 옛 맹세만 가지고 서로를 대했다 하는 건 거짓이오. 우린 형님을 원망하지 않소이다."

말한 후, 혁련휘는 고개를 숙였다. 위지강천 역시 시선을 내렸다. 계장수는 연못으로 눈을 돌렸다. 한동안 그렇게 말없는 바람만 세 사람의 사이로 스쳐 갔다.

천천히 연못에서 눈길을 돌린 계장수는 담담하게 말했다. 입에는 작은 미소를 물고서였다.

"다시 만나니 너무도 좋구나. 꼭 그 시절, 주야로 취하던 그날로 돌아간 것만 같구나."

혁련휘와 위지강천의 고개가 들렸다.

"형님!"

"대형!"

두 사람의 흐려지는 눈동자를 보며 계장수는 갑자기 씨익 웃었다.

"궁상스럽게 보지 마라. 죽었다 살아나는 게 꼭 나쁜 것만은 아니었다. 좀 좋으냐? 늙은 몸을 버리고 이렇게 젊은 몸이라니?"

흐릿해지던 혁련휘와 위지강천의 눈동자도 차츰 맑아졌다. 잠시 후엔 계장수처럼 웃음도 물었다. 혁련휘는 한층 밝아진 음성으로 말을 건넸다.

"실속은 차리셨소. 중원 육왕 중 세 사람의 절기를 이어받다니, 그것이 꿈에서나 가능하지 생각조차 해보겠소이까?"

"무슨 소리요? 다시 살아난다는 것 자체가 꿈처럼 터무니없는 얘기지."

옆에서 끼어든 위지강천의 얼굴을 슬쩍 본 혁련휘는 또 말했다.

"계씨의 피가 좋은가 보오이다. 지금의 인물이 예전 보다 훨씬 낫구려. 어떠냐? 네 보기엔 그렇지 않으냐?"

"대형 인물이야 뭐, 예전이나 지금이나 시커매서, 어디 계집 하나라도 후리겠습니까? 가만 보면 지금 인물이 훨씬 균형 잡힌 인상이긴 합니다만."

두 사람은 이제 농을 주고받았다. 그 모습을 흐뭇하게 바라보던 계장수는 웃으며 말을 받았다.

"계집 후리는 건 네놈 전문 아니냐? 점잖은 문사인 척 으뭉을 떨고선 계집들을 살쿠는 게 네놈 특기였지. 그 때문에 울린 계집이 숱할 터인데?"

"맞소. 저놈 고향에선 유명짜한 얘기지요. 우릴 안 만났다면 색마문의 문주나 뭐 그런 걸로 소문났을 놈이 저놈이오."

혁련휘가 가세하자 위지강천은 눈썹을 시큰 올렸다.

"아니, 그 무슨 얼토당토않은 얘기요? 나는 어디까지나 외로운 여인들의 벗이 되어주었을 뿐, 그녀들을 강제하거나 합의에 벗어난 일을 한 적은 없소이다. 부러우면 부럽다고 말 할 것이지 궁시렁대기는… 체."

가볍게 일축하고 술잔을 다시 드는 위지강천을 보며 혁련휘도 계장수도 웃었다. 인상을 구긴 척하지만 위지강천의 심정도 똑같았다. 세 사람 모두 이 순간이, 다시 안 오리라 여겼던 이 자리가 너무도 기쁜 것이다.

술잔을 내린 위지강천은 비워진 계장수와 혁련휘의 잔에 술을 치며 다시 말했다.

"둘째 형님과 나는 한집안이 되었소."

의아한 눈으로 계장수가 물었다.

"그게 무슨 소리냐?"

말없이 웃는 혁련휘 대신 위지강천이 다시 대답했다.

"혼인을 맺었소. 사돈이 됐다는 말이오."

"뭐라? 혼인이라고? 너희들이 언제부터 그리되었느냐? 남자들끼리 그래도 되는 거냐?"

혁련휘와 위지강천이 동시에 소리 질렀다.

"형님!"

"대형!"

계장수는 금방 꼬리를 내리고 웃었다.

"그래그래. 축하할 일이구나. 어찌 된 일이냐?"

치켜 올라간 눈썹을 내리던 혁련휘는 갑자기 한숨을 쉬며 말했다.

"휴우, 형님도 아실 거요. 내 딸 수아(秀雅)년 말씀이외다."

"그래, 알지. 가만있자 지금이면… 허어, 벌써 스물여섯이 됐겠군?"

"그렇습니다. 꽃처럼 예쁘게 컸지요. 그런데 걔를 저 죽일 놈의 아들새끼가 올라탔습니다."

"뭐, 뭐?"

놀란 계장수가 위지강천을 돌아볼 때 그는 미간을 구기고 있었다. 계장수는 바로 물었다.

"무, 무슨 소리냐? 수아가 열두 살 때 그놈은 겨우 일곱 살이었잖냐? 그놈이 그랬다고?"

위지강천은 혁련휘를 노려보며 말을 꺼냈다.

"거, 입은 비뚤어졌어도 말은 바로합시다. 세상 물정 모르는 내 아들을 수아가 꼬신 거지 올라타긴 누가 올라타요?"

"뭐, 임마? 너, 자꾸 쉰 소리할래? 내 딸이 뭐 할 일이 없어서 젖내나는 네 아들놈을 꼬신단 말이냐? 너야말로 혀를 제대로 놀려라. 세상 사람들이 욕한다! 알겠냐?"

"아니, 나참, 누가 누구를 욕한단 거요? 그렇게 억울하면 도로 무릅시다? 그러면 되겠소?"

"어라, 이 자식 봐라? 아들 가진 유세를 부리겠다 이거냐? 이젠 쌀이 끓어 밥이 됐다 이거지? 이게 정말?"

"아, 아, 그만, 그만."

보다 못한 계장수가 만류하고 나섰다. 안 봐도 불을 보듯이 뻔한 상황이었다. 이 일로 둘은 툭하면 말다툼을 벌였을 게 자명했다. 하지만 그건 겉으로의 표현일 뿐, 두 사람 다 이 일의 근본을 기뻐하고 있는 것이 속마음이었다.

서로를 흘겨보는 두 사람에게 계장수는 차분하게 말을 건넸다.

"그러니까 수아하고 빈(彬)이 놈이 서로 눈이 맞았다 이거로군. 그래서 침상에 소리 내는 일도 좀 했고, 아비들은 어쩔 수 없이 혼인을 시켰다. 뭐, 그런 얘기로군."

똥 씹은 표정을 하는 두 사람에게 계장수는 치사를 했다.

"잘된 일이로군, 아주 잘됐어. 두 사람이 한집안이 되었으니 이보다 더 기쁜 일이 어디 있나. 정말 기뻐할 일이로구나."

기껍게 말하는 계장수의 미소에 두 사람의 얼굴도 스르르 풀어졌다. 그리곤 서로 웃었다.

"하하하하. 곧 할아버지가 됩니다."

"크하하하하! 제놈 아비를 닮아서 그런 능력은 좋더군요."

"하하하하. 형님, 그만 합시다."

"호호호호. 그럴까?"

웃으면서도 상대를 건드리던 두 사람은 동시에 계장수를 보며 말했다.

"어찌 됐든 다른 무엇보다도 형님을 뵙게 된 오늘의 일이 꿈만 같고 너무도 기쁘오이다! 내 죽어서나 만날 줄 알았던 사람을 생시에 만났으니 말이오!"

"지옥에서 다시 돌아오신 걸 환영하오이다, 대형! 이제 우리 형제가 힘을 합쳐 잃은 걸 다 되찾읍시다! 그 옛날 천하를 휩쓸던 그때처럼 말입니다!"

두 사람은 동시에 잔을 들어올렸다. 그들의 호탕한 미소에 마주 웃어 보이며 계장수는 잔을 들어 입으로 넘겼다.

새삼스러운 감회가 전신에 소름처럼 흘러넘쳤다. 불우하고 외로웠던 생이라 여겼거늘, 두 사람의 존재는 그런 마음에 그늘을 삽시간에 걷어가 버렸다.

하지만 다시 사는 이 생에 저들을 끌어들이는 것이 잘하는 일인지 판단이 서질 않았다. 조극강이라는 존재는 이미 죽었고, 자신은 이제 계장수의 삶을 사는 존재였다. 필연적으로 저들의 삶에 영향을 미칠 것이다.

때가 되면 저들의 곁을 떠나야 할 것이다. 저들에겐 이미 평화로운 삶이 펼쳐져 있다. 그것을 자신으로 인해서 깨뜨릴 수는 없는 일이었다. 그러나 이미 존재를 밝힌 자신이거늘 그것이 어디까지 가능할지 알 수 없었다.

차분하게 웃음을 갈무리한 계장수는 두 사람의 시선을 잡아당기며 입을 벌렸다.

“이제 내가 너희들을 찾은 이유를 말하겠다.”

혁련휘와 위지강천, 두 사람 모두 계장수의 시선을 직시했다. 술기운에 불콰하던 얼굴은 눈빛이 거세어졌고, 분노하고 웃고 농을 치던 얼굴은 가라앉았다.

계장수의 목소리가 다시 이어졌다.

“기실 난 이미 죽은 몸. 다른 삶을 사는 내가 너희들을 찾아오는 것이 아니었지.”

움찔대는 위지강천의 표정을 눈빛으로 만류하며 계장수는 계속 말했다.

“그럼에도 찾은 이유는 내 흔적을 지우기 위함이다. 그걸 부탁하고자 왔지.”

혁련휘가 입을 열었다.

“흔적이라 하시면 철무련을 말함입니까?”

“그렇다.”

“이미 흑마왕이 세 곳의 분타를 쳤다는 정보를 받았습니다만, 그 일의 연장입니까?”

“그렇지. 연장이고 결말이 되겠지.”

듣고 있던 위지강천이 흥분한 얼굴로 끼어들었다.

“예상은 했습니다만, 그것들을 끝장낼 요량이시군요?”

계장수는 고개를 깊게 끄덕였다.

“그래. 그것들과… 내가 만들었던 흔적들을 모두 지워낼 생각이다.”

혁련휘의 눈빛을 제치고 위지강천은 바로 물었다.

“철무련을 없애겠다는 말씀입니까?”

“형님, 그것은 형님의 전부였습니다. 그것을 어찌…….”

바로 이어진 혁련휘의 말에 계장수는 고개를 가로저었다.

"모두 미망일 뿐이다."

너무도 간단한 그 한마디에 두 사람은 말문을 열지 못했다. 계장수는 술잔을 내려다보며 다시 입을 열었다.

"그것을 너희가 갖겠다면 말리지는 않겠으나, 결코 권하고 싶지 않구나. 이미 너희들도 조손 볼 나이가 되었으니 알 것이다. 때때로 드는 마음 속의 그 허망함은 불현듯 나타났다 사라지는 생각의 자락과 같다."

작은 한숨을 가늘게 내쉰 계장수는 한숨처럼 말했다.

"붉은 꽃이 열흘을 가는 법은 결코 없느니… 한발 물러나서 보면 모두가 부질없다."

바라보는 혁련휘와 위지강천의 얼굴에도 허무한 기운이 피어났다. 하지만 계장수는 다시 눈빛을 굳히며 말을 꺼냈다.

"철무련을 치겠다. 손을 보태다오."

혁련휘와 위지강천은 즉각 대답했다.

"지옥을 친다 해도 따르지요."

"염왕의 목은 별거외까?"

스산한 웃음이 위지강천의 입가에 걸렸다. 그건 오랜 시간 수많은 전투를 치른 자의 자신감이었다. 계장수는 그런 두 사람에게 환한 웃음을 보였다.

"고맙구나, 형제들아."

"형님답지 않게 간지러운 소리를 하는구려?"

"죽었다 살아나더니 사람이 변했는걸?"

혁련휘와 위지강천은 가벼운 농을 했다. 그것이 계장수의 마음을 덜어내 주기 위한 배려라는 것을 누구보다도 계장수 자신이 잘 알고 있었다.

웃음으로 화답해 보이던 계장수는 표정을 굳히며 속엣말을 끄집어냈다.

"죽음은 많은 걸 알게 해주지. 이제 그것들에게 그걸 가르쳐 주어야겠다. 놈들의 군세가 이미 움직이고 있으나, 본 련에 있는 팔천 군사와 동백산에서 몰려올 사천 군사만 감당하면 된다. 그것들만 막으면 승부는 끝이 난다."

혁련휘는 말을 받았다.

"그 일을 우리 벽력월인궁이 하면 되겠군요."

눈을 빛내는 위지강천을 보며 계장수는 고개를 끄덕였다.

"그래. 그 이후엔 모든 걸 너희 둘의 뜻대로 해라. 하지만 앞서 말했듯이 더 무서운 적이 있다. 그것들이 실체를 드러내는 날은 세상의 암흑이 오는 날이다."

혁련휘와 위지강천은 무겁게 얼굴을 굳혔다. 하지만 한편으론 실감을 하지 못하는 얼굴이기도 했다. 계장수는 그런 두 사람의 얼굴에 대고 다시 얘기했다.

"너희들 앞에 있는 전혀 다른 모습의 나를 직시해라. 나란 존재 자체의 현신이 터무니없는 일이다. 하지만 세상은 이미 터무니없는 그런 일에 휩쓸려 들었다. 암흑마궁의 잔당들, 그것들을 쓸어내는 것이 두 번 사는 나의 존재 목적이다."

담담하나 단호함이 느껴지는 말이었다. 혁련휘는 고개를 끄덕이며 대답했다.

"뭐가 어떻게 되든 형님의 뜻을 좇으오리다. 형님이 다시 세상을 갖겠다 하면 그리하고, 그리하려는 놈들을 부순다면 그것도 그리하리다.

그 암흑마궁이라는 것들이 어떤 종자들인지는 모르나, 우리 형제에겐 안 될 것이오.”

“당연한 말씀이오. 대형은 걱정을 하지 마시오. 이 나이가 되어서 세상에 무슨 욕심이 있겠소이까? 우리 역시도 대형의 죽음 이후에 많은 시간 생각과 고민을 거듭했소이다. 이제 대형의 뜻을 알았으니 계획을 좇겠소이다.”

두 사람의 결의에 찬 말에 계장수는 가만히 고개를 끄덕였다. 하지만 만류의 말을 내놓았다.

“나 때문에 너희들의 뜻을 접을 필요는 추호도 없다. 기실 이렇게 도움을 청하는 자체가 뻔뻔스러운 일이겠지. 하지만 철무련은 나 혼자 상대할 수가 없구나. 그들을 치고 나면 나는 너희 곁을 다시 떠날 테다.”

격한 목소리가 당장 튀어나왔다.

“그게 무슨 소리요?”

“대형! 어찌 그런 말을!”

혁련휘는 술상 앞으로 얼굴을 들이밀며 다시 말했다.

“죽었다가 다시 만난 형제요! 우리에게 이제 다른 뜻은 없소! 더군다나 미지의 적들은 감당할 수 없는 상대라 하지 않았소? 그들은 어찌할 테요?”

“맞소! 그럴려면 우리에게 뭐 하러 왔소? 겨우 힘든 일 하나 거들어 달랠 요량으로 우릴 찾았단 말이오? 그렇게 다른 얼굴에 다른 몸뚱이를 하고서?”

격렬하게 이어 나온 위지강천의 말은 계장수의 눈동자를 흔들었다. 하지만 다시 터지려는 그들의 입을 막으며 나직하게 말했다.

“앞서도 말했지만, 난 이미 죽은 자다. 지금의 나는 엄밀히 말해 조극강이 아니다. 나라는 존재 자체가 너희들에게 폐가 된다. 더군다나 내가 상대해야 할 자들은 인간의 경계를 넘어선 자들이다. 너희가 휩쓸릴 이유가 없다."

"아니, 그게 무슨!"

반발하는 위지강천의 입을 계장수는 손을 들어 막았다.

"죽음은 너희가 알던 모든 것과의 결별이다. 그 참혹함을 너희가 겪어서는 안 된다. 너희는 너희의 남겨진 생을 누려라. 그것이면 나는 족하다."

씰룩대는 위지강천도 눈을 부릅뜬 혁련휘도 더 이상 다른 말은 하지 못했다. 말속에 다 담겨 있기 때문이다. 만류하는 이유가 담겨 있고, 걱정하는 마음이 담겨 있다. 그 마음을 알기에 선뜻 다른 말을 하지 못하는 거다.

혁련휘는 격했던 심사를 가라앉히며 계장수를 직시했다. 차분한 말소리가 흘러나왔다.

"형님의 뜻을 잘 알겠소."

옆에서 위지강천이 소리쳤다.

"아니, 형님!"

혁련휘는 계장수만 보며 다시 말했다.

"이미 다른 사람이라 하나, 내 보기엔 그가 그요! 젊은 몸뚱이에 다른 얼굴을 하고 있지만 속에 사람이 내가 형님으로 모신 그가 맞는 이상, 이어진 연을 절대 놓지 않겠소! 설혹 그런 일로 내가 죽는다 해도 말이오!"

소리치던 위지강천은 입을 다물었고 계장수는 눈동자를 격하게 떨었다. 그 눈을 보며 혁련휘는 또 말했다.

　"나에겐 형님과 다시 만난 지금이 가장 중요하오. 이제 형님의 마음과 뜻도 알았고 행하고자 하는 계획도 알았소. 그러나 형님이 우리에게 그러한 마음을 품듯, 우리 역시도 그러하다는 것을 알아야 하오. 지금 형님에게 해야 할 일이 있다면 그것은 우리의 일이오."

　다물렀던 위지강천의 입은 끄덕여지는 고개와 함께 다시 열렸다.

　"그렇습니다! 지금은 철무련 안에서 복락을 누리는 두 연놈을 잡아 죽여야 할 때입니다! 그들을 죽이기 위해서 지난 십삼 년간을 기다렸습니다! 이젠 그것들에게 빚을 받읍시다! 대형에게 주었던 목숨 빚 말입니다!"

　위지강천은 눈은 훨훨 불타올랐다. 혁련휘는 눈도 이글이글 끓어올랐다. 계장수는 마음이 요동을 쳤다. 벅찬 그 느낌을 어찌할 수가 없었다.

　"그래… 나중 일은 나중. 지금은 할 일이 있지."

　계장수는 두 형제의 눈을 보았다. 그리고 웃으며 말했다.

　"다들 늙은 게로구나. 술을 앞에 두고서 딴소리들만 지껄이니."

　마주 보던 혁련휘와 위지강천의 눈에 화색이 돌았다.

　"그럼… 본격적으로 시작해 볼까요?"

　혁련휘의 말에 위지강천은 후원 어딘가로 소리 질렀다.

　"게 누구 없느냐? 여기 술동이 하고 사발 내오너라!"

　이미 어스름이 깔리는 그 정자에서, 불을 밝힌 세 사람의 그림자는 밤새 흔들렸다. 멀리서 밤 뻐꾸기는 술 취한 사람처럼 연신 뻐꾹대었다.

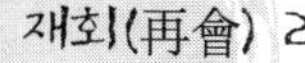

❶

철무전의 상석에 놓인 빈 태사의를 일별한 제형각은 곧 시선을 돌렸다. 저 자리는 지난 십삼 년간 저렇게 비어 있었다. 자리 아래의 우측에 길게 놓여진 회의탁(會議卓), 그 자리의 맨 처음 상석이 사마용추의 자리였다.

'용의주도한 놈… 십삼 년간이나 어찌 참았누? 하지만 이제 곧 저 자리에 앉을 거라는 꿈을 꾸고 있겠지, 혼인과 함께. 하지만 그건 말 그대로 꿈이 될 것이다.'

세 장의 보고서에 눈을 박은 사마용추는 무표정했다. 한 장은 장경 당주 손동종과 철혈대 부대주 진성의 죽음, 또 한 장은 세 곳의 분타가 궤멸한 상황, 그리고 나머지 한 장은 흑마왕의 존재와 그에 대한 대응이었다.

세 장의 보고서를 돌려가며 읽고 또 읽고를 반복하던 사마용추가 처음으로 입을 열었다.

"결국은 귀도문의 근본을 없애지 못한 것이 오늘날의 일을 초래한 것이로군요?"

잘 선 콧날에 깊숙한 두 눈, 짙은 검미에 보기 좋은 이마, 유려한 턱선을 이어 내려온 중년의 검은 수염. 저 잘생긴 얼굴로 정소연을 유혹한 것인가 하고 제형각은 문득 생각했다. 그러나 물처럼 흔들림없는 사마용추의 눈은 서늘한 느낌으로 정신을 깨웠다.

"그, 그렇다고 볼 수 있겠지요. 그 당시에 생존자 없이 일이 처리되었다면, 오늘날의 흑마왕이란 존재는 없었을 테지요."

시선을 탁자로 내린 제형각은 작은 소리로 덧붙였다.

"애초에… 귀도문주의 죽음과 귀도문의 멸문이 없었다면 벌어지지 않았을 일이기도 하지요."

사마용추의 눈에서 하얀 빛이 새어 나오다 사라졌다.

"지나간 일은 이제와 말해 무엇 하리오. 하나 그자가 진성을 손댄 것은 이해가 되나, 손종동을 죽인 이유는 모르겠구려. 그대는 어찌 생각하오?"

다시 시선을 맞춘 제형각은 고개를 끄덕이며 입을 열었다.

"확실한 것은 죽인 자의 마음속에 있겠지만, 아마도 일종의 경고나 선전포고와 같은 것이 아니었나 생각되오이다."

"경고? 선전포고?"

"그렇습니다. 련 내의 핵심 인물 중 하나인 장경당주를 그의 집에서 죽임으로써 자신의 힘과 의도를 과시하고 향후의 결심을 내보이는 일종의 경고지요."

사마용추의 수려한 눈매가 가늘어졌다. 하지만 그는 쉽게 수긍하지 않았다.

"단지 그것뿐이었을까요?"

"다른 의도랄 것이야 뭐가……."

"그저 장경당주가 재수없어서 죽었다 이 말이 됩니까?"

"그, 그거야 보기에 따라선……."

"석연치 않군요."

보고서를 다시 되짚어보는 사마용추의 눈은 여전히 가늘었다. 그러나 곧 정상 치로 다시 돌아오며 질문을 던졌다.

"그자는 도대체 어떻게 해서 중원 육왕 중 세 사람의 절기를 이어받게 된 거지요?"

제형각은 대답을 못하고 눈만 멀뚱거렸다. 사마용추는 또 물었다.

"그자가 괴물 같은 자라는 것도 좋고 우리 철무련에 칼을 들이밀러 오는 것도 다 좋다고 칩시다. 하지만 그자의 가문에선 삼백 년 동안 절전됐던 도왕의 유진이 어떻게 그자에게 발현된 것이오? 거기에 독왕과 암왕은?"

침을 삼키는 제형각에게 사마용추는 다시 말했다.

"그자는 어느 날 갑자기 하늘에서 뚝 떨어진 존재와 같소. 행적이 알려진 것이 없단 말이오. 물론 가문과 아비의 복수를 위해 홀로 세상 밖에서 능력을 만들어온 것이라 할 수도 있겠지만, 이건 실로 터무니없소."

주춤대던 제형각은 말을 꺼냈다.

"그렇긴 합니다. 흑마왕 그자의 행적을 추적해 보았습니다만, 멸문한 귀도문의 터에서 보고된 명도방 무사들의 죽음 이후로는 알려진 것이 없습니다."

"오래전 일이로구려."

"그렇습니다. 그런데 한 가지……."

"한 가지 뭐요?"

"그자의 급작스런 출현은 장안의 천주상가에서였습니다."

"천주상가?"

"방대한 상권과 자금력을 가진 대상가지요. 그곳에서 그는 화산 장문인 풍열자를 치유 불능의 상태로 만들고, 천주상가의 딸을 불구로 만들었답니다."

사마용추의 눈이 다시 가늘어졌다. 바로 질문이 튀어나왔다.

"그건 나도 들은 바 있는 이야기요. 보고서에도 언급이 되어 있고. 그러나 중요한 건, 그자가 왜 거기서 그런 짓을 했냐는 거지요. 그렇지 않습니까?"

서늘한 기운을 뿜는 사마용추의 눈을 보며 제형각은 속으로 생각했다.

'그거야 뻔한 거 아니겠냐? 우리한테 달려오는 것처럼 복수지. 그건 너도 알지 않느냐?'

가볍게 헛기침을 하며 제형각은 대답을 꺼냈다.

"험, 험, 사마 대주께서 짐작하시는 것처럼 그들과 얽힌 복수라고 사료되오이다. 하나 그 복수의 근원이 어찌 얽혀 있는지는 파악되지 않았습니다. 그저 짐작으로는, 흑마왕 그자가 처음 종적을 보였던 시기부터 다시 나타나기까지 공백, 그 시간들과 연관이 있지 않을까 생각됩니다."

"그 부분에 관한 것은 아무 정보도 없단 일이오?"

"당사자들이 모두 사라진 터라… 천주상가는 멸문하다시피 종적을 감췄고, 화산은 봉문을 한 상태입니다. 그 안에 있는 자들에게 들을 수는 없는 일이지요."

제형각의 눈을 보던 사마용추는 가만히 손가락으로 회의탁을 두드렸다.

"이해할 수 없는 일이야. 그렇지 않소? 자신의 사제를 폐인으로 만든 자와 같이 다니는 화산의 전임 장문이라… 과연 그의 생각은 무엇일까?"

제형각은 대답하지 않았고, 넓은 철무전엔 정적이 고요하게 흘렀다. 그 침묵의 무게를 제형각이 곤혹스러워 할 무렵 사마용추의 눈이 반짝 빛났다.

"어찌 됐든, 그자의 확실한 목표는 이제 우리로군요. 일급 전투령을 내렸다구요?"

잠시 꺼려하는 기색을 보이던 제형각은 바로 대답했다.

"그렇습니다. 워낙 사안이 급하다 보니 집법당주의 직권으로 처리하였습니다. 대주와 주모께는 이렇게 사후에 보고드림이 송구하오나, 일의 형세가 그러합니다."

고개 숙이는 제형각의 머리에 사마용추는 미소 띤 얼굴로 대답했다.

"신속하고 바른 판단이오. 누가 했어도 해야 할 일. 련의 지도부로서 당연한 결정이지요."

제형각은 다시 고개를 숙였다.

"감사하오이다, 대주."

"별스런 소릴 하시는구려. 그건 그렇고, 동백산의 군세가 도착하기 시작했다구요?"

"그렇습니다. 새벽에 회의를 마치며 전서를 띄운 것인데, 역시 그들의 기동력은 발군입니다. 또한 천하 각지의 철혈 분대 병력 역시 본 련을 향하고 있습니다. 모든 병력이 모이는 것은 시일이 걸릴 것이나, 이미 결집한 병력만으로도 충분하리라 보옵니다. 그자가 신이 아닌 이상

본 련의 침탈은 불가능한 일이지요.”

사마용추의 미소가 조금 더 짙어졌다.

“그래요? 그런데도 전 병력을 다 동원했단 말입니까? 천하의 이권을 모두 버리고서요?”

제형각의 얼굴에 당황이 스쳤다.

“그, 그것이, 매사는 불여튼튼이라… 만전을 기하는 차원에서… 세 곳 분타의 일과 북마련, 무림맹의 일을 돌아보면 워낙 가늠할 수가 없는 자라서…….”

사마용추는 대수롭잖게 웃으며 말했다.

“잘하신 결정입니다. 나라도 그리했겠지요. 과연 그자의 능력이 어디까지인가 궁금하기 짝이 없구려. 이틀여 만에 사방 수백 리에 펼쳐진 세 곳 분타를 동시다발적으로 궤멸시키다니, 인간으론 결코 여겨지지 않는 자요.”

희미한 미소로 사마용추의 시선은 다시 보고서로 내려갔다. 제형각이 마른침을 삼킬 때 사마용추는 중얼대듯 말했다.

“무림사 전무후무한 일이 되겠구려. 단 한 사람을 상대하기 위해서 철무련과 같은 문파가 총력전을 준비하다니… 과연 그자는 어찌 나오려나?”

어쩐지 뭔가가 등골을 기어가는 것 같은 느낌을 받는 제형각에게 사마용추는 작게 명령했다.

“그만 물러가 만전을 기하도록 하시오. 어쩌면 이번 일은 당신이나 나, 모두의 목숨을 거는 일이 될지도 모르겠구려. 일이 이리된 이상, 확실한 결말이 있어야겠지요.”

등골을 기어가던 것이 확 하고 소름으로 바뀌는 것을 느끼며 제형각은 주춤주춤 일어섰다.

"그럼 물러가겠소이다. 주모께서 심려치 않기를 바랍니다."

허리를 숙여 보이고 뒤돌아서는 제형각의 등에 사마용추의 파란 눈길이 화살처럼 꽂혔다.

❷

난초 잎을 정성스럽게 닦아 내리는 손은 희고 고왔다. 빛이 들이치는 창엔 하얀 휘장이 살랑댔다. 늦은 오후의 햇발은 작은 원탁에 따사하게 비쳤다. 그곳에 손의 주인이 그림처럼 앉았다.

정성들여 자식을 닦듯, 난초 잎을 닦아내는 정소연은 평온한 표정이었다. 그린 듯한 눈썹과 눈매는 세월을 비껴간 듯 소녀처럼 보였고, 단정히 다물린 입술은 홍매화처럼 붉었다.

천천히 난초의 잎을 면포로 쓸어 내리는 정소연의 손매는 정성스럽고 순했다. 침상을 뒤로 둔 실내엔 고적함이 맴돌았고 그 안에 있는 정소연의 존재는 물아일체의 지경처럼 보였다. 그런데 갑자기 고적함이 깨졌다.

덜컹.

창문이 요동치며 휘장이 휘날렸다. 갑작스레 들이친 바람은 실내를 휩쓸며 정소연의 귀밑머리를 휘날렸다. 그 서슬에 놀란 정소연의 손이 난초 잎에 베어졌다.

"아얏."

왼손 검지에 흐르는 피를 보며 정소연은 아미를 찡그렸다. 곧바로 면포로 눌러 지혈을 하긴 하였지만, 첨예하게 파고드는 살갗의 고통은 붉은 피처럼 진득했다.

"무슨 일이람?"

짜증이 밴 미간으로 일어선 정소연은 창문으로 다가섰다. 창문은 어느새 처음처럼 고요했다. 바람도 살랑이는 미풍으로 여전했다. 창밖을 보니 철무련의 너른 전경과 꾸물대는 철무련 무사들의 모습이 장대하게 보였다.

시야를 들어 보니 무한의 새카만 지붕들과 그 너머의 하늘도 보였다. 그런데 푸른 하늘 저편으로 검은 먹구름들이 보였다. 아마도 비를 머금은 구름인 것 같았다. 구름들은 천천히 느리게 다가왔다. 저녁이나 새벽쯤이면 비가 뿌려질 모양이었다.

"여름이 시작되는군."

밀려오는 구름들에서 시선을 뗀 후 정소연은 뒤돌아섰다. 그런데 방 안에 다른 사람이 있었다.

"손이 왜 그러오?"

사마용추였다. 언제 들어온 것인지, 기척없이 나타난 그는 걱정스런 눈매로 다가왔다.

"베었구려. 조심하잖구서."

가볍게 혀를 찬 후 사마용추는 벽 쪽의 문갑을 뒤졌다. 곧바로 작은 금창약병을 꺼내어 들고 돌아와 정소연의 손에 그걸 발랐다. 탁자 위의 깨끗한 면포를 찢어 손을 싸매주는 그의 모습은 정성스럽기 그지없었다.

"상공……."

가만히 바라보던 정소연이 부르자 사마용추는 무심히 대꾸했다.

"다 됐소. 가만있구려."

매듭을 묶는 사마용추의 모습을 정소연은 물끄러미 바라보았다. 그리고 옛 생각을 했다.

'잘난 사내… 처음 본 순간부터 눈과 가슴을 빼앗아간 사내……. 당신을 얻으려고 나는 지아비를 죽였지. 하지만 후회하지 않아, 당신을 얻었으니까.'

그윽하고 애틋한 정소연의 눈길을 그제야 느꼈음인지 사마용추가 시선을 맞췄다.

"뭘 그리 보오? 아프지 않소?"

정소연은 수줍은 소녀처럼 고개를 살래살래 저었다. 그 모습을 보던 사마용추는 살며시 손을 뻗어 정소연의 볼을 잡았다. 그리고 그윽하게 속삭였다.

"아름답소… 그대는 언제나 아름다워……."

"상공……."

둘의 얼굴이 가까워졌다. 닿을 만큼 가까워진 둘의 시선은 열기에 물들었고, 살며시 벌려진 입술은 서로의 입술에 포개지며 곧 빨아댔다. 거친 콧김이 사마용추에게서 나왔다. 손은 허리를 감다 정소연의 둔부를 거칠게 쥐었다.

"으음… 상공."

입술을 비끼며 달뜬 소리를 내는 정소연의 목덜미를 사마용추는 핥았다. 그 상태로 정소연을 침상으로 밀고 가는 그의 눈은 이미 붉었다.

"아, 상공. 아직 날이……."

"상관없소."

저항 아닌 저항을 하는 정소연의 옷깃을 사마용추는 잡아당겼다. 하얗게 드러난 어깨에 다시 사마용추의 입술이 혀를 갖다 밀었다. 뒷무

릎이 침상에 닿은 정소연은 지금이 쓰러질 때라고 생각했다. 하지만
그녀는 그러지 못했다.

"누구냐?"

번개처럼 뒤로 도는 사마용추의 너머로 엉거주춤 문을 들어선 시녀
가 보였다. 놀란 그녀의 얼굴이 보였다. 손에 들린 소반도 함께 보였다.

"뭐냐?"

거칠게 소리치는 사마용추의 뒤에서 정소연이 옷매무새를 바로 하
며 나섰다.

"노하지 마셔요. 제 약을 가지고 온 아이예요."

겁에 질린 시녀를 보던 사마용추는 정소연을 돌아보았다. 정소연은
시녀에게 가볍게 말했다.

"탁자에 놓고 돌아가렴."

천우신조를 만나 것처럼 앳된 시녀는 탕기를 탁자 위에 올려놓았다.
급하게 허리를 숙여 보이고 사라지는 그녀의 뒤에서 탕기가 모락모락
김을 피워 올렸다.

"무슨 약을 드시는 게요? 어디가 아픈 거요?"

노여움을 지우고 사마용추는 어느새 걱정스런 얼굴이었다. 배시시
웃어 보인 정소연은 탁자로 다가가 탕기를 들며 대답했다.

"아프긴요. 이게 다 상공과 저를 위해서 먹는 약이랍니다."

"우리 둘을 위해서 먹는 약이라고?"

"그렇지요. 소첩의 나이 어느덧 불혹을 바라봅니다. 여자에겐 치명
적인 것이 노화이지요. 이 약은 젊음을 유지시켜 주는 효능이 있답니
다. 아주 좋은 약이지요."

"쓸데없는 짓을 하는구려. 그대는 그 따위 약이 없어도 충분히 젊고

아름답소.”

사마용추를 바라보는 정소연의 웃음이 한층 더 교태로워졌다.

“그렇다 하나, 소첩의 얼굴에 주름이 생기고 뵈기 싫어지면 자연 상공의 눈과 관심은 젊은 계집에게 쏠릴 터, 소첩은 그런 일을 막고 싶을 뿐입니다.”

약간은 토라지는 듯한 표정으로 시선을 돌린 정소연에게 사마용추는 가만히 다가섰다. 그리고 탕기를 잡은 정소연의 두 손을 감싸 쥐며 말했다.

“뽕나무밭이 바다로 변하고 백골이 흩어져 한 줌 흙이 될지라도… 그런 일은 없을 거요.”

정소연의 얼굴에 기쁜 미소가 환하게 피어올랐다.

“고마워요. 상공의 한결같은 마음은 언제나 소첩을 기쁘게 한답니다. 하지만 고운 얼굴로 님을 대하고픈 것은 여인네의 인지상정. 탓하지 마셔요.”

요염한 웃음으로 눈을 찡긋해 보인 정소연은 탕기를 들었다.

“약을… 먹어야겠어요.”

살며시 손을 떼고 사마용추는 지켜보았다. 그 시선 속에서 정소연은 검은 탕약을 아낌없이 들이켰다. 하지만 사마용추는 그런 정소연의 모습이 달갑지 않았다. 지나치게 약에 의존하는 모습도 그러했고, 탕약을 보면 지난날의 일이 자꾸만 떠오르기 때문이었다. 지우고 싶은 기억이었다.

인상 한 번 안 찡그리고 약을 다 넘긴 정소연은 예쁜 웃음으로 물었다.

“그런데 상공이 이 시간에 웬일이지요? 지금은 소첩이 약을 먹는 시간인데, 이 시간에 처소에 들르신 적은 없었잖아요?”

께름칙한 마음을 감추며 사마용추는 다시 웃는 낯으로 말했다.

"아, 상의할 일이 있어서 들렀소."

"상의할 일이오? 련 내의 일입니까?"

"그렇기도 하고, 우리 가족에 관한 일이기도 하오."

"그게 무슨 말씀이지요?"

가볍게 굳어지는 정소연의 표정을 살피며 사마용추는 용건을 꺼냈다.

"이미 알 것이오, 흑마왕이란 자의 존재를."

정소연의 미간은 딱딱하게 경직했다.

"그자가 쳐들어온단 얘기가… 사실인가요?"

"그렇소."

"하지만 그렇다고 해서 철무련이 겁을 먹는다는 건 말이 되지 않습니다. 그자는 혼자 아닙니까?"

"그렇긴 하오만… 흑마왕이란 그자는 인간의 상식으로 가늠이 되질 않는 자요."

"무슨 그런 말씀을……? 그 말씀은 진정으로 그자가 두려워 철무련이 대비를 해야 한다는 그런 말씀입니까? 소첩의 겁을 먹었다는 언급은 그저 예를……."

"다 아오. 하지만 그자는 두려운 존재요."

경직했던 정소연의 미간은 이제 내 천 자의 골이 그려졌다. 그 표정으로 되물었다.

"그 말씀은… 진정이군요?"

뜨거워진 정소연의 시선을 외면한 사마용추는 진정 난감해했다. 이럴 때 저 여자의 눈길은 정말 감당하기 힘들다고 생각했다. 무공이래야 해남파의 검술 몇 초식이 전부인 여자가 불길을 쏟아내는 것이다.

어쩌면 저것이 저 여자의 진면목인지도 모른다. 자신은 그저 애정의
실에 걸린 꼭두각시인지도.

"그래서 련 내의 움직임이 그러한 건가요? 무사들도 갑자기 많아지
고 말이에요?"

거듭된 정소연의 질문에 사마용추는 고개를 끄덕였다.

"그렇소. 동백산의 군세를 합류시켰소."

"그자가 그렇게나 두렵다면 황석 분타와 악양 분타, 선창 분타까지
도 불러들이지 그랬나요?"

다분히 힐난조인 정소연에게 사마용추는 낮은 음성으로 이야기했다.

"지난 사흘이 지나는 동안… 장경각주 손종동과 진성이 죽고, 그대
가 언급한 세 곳의 분타가 궤멸했소."

정소연의 눈이 더할 수 없을 만큼 커졌다. 그러나 그녀는 소리쳐 되
묻거나 하지는 않았다. 그러다가 작게 입을 벌렸다.

"왜 나에게 아무도 얘기하지 않았지요?"

대답을 주저하는 사마용추에게 정소연은 차분한 어조로 또 물었다.

"그 일을… 흑마왕이란 그자 혼자서 했다는 건가요?"

사마용추는 대답 대신 고개를 끄덕였다. 정소연은 의자에 살며시 앉
으며 다시 질문했다.

"철무련이… 아니, 철무련이 아닌 다른 곳이라 해도 이게 있을 수
있는 일인가요?"

변명이라고 생각하면서도 사마용추는 대답했다.

"그자는 도왕과 독왕, 암왕의 절기를 모두 이은 자요. 본 련에 원한
을 갖고 있소. 기억할 것이오. 귀도문주 계은범의 일을. 하나 아무리
상식을 뛰어넘은 자라 해도 본 련의 결집된 군세 앞에는 죽음만이 있

을 뿐이오.”

“결과를 확신하나요?”

“본 련의 팔천 군세와 동백산의 사천 군세, 거기다가 각지의 군사들이 속속 모여들고 있으니, 중원 땅 전체와도 자웅을 결할 만한 세이오. 그걸 그자가 감당하리라곤 생각지 않소. 어쩌면 그자는 등을 돌릴지도 모르오.”

“그자가 복수를 포기한단 말인가요?”

“나라면 그리하겠소. 가능성이 전무한 일이니 말이오.”

정소연의 눈이 싸늘하게 빛났다. 입에서는 차가운 소리가 나왔다.

“이미 모든 것이 결정되었고 진행되는 일이로군요. 그런데 무얼 상의하러 오셨다는 말인가요?”

살풋 미간을 찡그린 사마용추는 차가워진 정소연의 눈을 직시하며 말했다.

“너무 노여워 말구려. 나는 그대에게 심려를 주고 싶지 않았을 뿐이오. 그래 봐야 그대의 주름만 늘 테니 말이오.”

사마용추의 진정 어린 말을 들은 정소연은 가볍게 한숨을 내쉬었다.

“후우… 미안해요. 상공의 마음을 알면서도 답답한 마음에…….”

정소연에게 다가선 사마용추는 그녀의 어깨를 쓰다듬으며 다시 말했다.

“우리 사이에 아무려면 어떠하오. 하지만 이번 일은 결코 예사로이 볼 일이 아니오. 만에 하나 놈이 암습이라도 하게 된다면 큰 혼란이 있을 것이오.”

고개를 올린 정소연은 바로 물었다.

“하면 어찌하오리까?”

"그럴 가능이야 희박하겠지만, 련 내의 혼란을 틈탄 암류들이 우리 가족을 해치고자 할지도 모르오. 해서 현수를 포함해서 당신을 방비하고자 하오. 만에 하나 있을지도 모를 위험에 대비하자는 말이오. 또한 차제에 그것들을 일소함이 나의 생각이오."

"그 말씀은… 련 내에 아직도 남은 잡초들을 솎아내자는 뜻이로군요?"

"그렇소. 이 기회에 그들을 처단하고 흑마왕을 물리친 후, 련의 면모를 일신하겠소. 예정된 우리의 정식 혼례를 통해 명분을 갖는 거요. 이미 실권이야 쥐었다지만, 그 허울 때문에 십삼 년이 지난 지금까지도 우릴 백안시하는 자들이 있었소. 겉으론 복종하는 체하며 숨어선 손가락질하는 그자들을 이번 기회를 통해 일소하는 거요. 그것이 나의 의도요."

정소연은 눈을 반짝이며 고개를 깊게 끄덕였다.

"이미 대강의 인물들이 추려졌겠군요?"

사마용추의 눈도 마주 빛을 냈다.

"그렇소. 자신의 분수를 모르고 날뛰며 야합하는 자들을 이미 울타리를 치고 몰이하는 중이오."

자신이 충만한 사마용추의 얼굴을 보며 정소연은 신뢰 깊은 미소를 입에 물었다. 그의 말대로라면 이제 아무 걱정 할 것이 없었다. 그저 남은 인생을 새롭게 일신한 철무련의 영광 위에서 살면 될 터였다. 저 잘난 사내와 함께.

신망의 빛을 내던 정소연의 눈은 한순간 요염하게 빛났다. 유난히 붉어진 입술도 들척한 내음을 풍기며 열렸다.

"안아주서요, 상공."

모든 계획의 용인과 철저한 신임, 애정이 뒤섞인 그 한마디는 사마용추의 눈을 다시 달구었다. 입가에는 미소가 다시 걸렸고 눈만큼이나 달궈진 몸은 중단했던 일을 다시 시작했다.

둘은 뜨겁게 서로를 껴안았다. 그리고 서로의 허물을 벗겨냈다. 해가 질 때까지 두 사람의 처소엔 아무도 접근하지 않았다.

❸

백미미(白美美)는 걸음을 재게 놀렸다. 아직도 가슴은 콩닥대고 얼굴은 화끈거렸다. 하필이면 그때 들어가다니, 정말 운 나쁜 상황이었다. 아니, 어쩌면 운 좋은 상황인지도 모른다. 주모와 사마 대주가 그러고 있는 걸 본 사람은 자신밖에 없을 것이다. 다시 생각하니 괜히 가슴만 두근거렸다.

사마 대주는 왜 미리 기척이라도 하지 않은 걸까? 자신이야 매일 그 시간에 주모에게 약을 올리러 가지만, 련 내 제일의 무공을 지녔다는 사마 대주가 왜 자신이 문을 넘는 순간에야 호통을 친 걸까? 그 짓에 너무 몰두했던 탓일까?

'그렇겠지. 주모의 가슴께에 얼굴을 파묻다시피 했으니 다른 소리가 들리겠어? 흐흥.'

묘하게 붉어진 얼굴을 하며 백미미는 웃었다. 걸음은 철무전을 돌아 시비들의 처소인 자운당(紫雲堂)으로 향하고 있지만 걸음이 자꾸 엇나갔다. 사타구니를 타고 오르는 열기는 아랫배를 돌아 전신으로 자꾸만 퍼져 나갔다.

'아이 참. 왜 자꾸 그 생각이 나는 거야?'

생각을 떨치려 했지만, 주모와 사마 대주가 얽혀 있는 모습은 계속해서 눈앞에 어른거렸다. 그건 백미미 자신도 이미 그 맛을 알기 때문이다. 그래서 그 달콤하고 황홀한 맛을 알게 해준 사내가 뒤이어 떠올랐다.

'아, 태 가가…….'

태전동(泰傳桐). 사내의 이름은 태전동이었다. 몇 달 전 련 내에 거주하는 철혈대 지휘관 자제들의 글공부를 담당하기 위해 채용한 학습관의 문사 중 하나다. 하지만 그 사내를 처음 보는 순간부터 불길 같은 감정에 휩싸였다.

열아홉 해를 살아오면서 그런 느낌은 처음이었다. 그래서 그의 손길이 닿을 때마다 까무러칠 것만 같았다. 사내는 거문고를 연주하는 악사 같았다. 그 사내를 만나면 자신은 거문고가 되었다. 그리고 황홀하게 울어댔다.

'아아, 못 참겠어.'

백미미는 저릿저릿한 사타구니의 느낌을 발끝에 실으며 자운당으로 들어섰다. 옆을 스치는 다른 시비들과 찬모들 중 누군가가 부르는 것 같았지만 내쳐 걸음만 걸었다. 그대로 섰다간 오줌을 지릴 것만 같았다.

붉어진 얼굴에 가쁜 숨을 쉬며 처소에 다다른 백미미는 문고리를 잡았다. 그 순간 재빠르게 지나온 복도를 돌아보았다. 누군가 자신의 얼굴과 마음속을 훔쳐본 것만 같아서였다. 하지만 자신을 주시한 사람은 아무도 없었다.

안도의 한숨을 쉬며 백미미는 문을 열었다. 어서 빨리 들어가서 젖은 속내의를 갈아입어야 했다. 그전에 목욕통에 물을 받아 몸을 씻고서… 태전동을 찾아갈 것이다. 그리고 뜨겁게, 그들처럼 안아달라고 몸을 비빌 것이다.

"이제 오나?"

열린 문 안쪽에서 들린 소리에 백미미는 화들짝 놀랐다. 하지만 목소리의 주인을 확인하고서 기쁜 웃음을 입에 물었다.

"태 가가!"

"뭐 해? 어서 들어와. 여긴 네 방이잖아?"

문 뒤를 돌아 복도를 한 번 확인한 백미미는 얼른 문을 닫고 들어섰다.

"어쩐 일이에요? 시비들의 방에 드나들어선 안 되잖아요? 제가 탕약을 가지고 가는 건 상관없지만, 누가 보면 어쩌려고 이렇게 왔어요?"

이십대 중반으로 보이는 준수한 용모의 사내는 인상이 창백해 보였다. 검은 장삼은 왠지 창백한 얼굴과 잘 어울려 보였고, 눈에서는 언뜻 언뜻 붉은빛이 감돌았다.

"아픈 척하고 백 매를 불러들이는 것도 지겨워서 말이야. 이렇게 몰래 오는 것도 색다른 맛이 있는걸? 전보다 훨씬 흥분도 되고 말이야."

다가오는 사내를 보며 백미미는 밉지 않게 눈을 흘겼다.

"대관절 이곳엔 무슨 재주로 들어온 거예요? 쥐구멍이라도 팠나요?"

사내는 대답 대신 백미미의 허리를 끌어안았다. 그리고 이마를 맞대며 속삭였다.

"다른 소린 말고… 나 보고 싶지 않았어?"

밀착된 아랫배를 뒤틀며 백미미는 달뜬 소리를 냈다.

"아… 태 가가… 보, 보고 싶었어요!"

백미미는 견디긴 힘든 듯 사내의 목에 팔을 감고 입술을 부딪쳤다. 격렬한 그 행위를 마주 받으며 사내는 팔을 움직였다. 한 손은 백미미의 둔부를, 또 한 손은 가슴을 거칠게 쥐어 잡았다.

"으읍!"

사내의 입술로 막힌 소리를 백미미는 냈다. 감긴 눈은 눈꺼풀이 사정없이 떨렸고 사내의 목을 잡은 두 팔은 문어발처럼 얽혔다. 하지만 그런 여인을 보는 사내의 눈은 왠지 차가웠다. 그건 꼭 여인을 지켜보는 눈이었다.

점점 더 숨이 거칠어지는 여인을 차갑게 보며, 입술을 빨던 사내는 백미미의 둔부를 더듬던 손으로 치마를 걷어 올렸다. 조금씩 말려 올라간 치맛자락이 허리께에 이르렀을 무렵 사내의 손을 백미미가 잡으며 입술을 뗴었다.

"안 돼요… 아직… 씻어야 해요……."

차갑던 사내의 눈은 백미미를 보며 희게 웃었다. 그 웃음이 왠지 낯설다고 백미미는 느꼈지만, 사내의 눈에서 어른대다 퍼져 나오는 붉은 기운은 그녀의 눈동자를 흐리게 만들었다.

"괜찮아… 모든 게 다 괜찮아……."

꿈결처럼 울려 퍼지는 사내의 목소리를 들으며 백미미는 한발을 물러섰다. 열에 들떴던 눈동자는 이미 흐린 동공으로 초점이 없었고, 사내를 얽어매던 두 손은 흐느적대었다. 그런 그녀에게 사내의 목소리가 또 들렸다.

"그동안 수고했다. 오늘이 꼭 백일째다. 그년은 자신이 먹은 약이 뭔지를 몰라."

사내의 눈에서는 붉은 기운이 넘실넘실 흘러나왔다. 그것은 꼭 붉은 화염 같았다. 그럴 때마다 백미미는 몸을 부르르 떨었다. 사내는 또 말했다.

"제 남편을 죽인 약이 제 입에 들어갔는 줄은 꿈에도 짐작 못하겠지.

하지만 지난 백일간 네가 그년에게 먹인 건 원음산명탕이다. 그 약에
내가 약간의 조절을 가했지. 일식도 필요없고 딱 맞춰진 기한의 조건도
필요없다. 그년은 자신의 최후를 몰라. 안다면 스스로 목숨을 끊겠지.”

사내의 눈에서 붉은 화염이 화악 뿜어져 나왔다. 그리고 사내는 웃
으며 말했다.

“크흐흐흐흐! 지난 시간 동안 많이도 바빴구나. 잊혀졌던 자들을 캐내
고, 북마련 떨거지들을 충동질하고, 지난 백일간 간간이 네년과 놀아주
느라 힘에 겨웠다. 하지만 이젠 모든 일이 마무리로 들어갔다. 그중에 네
년의 공이 크니 오늘은 실컷 놀게 해주마. 너 혼자 죽을 때까지 말이다.”

말을 그친 사내의 눈에서 화염이 뿜어져 나왔다. 이전보다 훨씬 더
짙고 강렬한 기세였다. 그것이 백미미의 몸을 감싸고 돌았다. 그러다
가 코와 입, 귀와 눈으로 빨려 들어갔다.

붉은 연무 같은 그것이 다 사라진 후, 백미미는 제 옷을 찢기 시작했
다. 갈기갈기 찢어 젖은 속옷까지 조각 내 뿌려낸 후, 그녀는 바닥을
뒹굴며 홀로 소리를 질러댔다. 그 소리는 남녀가 교합할 때 내는 그 소
리가 틀림없었다. 하지만 백미미는 상대 없이 혼자서 몸부림을 쳤다.

붉은 화염, 연무 같은 그것은 방 안에 가득했다. 그것은 어떠한 소리
도 밖으로 나가지 않게 했으며, 견고한 자물쇠처럼 방문도 열리지 않게
했다. 그 화염을 만들어낸 창백한 사내는 종적을 감췄고, 사내가 사라
진 후에도 백미미는 계속 몸부림쳤다. 그리고 결국은 화염이 다 사라
진 그 다음날, 칠공으로 피를 뿜으며 몸이 식어갔다. 두 팔은 누군가를
부둥켜안은 모양이었다.

재회(再會) 3

①

삼경(三更)에 부는 바람은 소슬하기 그지없었다. 곧 있으면 사경(四更:상오 1시부터 3시까지)인 정야(丁夜)가 시작될 것이다. 불꺼진 무한 시가지는 깜깜한 구렁 같았다. 그 한가운데를 벽력월인궁의 무사들이 걸었다.

삼천 군사들의 선두에 선 계장수는 쓰고 있던 죽립을 뒤로 넘겼다. 모용화연의 손길로 이루어진 죽립은 어느새 파릇함이 바래고 있었다. 새삼스럽게 그녀의 생각이 났다. 오늘 밤의 일이 끝나면 그녀에게 돌아가는 길이 더 가까워질 것이다.

처음 떠나올 때부터 오늘의 일을 계획했던 것은 아니다. 아니, 풍오자에겐 오히려 혼자 경거망동함이 없겠노라고도 말했었다. 하지만 생각을 바꿨다. 이것은 어디까지나 계장수 자신의 일. 발을 내디딘 김에 내쳐 밟기로 작정한 것이다.

‘내 손으로 얽은 실타래이니 내 손으로 풀 수밖에. 잘 있느냐, 정소연, 사마용추?’

저만치 대로의 끝, 어둠 속에서 횃불이 일렁대는 철무련이 보였다. 간간이 불을 밝힌 장사치들이나 주루의 취객들은 무사들의 행렬에 놀라 질겁했다. 곧바로 문을 걸어 잠그는 그들의 눈엔 올 것이 왔다는 표정이 역력했다.

각지에서 집결하는 철무련의 병력들은 모두 길이 막혔다. 이미 그들이 이동할 길목은 벽력대들이 가로막았다. 안 올 자들을 기다리는 철무련은 그들을 아직도 기다릴 것이다. 하지만 이제 저들은 오직 자신들뿐이다.

서문 쪽으로는 혁련휘가 삼천의 군사를 이끌고 접근 중이다. 동문은 위지강천이 역시 삼천의 군사로 맡았다. 북문은 공격이 시작됨과 동시에 천여 명의 별동대가 덮칠 것이다. 장강과 지류, 수로로 통하는 모든 길목에 은신한 그들은 도망쳐 나오는 잔당들을 소탕할 것이다. 그 일을 이수가 맡았다.

‘내 일생이 배인 곳. 헛살았다 해야 할 것인가, 아니면 다른 생을 살기 위한 바탕이 되었다 할 것인가. 그도 저도 아니라면 운명의 장난질인가.’

점점 뚜렷하게 가까워지는 철무련의 전각들을 보면서 계장수는 감회에 빠졌다. 하지만 감회는 곧 깨지고 말았다. 철무련의 전각 높이로 효시(嚆矢)들이 날았기 때문이었다.

삐이이이이이.

휘이이이이이.

날카롭고 강한 소리들이 밤하늘에 울려 퍼지면서 철무련은 꿈틀거리기 시작했다. 이미 도착한 동백산의 군사들은 담장 밖에 군진을 치고 있는 형국이었다. 그들이 밀려오는 벽력대의 모습을 발견한 것이다. 하지만 이미 늦은 행동이었다.

무한의 진입전에 잠입한 선발대는 모든 요로의 장애물들과 철무련의 눈과 귀가 되는 것들을 처결했다. 시가지의 공성전이 될 테니 기마를 버리고 경장갑으로 벽력대는 모두 무장했다. 꼬박 하루 동안의 행군 후 한 시진을 쉬었을 뿐이지만 모두 민첩하게 움직였다.

혁련휘와 위지강천, 계장수 자신도 밤새워 술을 마신 후 곧바로 병력을 소집했다. 그리고 군세를 이끌고 쉬지 않고 이곳 무한까지 달려온 것이다. 시간이 관건이었다. 얼마만큼 놈들의 의표를 파고드느냐가 승패의 요인이었다.

다행한 것이라면 계장수 자신의 움직임이 언제나 한발 앞섰다는 것이다. 그 결과로 무리한 행군에도 불구하고 철혈대의 집결을 막을 수 있었다. 그걸 놈들은 지금 이 순간, 자신과 형제들의 군세가 쳐들어가는 순간에야 알게 될 것이다.

삽시간에 두 배는 밝아지는 철무련의 진영을 보며 계장수는 무심하게 명령했다.

"화전(火箭)을 준비해라."

철무련의 정문과 그 앞에 진을 친 철혈대들과의 거리는 사십여 장. 계장수의 명령에 따라 벽력대들의 이 선에서 궁수들이 앞으로 나섰다. 화살을 재운 그들에게 횃불이 돌아가며 불을 붙였다. 그걸 궁수들은 하늘로 당겼다.

"발사!"

짧고 강한 계장수의 외침과 함께 화전들이 하늘로 솟구쳤다.

피피피피피피핑!

환한 불길의 꼬리를 만든 그것들이 포물선을 그리며 철무련의 곳곳
에 떨어졌다. 계장수는 바로 명령했다.

"진군(進軍)!"

제일 먼저 땅을 박차고 튀어나가는 계장수의 뒤로 벽력대의 함성이
들렸다. 밤하늘에는 화전의 신호에 맞춘 또 다른 화전들이 보였다. 동
과 서에서 위지강천과 혁련휘의 공격이 시작된 것이다. 현란한 유성의
비 같았다.

"출창!"

달려가는 철혈대 쪽에서 누군가가 외치는 소리가 들렸다. 그 소리가
뭔지도 깨달았다. 눈에 바로 보였다. 통나무 방책을 세운 군진의 사이
사이로 모습을 드러내는 철갑 마차. 저것은 이미 두 번이나 경험했던
것이다.

달리던 기세 그대로 계장수는 귀신도를 잡아 뽑았다. 풀어놓은 혁낭
을 빠져나오면서 귀신도는 소리를 지르는 것 같았다. 그 기운을 횡으
로 후려 그었다.

후아아아앙!

밤보다 더 짙은 도강의 해일이 밀려 나갔다. 허리 높이로 폭산해 나
간 그것이 다섯 대의 철갑 마차를 모두 갈랐다. 마차를 조종하던 사람
을 쪼갰고, 통나무 방책과 그 옆과 뒤로 선 무사들을 분해하며 철무련
의 담장에 가서 박혔다.

먼지가 피어오르며 담장은 주저앉았다. 그 앞에서 갈라진 자들의 몸
뚱이가 우수수 주저앉았다. 그들의 바로 앞에서 계장수는 발끝을 차며
도약했다. 눈앞에 다가오는 철무련의 거대한 편액과 솟을대문을 몸통
으로 받았다.

쿠아앙!

철무련의 거대한 연무장 안으로 잔해들이 날려들었다. 그 한가운데로 계장수의 그림자가 땅을 밟았다. 곧바로 물을 차는 제비처럼 튀어오른 신형은 철무전으로 날아갔다. 하지만 공격은 바로 이어졌다.

"막아라!"

누군가의 외침 속에서 철혈대원들은 일사불란하게 움직였다. 연무장을 새카맣게 덮은 수천의 군사들은 기치창검으로 인의 장막을 쌓았다. 수십, 수백의 열로 늘어선 그들은 비상하는 계장수에게 수백의 화살을 날렸다.

밤공기를 가르며 솟구쳐 오르는 화살의 첨두(尖頭)들이 선명하게 보였다. 소용돌이처럼 회전하며 접근하는 그것들은 바다를 가르는 난폭한 교어(鮫魚:상어)들 같았다. 너무 빨라 오히려 느리게 보이는 그것들은 새카맣게 몸을 덮쳤다.

발밑으로부터 검은 용암의 분출처럼 솟구치는 화살의 비를 보며 계장수는 귀신도를 뻗어냈다.

"산!"

기합처럼 격한 외침이 터지며 귀신도는 검은 분신들을 터뜨렸다. 밀려 올라오는 검은 화살의 비를 향해 더 검은 칼의 분신들은 수백 개의 몸통으로 나뉘며 일일이 부딪쳤다. 그 격렬한 폭발은 검은 잔해로 변해 사방에 밀려 나갔다.

푸우우앙!

쪼개지고 터진 화살의 잔해들이 폭발을 타고 사방에 퍼졌다. 그것에 휩쓸린 철혈대원들은 땅을 굴렀다. 뒤로 날리듯 구르다 멈춘 그들의 몸은 고슴도치였다. 그렇게 화살의 잔해에 박혀 쓰러진 자들이 기백여

였다.

쓰러진 자들의 뒤로 철혈대는 맹렬하게 후진했다. 사방으로 물러서
는 그들의 손에 들린 것이 무엇인지 계장수는 보았다. 쇠뇌였다. 화살
의 기세와 힘이 예사롭지 않다 했더니 놈들은 쇠뇌를 준비했던 것이다.
물론 저까짓 게 자신에겐 별 소용이 없을 것이나, 일반 대인 전투에선
달랐다.

뒤를 돌아보니 무너진 정문으로 진입하려는 벽력대와 철혈대의 전
투가 치열했다. 하지만 염려처럼 철혈대의 쇠뇌에 벽력대들이 피해를
보는 상황이었다. 이곳이 이러하다면 동문과 서문 쪽 역시도 마찬가지
일 터였다.

차가운 밤공기를 들이마시며 계장수는 귀신도를 고쳐 잡았다. 자신
은 어느새 연무장의 한가운데, 철혈대들이 물러난 중심에 홀로 서 있는
형국이었다. 검과 창을 들고 쇠뇌를 겨냥한 철혈대 놈들은 쉬 움직이
지 않았다.

웅크린 짐승처럼 노려보고만 있는 놈들을 향해 계장수는 걸음을 옮
겼다. 정확히 세 걸음, 철무전이 있는 방향이었다. 반응이 바로 나왔다.

"놈을 죽여라!"

어디선가 명령하는 놈의 목청이 터지고 철혈대는 밀려 나왔다. 창을
길게 내민 창수들이 맹렬하게 달려왔다. 사방에서 둥그렇게 달려오는
그들의 모습은 광기로 가득해 보였다. 그런 그들의 뒤에서 무등을 타
는 놈들이 있었다.

앞선 자들의 어깨에 귀신처럼 신속하게 올라탄 자들은 쇠뇌 든 궁수
들이었다. 높은 곳에서 아래쪽으로 조준하여 상대를 격살하겠다는 의도
였다. 원진으로 포위한 동료들에게 마주 보고 쏘는 위험도 없앤 방법이

었다. 하지만 앞서 나가는 창수들의 안위는 버린 공격 방법이기도 했다.

"우와아아아!"

괴성을 지르며 달려드는 창수들의 창날이 지척에 다가왔다. 계장수는 어금니를 물며 발뒤꿈치를 들었다. 그 순간 창수들의 너머에서 궁수들의 쇠뇌가 조준되었다. 창은 밀려들고 쇠뇌들이 비상을 하려는 찰나, 계장수는 발끝을 밀어 돌리며 발을 교차해 전진했다. 몸은 곧 회오리가 되었다.

후이이잉!

순식간에 용선풍이 되어 돌아가는 계장수의 몸은 전진했다. 이미 지척이었던 창날들이 소용돌이에 휘말렸다. 귀신도의 회전이 분명한 검은 회오리는 창과 그걸 쥔 사람, 모두를 갈가리 흩어버렸다. 귀청을 후리는 섬뜩하고 날카로운 파공음은 사람들의 몸 조각들과 함께 사방으로 퍼져 나갔다.

검은 회오리, 계장수의 전진은 상상할 수 없을 만큼 빨랐다. 직선으로 철무전을 향하는 그 움직임에 걸린 철혈대의 원진이 쭉 뚫려 나갔다. 궤적에 걸린 모든 것이 조각조각 흩어지고, 무등을 태웠던 자들의 하반신이 사라지며 진형은 무너졌다. 쇠뇌들은 엉뚱한 곳으로 발사됐다.

"물러서라! 흩어져! 대전을 사수하라!"

뒤쪽에서 어떤 놈인가 또 외쳐 댔다. 그 소리를 들으며 계장수는 몸을 멈췄다. 돌던 몸이 멈춤과 동시에 사방으로 허겁지겁 물러서는 철혈대들의 모습이 보였다. 아직도 놈들의 수효는 새카맣게 많았다. 그런 놈들이 철무전의 앞으로 개미처럼 모여들었다. 그리고 꽉 짜여진 진으로 막아섰다.

"비켜라!"

벼락처럼 호통 치며 계장수는 귀신도를 내리그었다.

부아아아악!

칼끝에서 솟구친 묵룡의 몸통이 거대한 연편처럼 휘어지며 철혈대의 중심을 강타했다.

쿠아앙!

엎어놓은 두부의 한가운데를 칼로 내려친 것처럼 철혈대의 중심이 바스러졌다. 사람은 물론이고 바닥까지 파고들어 간 힘의 자취는 철무전의 앞까지 뻗어나갔다. 하지만 귀신도의 끝에 달린 묵룡은 쉬지 않았다.

부아아아앙!

내리그었다가 다시 올려쳐지는 칼의 종적은 지진처럼 바닥을 갈라 올렸다. 그 선이 가는 곳에 발을 딛고 섰던 자들이 추풍낙엽처럼 날렸다. 날리는 그들의 몸이 좌우로 나뉘는 것은 너무도 당연한 것처럼 보였다.

계장수는 칼을 휘두르며 다시 달렸다. 앞에 걸리는 것은 무엇이든지 베어 넘겼다. 검날들이 들이치면 그걸 베었고, 창날들이 찔러오면 그걸 잘랐다. 그것들을 쥐었던 자들의 몸뚱이도 함께 그어댔다. 몸 주변으로는 온통 피안개가 자욱했다. 그런데 철혈대들은 끊임없이, 미친 듯이 달려들었다.

베고 베고 또 베고 쉬지 않고 베었다. 칼끝에서 쏟아져 나가는 철령기의 도강은 무참한 도륙을 했다. 한 번의 휘두름에 수명, 수십 명씩 잘려 날리는 인간들의 모습은 장작더미에 다름 아니었다. 끔찍한 최후였다. 그럼에도 죽음은 계속 이어졌다. 참혹한 죽음을 만드는 자에게, 죽기 위한 자들이 불나방처럼 달려들었다.

'이 빌어먹을 놈들이!'

귀신도를 휘두르며 계장수는 어금니를 물었다. 아득한 초원에 펼쳐진 풀 더미를 베어대는 것처럼, 철혈대 놈들은 죽이고 또 죽여도 끝이 없었다. 철무전이 바로 코앞이건만 더 이상의 전진은 되지 않았다. 방법을 내야 했다.

한순간, 검은 막을 쓴 귀신처럼 칼을 휘두르던 계장수는 몸을 멈췄다. 멈춰진 그의 몸으로 수많은 병장기들이 쏟아져 들어왔다. 하지만 눈을 부릅뜬 계장수는 귀신도를 땅에 박았다. 대신 두 손을 마주 모아 가슴 앞에 삼각의 인을 맺었다.

병장기들이 몸을 난도질하려는 찰나, 자색 폭풍이 터져 나갔다.

푸우아아아앙!

메마른 마당에 멍석을 던져 일으킨 먼지바람처럼, 후욱 하고 사방으로 터진 자색 폭풍은 짙고 거칠었다. 그것에 제일 먼저 몸을 댄 병장기들은 눈처럼 녹으며 사라졌다. 하지만 비극은 그것이 시작이었다. 녹아버린 병장기의 주인들이 똑같이 녹아버렸다. 폭풍은 너무 빨랐고 녹는 건 순간이었다.

푸른 들녘에 느닷없이 닥친 메뚜기 떼처럼, 자색 폭풍은 순식간에 모든 걸 삼켜 버렸다. 그것이 지나가는 자리엔 남는 것이 없었다. 사람, 병장기 할 것 없이 모든 것이 녹는 눈처럼, 흩어지는 모래처럼 폭풍에 삼켜졌다.

폭풍의 근원지, 계장수는 삼각의 인을 풀고 귀신도를 다시 잡았다. 우뚝 선 그의 주변으로는 성한 것이 아무것도 없었다. 물경 이십여 장에 달하는 공간이 원형으로 초토화되었다. 그 안에 남은 것이라곤 검붉게 흐르는 핏물뿐이었다.

말도 안 되는 상황에 극도의 공포가 엄습했음인지, 철혈대들은 휑한 공간을 보면서 움직이지 않았다. 한순간에 터진 계장수의 독공으로 이

백, 아니, 삼백여 철혈대원들이 핏물로 변한 것이다. 자신의 앞쪽에서 움직이던 자들이 모두 녹아버린 것이다.

귀신도를 두 손으로 움켜쥔 계장수는 천천히 우측 어깨로 들어올리며 입을 열었다.

"길을 터라. 결과는 이미 났다."

쓸데없는 죽음을 자초하지 말란 소리였다. 그 말을 하는 계장수의 눈엔 핏발이 섰다. 그것이 살기 때문인지, 과도한 힘을 쓴 때문인지는 알 수 없었다.

"위대한 철무련! 철혈대에 패배는 없다!"

대답이 나왔다. 대전 앞쪽에서 소리치는 자였다. 명령을 내리던 자가 틀림없었다. 그자의 목소리가 들리자마자 철혈대들의 눈에 광기 같은 것이 어리기 시작했다. 그것은 곧 전체로 번졌고, 그들은 다시 병기를 들어올렸다.

다시 결집하는 철혈대의 모습을 보며 계장수는 입술을 깨물었다. 그리고 대전 앞에 선 검은 갑주의 사내, 그 사내를 노려보며 발을 옮겼다. 그런데 그 순간, 사내의 모가지께로 시퍼런 은빛이 통과했다. 그리고 사내의 머리통이 떠올랐다.

"크하하하하! 이놈들아!"

동쪽에서 커다란 소리로 소리치는 자가 보였다. 땅으로 내려서는 그의 손으로 은빛이 들어갔다. 내려선 자는 위지강천이었고 은빛은 그의 칼 월인천강도였다. 위지강천의 어도술(御刀術)이 명령을 내리던 사내의 목을 딴 것이다.

이채를 띠고 바라보는 계장수의 시선 반대편에서 또 우렁찬 소리가 들렸다.

"놈들을 도륙해라!"

푸른 뇌전을 손으로 연신 터뜨리며 도약하는 사내는 혁련휘였다. 그의 뒤에도, 위지강천의 뒤에도 수많은 벽력대원들이 밀물처럼 몰려왔다.

"우와아아아아!"

순식간에 혼전이 벌어졌다. 동문과 서문에서 밀린 철혈대들은 철무전을 중심으로 밀렸고, 파죽의 기세로 밀고 온 벽력대들은 물을 찬 잉어들처럼 파닥대는 기세를 뿜었다. 장내는 순식간에 대인 육박장으로 변했다.

가히 이만에 가까운 무사들이 서로 어울려 싸우는 모습은 장관이었다. 서로의 목을 날리고 가슴에 검을 박기 위해 몸을 쓰는 자들의 모습은 처절했다. 상대편의 배를 찌른 자는 등 뒤의 검에 목이 날아갔고, 그 목을 친 자는 또 다른 자의 창에 옆구리가 꿰어졌다. 살이 찢기고 피가 튀었다.

삽시간에 벌어진 양측의 전면적 충돌을 계장수는 잠시 서서 바라보았다. 그런 그에게 달려드는 자들은 아무도 없었다. 그런데 누군가 소리쳐 불렀다.

"대형! 뭐 하는 거요?"

어도술의 경지를 보여준 위지강천이었다. 그의 칼은 지금도 은빛을 번쩍대며 철혈대를 도륙하는 중이었다. 계장수는 잠깐 동안 놓았던 정신을 다시 차렸다.

'그래! 내 목표는 저 안에 있지!'

철무전을 바라보는 계장수의 눈에 다시 불이 확 일었다. 자신을 둘러싼 상황에 잠시 죽음의 허무를 생각하던 상념은 바로 날려 버렸다. 그리고 다시 뛰어나갔다. 그의 앞을 철혈대원들이 가로막았지만, 칼이 용서치 않았다.

❷

"대세는 이미 기울었소."

제형각의 목소리는 침통했다. 그 음성을 듣고 마주 앉은 세 사람, 감찰당주 서인보와 내외총령 유성용, 천목비주 공선빈은 무겁게 침묵했다. 그럴 수밖에 없었다. 지금의 상황은 그들의 모든 예상을 빗나간, 최악의 경우였다.

"흑마왕이 벽력월인궁과 손을 잡으리라곤 꿈에도 생각지 못했구려. 우리 중 누구도 그런 예측을 가져 본 사람은 없을 것이외다. 한데 그것이……."

말을 끝내지 못하는 제형각의 심정이 다른 사람들의 심중에 밀려들었다. 그런 세 사람 중 서인보는 차분하게 가라앉은 목소리로 입을 열었다.

"우리의 모든 이목을 피해 군사들의 길목을 가로막고, 저렇게 들이닥친 저들이 감탄스러울 뿐이오. 천하의 철무련이 어찌 이런 일을 당할 수가 있는 건지, 당하면서도 어이없고 남의 일인 것만 같구려. 하지만 이제 결단을 내려야 하겠소."

유성용이 조심스럽게 시선을 돌리며 물었다.

"결단이라니? 어떤 결단을 말함이오?"

제형각과 공선빈의 시선이 더해진 눈길을 받으며 서인보는 다시 말했다.

“애초에 우리의 뜻은 우리의 젊음과 그분의 세월이 밴 철무련을 이어받고자 함이었소. 그것의 장애가 되는 인물들을 차제에 처단하고 말이오.”

“그랬소. 하지만 지금은 우리의 목숨조차도 보존하기 힘든 형국이오.”

말을 낸 제형각의 눈에 시선을 주며 서인보의 말은 다시 이어졌다.

“제 당주의 말씀처럼 이미 대세는 기울었소. 저들을 막을 방법이란 없어 보이오. 그러니 살자면 투항해야겠지요. 거기에 선물까지 더한다면 확실히 칼을 피하겠지요.”

“그 말씀은……?”

뭔가 가물거리는 것을 잡으려는 듯한 공선빈의 눈으로 시선을 돌린 서인보는 나직하게 말을 꺼냈다.

“벽력월인궁의 두 궁주는 전임 련주의 의형제들이오. 그들에게 투항의 명분도 얻고 우리의 목숨을 보존하는 길이란 사마 대주와 주모에게 가장 소중한 것을 그들에게 바치는 것이오. 이것은 삼중의 모계(謀計)외다.”

파란빛이 비어져 나오는 서인보를 보며 제형각은 조심스레 물었다.

“그들에게서 가장 소중한 것이라면… 소련주인 조현수가 아니오?”

고개를 끄덕인 서인보는 차분한 음성으로 다시 말했다.

“그렇소. 전임 련주의 의형제들이 련을 장악한다면, 지금처럼 뒤로 떠도는 추문에 비하여 차라리 명분이 있소. 우리의 뜻은 이루지 못하나 삿된 자들이 지배하는 지금의 형국보단 낫다는 말이지요. 그들에게서 우리의 목숨을 구하고 사마 대주와 주모 정소연의 숨통을 쥐는 수가 바로 이 수요. 그리고 그 아들을… 나는 전임 련주 철혈무제의 아들로 보지 않소."

다물리는 서인보의 입을 보던 세 사람은 일제히 고개를 끄덕였다. 유성용은 작게 말을 덧붙였다.

"소련주가 두 사람의 아이일 거라는 건 공공연한 비밀이지. 커갈수록 사마 대주를 닮아가는 놈인데 말해 무엇 하리오."

고개를 주억대는 유성용의 옆에서 제형각이 다시 서인보에게 물었다.

"따로 계책이 있소이까?"

대답 대신 서인보는 공선빈을 보았다.

"천목비주는 아실 것이오."

"뭐, 뭘 말이오?"

"련 내에서 북문 밖으로 이어지는 비밀 통로 말입니다. 철무전에서 이어진 지하 석도 말이지요."

그제야 당황했던 공선빈의 얼굴에 경직이 풀렸다. 그는 뒷 얘기까지 내놨다.

"알지요. 그러니까 사마 대주와 주모 정소연이 조현수를, 아니, 사마 현수를 그곳으로 대피시킬 것이다, 그런 말씀이지요? 그 길목을 우리가 막고 그놈을 잡으면… 일의 대강이 매듭 지어진다는 그런 말씀이시구랴?"

서인보는 웃었다. 공선빈의 말을 들은 제형각과 유성용의 얼굴도 밝아졌다. 그들은 서로를 돌아보며 미소 지었다. 그런 그들의 공명에 누군가 끼어들었다.

"뜻대로들 되겠소?"

네 사람은 동시에 밀실의 탁자를 박찼다. 그리고 사방 벽 쪽으로 흩어지며 천장으로 공격을 터뜨렸다.

서인보는 소매 속에서 두 개의 철담을, 제형각은 두 손의 강맹한 장력을, 유성용은 허리춤을 이탈한 검이 빛을 던졌고, 공선빈은 화려한 은빛의 폭출로 비도들을 쏘아 던졌다.

투카카카카카캉!

천장의 나무판자들이 부서지며 격렬한 충돌음이 일었다. 그 속에서 한 사내의 그림자가 귀신처럼 내려앉았다. 네 사람이 머리를 맞댔던 탁자에 내려선 사내는 사마용추였다. 그의 몸이 옆으로 누우며 검을 뻗었다.

"케엑!"

소매 춤의 비도를 꺼내던 공선빈의 목이 검에 뚫렸다. 공선빈의 눈이 부릅떠졌다.

천장이 무너지고, 탁자에 내려서고, 옆으로 쓰러지듯 누우며 검을 뻗치고, 이 모든 상황들이 눈 한 번 깜박일 사이도 없이 벌어진 일이었다.

휘이이익.

사마용추의 두 발이 풍차처럼 돌며 탁자 옆으로 돌아 내렸다. 도는 몸을 따라서 돌아간 검은 공선빈의 목을 몸과 분리시켰다. 숫구친 머리가 바닥에 떨어졌다.

떼구르르르. 피를 그으며 굴러가는 머리를 실내의 모두가 보았다. 공포 같은 침묵이 흘렀다.

"매번 모여서 이렇게 친목들을 다지시니 아주 보기가 좋소이다."

검에 묻은 피를 흩뿌리며 사마용추는 밝게 웃었다. 그 얼굴이 더욱 섬뜩하게 보였다.

"다 알고 있었군!"

잇새로 내뱉듯이 제형각이 말했다. 사마용추는 미소를 더욱 짙게 만들며 대답했다.

"물론. 조극강을 못 잊는 그대들의 행동은 기녀들 같았거든. 그걸 지난 십삼 년 동안 봐왔지."

"개자식!"

유성용이 소리쳤지만 사마용추는 눈길을 주지 않았다. 그저 조용히 웃으며 말을 이어냈을 뿐이었다.

"어리석게도 헛된 꿈들을 꾸었어. 거기다가 내 아들을 잡겠다는 위험한 생각들을 품다니, 아비 된 자가 그런 도적들을 가만히 보고 있어서야 쓰겠나?"

서인보는 미간을 일그러뜨리며 신음처럼 말했다.

"역시 네놈의 씨앗이구나!"

서인보를 보는 사마용추의 눈에 한층 웃음이 짙어졌다.

"그래, 당연히 내 핏줄이지. 조극강은 그럴 새가 없었어. 내 손에 죽느라고 말이야."

꿈틀대던 서인보의 눈썹이 치켜지며 폭갈이 터졌다.

"이노옴!"

분노의 일성과 함께 서인보의 두 손에서 시커먼 철담이 터져 나왔다. 그것의 신호를 맞춘 것처럼 유성용이 검은 회청색 검강을 사마용추에게 그어 던졌다. 그 사이로 제형각이 두 손을 허옇게 물들이며 달려나왔다.

사마용추의 검이 주욱 늘어났다. 아니, 검이 늘어난 것이 아니라 검은 검강이 쏟아져 나온 것이다. 그것은 분명 철령기의 힘이었다. 조극강에서 전수받은 철령기.

타탕!

검은 검강은 철담을 튕겨내며 회청색 검강의 중심을 갈랐다. 갈라진 검강이 흩어짐과 동시에 가슴으로 달려오는 두 개의 손 그림자를 향해 사선을 그었다.

시이이잇!

허연 손 그림자가 갈라지며 그걸 내민 사람의 몸도 사선으로 갈라졌다. 그 몸을 뚫고 사마용추가 달려나갔다. 검은 검강은 놀라는 유성용의 안면으로 뻗었다. 곧바로 내밀어지는 유성용의 회청색 검강과 충돌을 했다.

푸아앙!

깨지고 폭발하는 소리 속에서 뭔가가 사마용추의 옆머리로 날아들었다. 그걸 느낀 순간 사마용추는 무릎을 굽히며 회전을 했다. 검강끼리의 충돌로 튕기는 검을 옆으로 돌리며, 그 힘을 횡으로 돌려 그었다. 검끝에 유성용의 허리가 갈라졌다. 동시에 머리끝을 스친 철담은 유성용의 안면에 박혔다.

퍼퍽!

머리통이 깨지며 두 동강으로 쓰러지는 유성용의 몸에서 사마용추는 돌아섰다. 동시에 몸을 날렸다. 놀란 순간에도 두 번째 공격을 준비한 서인보의 손에서 철담이 날았다.

피핑!

물로 뛰어들듯이 곧게 뻗친 사마용추의 몸은 검과 하나가 되었다. 그 검끝에서 철령기가 터졌다. 검은 악마처럼 쭉 터져 나간 그것이 철담 하나를 박살 냈다. 하나는 사마용추의 귀 옆을 화끈하게 스치고 지나갔다. 그리고 그 순간 서인보의 가슴에 구멍이 뚫렸다.

퍼억!

"커헉!"

벽으로 몸을 부딪치는 서인보의 앞에서 사마용추는 검을 바닥에 짚어 몸을 돌렸다. 회리릭 도는 부채처럼 돌아 내린 사마용추는 서인보의 앞에 섰다.

"묵은 가슴을 열어놓으니 시원하겠구나."

벽에 핏자국을 남기고 주저앉은 서인보는 피거품을 쿨럭댔다.

"쿠억! 쿨럭, 쿨럭!"

기침과 함께 흐려지던 그의 눈동자가 힘겹게 위로 떠졌다. 피로 범벅된 말이 흘러나왔다.

"커헉! 네, 네놈의… 최후는… 나, 나보다… 더… 비참할… 거다……!"

웃던 사마용추의 눈동자가 굳었다. 차가워지던 그의 눈은 흐려지는 서인보의 모습을 보며 이글거렸다. 그걸 못 참는 것처럼 발길질이 튀어나왔다.

퍼억!

으깨져 흩어지는 서인보의 머리통을 내려다보며 사마용추는 이를 갈 듯이 중얼댔다.

"내 가족을 건드리는 놈은 모두 죽일 테다!"

❸

검은 야행복으로 전신을 감싼 벽력대주 이수는 급하게 열리는 북문을 바라보았다. 역시 예상처럼 세 대의 사두마차가 질주하며 튀어나왔다. 각기 세 곳으로 흩어지는 마차들은 무섭게 어둠 속을 질주해 나갔다.

'어리석은 것들. 뻔히 보이는 수작을 하고 있다니.'

금선탈각의 계. 놈들은 자신들의 이목을 돌리고 시선을 분산하기 위해 세 대의 마차를 달려 보냈다. 각기 다른 방향으로 흩어진 그 마차들을 벽력대원들이 추적했다. 저놈들은 자신들이 북문을 막지 않은 이유가 병력이 모자라서라고 판단한 게 틀림없었다. 전투가 시작되고 지금까지 아무런 징후가 보이지 않으니 당연한 생각이었다. 하지만 그것은 놈들의 오산이었다.

어둠 속으로 멀리 바라보이는 철무련의 북문에서 이수는 시선을 거뒀다. 주루의 지붕 위에 은신한 자신이 지키는 것은 철무련의 비밀 통로였다. 곧바로 장강의 지류와 맞닿은 선창에 자리잡은 주루. 이곳이 놈들의 비밀 통로였다.

어떻게 안 것인지는 모르지만 흑마왕이 사실을 알려줬다. 그래서 북문을 비워두고 이곳을 지킨 것이다. 주루 주변엔 삼백 명의 벽력대원들이 자신처럼 몸을 은신했다. 가리고 가려서 뽑은 정예 중의 정예들이었다. 흑마왕이 이르기를 이곳에서 나오는 자는 이유 여하를 막론하고 모두 죽이라고 했다.

필시 중요한 인물들임에 틀림없을 테지만, 포로 따위는 애초에 필요 없다는 얘기였다. 한 가지 덧붙인 말은 이유를 불문하고 참살하되, 감당할 수 없는 상대라면 바로 신호를 올리라는 것이었다. 그 말은 단 한 가지의 경우, 사마용추 등이 철무련을 버리고 도주할 때를 이른 말이었다.

'만약 놈이 나오면 겨뤄야 하나, 신호를 보내야 하나.'

이수는 마음속으로 갈등이 생겼다. 놈이 철무련 안에서 죽더라도 도망가는 일이야 없겠지만, 만약에 맞닥뜨리게 되면 어찌 대처해야 할지 갈등이 생겼다. 자신도 명색이 벽력대의 대주, 놈과의 대결에서 진다는 생각은 들지 않았다.

하지만 다시 생각하면 흑마왕의 당부가 사뭇 간곡했다. 말을 하던 그 얼굴은 꼭 자신의 손으로 일을 해결해야만 하는 의지가 엿보였다. 가문과 부친의 원수이니 당연할 것이다. 그렇다면 결국 그의 뜻대로 움직여야 했다. 지금의 상황은 자신의 호승심을 앞세울 때가 결코 아닌 것이다.

'이긴다는 보장도 없으니까… 제길, 구차스럽구만. 엇? 저, 저거?'

마음을 굳히던 이수의 눈에 건너편 주루의 문이 열리는 게 보였다. 허름한 차림에 수부들처럼 보이는 다섯 사람이 종종걸음을 걸었다. 드디어 기다리던 손님들이 나선 것이다.

교묘한 놈들이었다. 철무련과 육십여 장이나 떨어진 선창가에 주루를 세우고 비밀 석도를 뚫은 것이다. 이런 때를 대비한 것이었겠지만, 비밀을 아는 자들이 있다는 걸 저들은 몰랐다. 그것은 곧 죽음을 의미하는 것이다.

지붕 위에 엎드렸던 이수는 몸을 일으키며 소리쳤다.

"쳐라!"

주변 건물의 지붕과 담장, 어둠보다 더 짙게 그늘진 모든 곳에서 벽력대원들이 일어섰다. 숨조차 지웠던 그들이 몸을 떨침과 동시에 이수는 신형을 날렸다.

시에에엑!

두 손에 쥔 중검이 내려치는 바람 소리가 너무도 거세었다. 거센 힘을 실은 검은 다섯 그림자의 머리 위로 떨어져 내렸다. 그렇게 누군가의 머리가 갈라질 순간, 두 사내가 벼락처럼 뒤로 돌았다. 동시에 검을 찍어 올렸다.

카캉!

불꽃을 튀기며 검들이 울었다. 손아귀에 흘러든 힘에 충격을 받은 이수는 옆으로 몸을 뒤집었다. 돌아가는 자신의 그림자로 검날이 계속 쫓아왔다. 가까스로 땅을 짚고 머리를 드는 순간 검이 미간을 쑤셔 들어왔다.

피이잇!

이를 악문 이수는 몸을 던지듯이 체중을 앞으로 실어 내디뎠다. 동시에 검을 위로 그어 올렸다.

카앙!

상대의 검이 튕기는 사이 그들의 뒤로 세 명이 한 명을 호위하듯 몰고 가는 것이 보였다. 그들에게 달려드는 벽력대원들은 속절없이 베어졌다.

"이잇!"

이수는 뒷발을 짧게 당겼다. 동시에 상대의 가슴으로 검을 그어 내렸다. 둘 다 올려진 검을 그어 내리는 상황이었다. 하지만 이수가 조금 더 빨랐다. 당황하는 상대의 눈이 보였다. 그자의 가슴에 검날이 선을 그었다.

"커흑!"

뒤로 물러나는 상대의 머리에 다시 올려 그은 검이 사선으로 지나갔다.

서걱!

머리가 갈라지는 상대의 죽음을 확인할 사이도 없이 이수는 신형을 날렸다. 도망치는 네 그림자 중 셋은 고수였다. 그것도 대벽력대의 수

장인 자신이 상대하기 버거울 만큼의 고수. 그들이 한 명을 호위하는 것이다.

"철삭진(鐵索陣)!"

달리며 외친 이수의 고함 소리가 터지자 벽력대원들은 빠르게 그림자들을 에워쌌다. 동시에 검을 가진 자들은 뒤로 물러나고, 시커먼 강철의 쇠사슬을 가진 자들이 전면에 나섰다.

이미 퇴로를 막고 동그랗게 도망자들을 에워싼 벽력대는 쇠사슬을 돌렸다. 끝 부분에 쇠뭉치가 달린 쇠사슬들은 휘잉휘잉 소리를 내며 돌아갔다.

"엮어!"

또다시 이수의 외침이 터지자 쇠사슬들이 포환처럼 튀어나갔다. 그렇게 사방에서 던져진 사슬은 그물 그 자체였다. 수많은 쇠사슬들은 도망자들의 몸을 때리고 스치고 지나가며 그들의 팔과 다리, 몸을 엮었다. 하지만 도망자들도 가만히 당하지는 않았다.

추 달린 쇠사슬들이 쇄도해 오는 순간, 그들의 검은 시린 빛으로 검강을 토해냈다. 그것들이 쇠사슬들을 조각 내었다. 하지만 중간이 잘린 쇠사슬들은 그들의 몸으로 쇄도했고, 그걸 쳐내는 순간에 제이, 제삼의 사슬들이 날아들었다.

강철의 사슬들은 도망자들의 몸과 팔다리를 엮었을 뿐만 아니라 반대편 동료에게 넘어가 잡혀 종횡의 그물을 형성했다. 그렇게 얽히고설킨 모양은 짐승을 몰이해 잡은 꼭 그 형상이었다. 하지만 그 순간 도망자 중의 한 사내가 기합을 터뜨렸다.

"이여어업!"

우렁찬 사내의 기합 소리가 들린 동시에 사내를 얽어맸던 사슬들이 속절없이 터져 나갔다. 놀라운 광경이었다. 하지만 같은 순간 이수는 검을 잡고 몸을 날렸다. 그 역시 사내처럼 기합을, 아니, 괴성을 지르면서였다.

"크아아아압!"

땅을 차고 사슬을 밟으며 몸을 날린 이수는, 터지는 사슬 조각들을 향해서 검을 후려 그었다. 희푸르게 변한 그의 검은 터지는 사슬들을 비집고 사내의 목을 지나갔다.

피이이잉!

끊어지는 사슬들 속에서 사내의 머리가 떠올랐다. 그 순간에 이수는 사슬을 밟고 재차 도약했다. 솟구친 그의 눈에는 사슬을 끊어내는 나머지 두 사내가 보였다. 하지만 그 둘의 사이에 끼인 한 사내는 몸만 버럭댔다. 분명 호위를 받고 있는 것이 틀림없는 중간의 사내에게 이수는 검을 내리그었다.

부아아악!

이수의 검끝에서 희푸른 검강이 터져 나왔다. 그것이 도끼처럼 찍어 내리며 두 사내의 사이, 중간 사내의 몸에 수직으로 박혀 들어갔다. 사내의 몸이 부르르 하는 게 보였다. 그 순간에 두 사내는 미친 듯이 검을 후려 그었다.

피, 피, 피잇, 피이잇, 피이웃!

사내들을 얽어맸던 사슬들이 터지고 끊어지며 이수의 몸으로 검강이 날아들었다. 이수는 정신없이 검을 휘두르며 사내들의 공격을 막았다.

카카카카카카카캉!

온 전신으로 불꽃을 쏟아내는 것 같은 이수의 몸이 멈춰졌을 때, 공격했던 두 사내의 사이에서 경련하던 사내의 몸이 반절로 나뉘어 쓰러졌다.

“소주!”

“소련주!”

두 사내는 격한 외침을 부르짖으며 쪼개진 사내의 시신을 붙잡았다. 충격의 경련과 부들거림이 그들의 어깨와 등을 타고 전신으로 퍼져 나갔다. 그러나 잠시 후, 쪼개진 자의 시신을 내려놓은 두 사내는 그 앞에 무릎을 꿇었다. 포위당하고 공격당하는 자신들의 상황을 도외시한 행동이었다.

이수의 미심쩍어하는 눈빛과 섣불리 움직이지 못하는 벽력대의 시선 속에서 두 사내는 검을 거꾸로 잡았다. 검날 끝을 심장으로 가져다 대는 모습을 보고 이수는 소리쳤다.

“이, 이봐!”

하지만 두 사내는 동시에 앞으로 고꾸라졌다. 둘의 등을 동시에 비집고 나온 것은 피 묻은 검날이었다.

“저 자식들이……!”

어떻게 해볼 사이도 없이 벌어진 일에 당황해하며 이수는 죽은 자들의 곁으로 다가갔다. 그제야 죽은 자들의 얼굴이 선명하게 보였다. 그런데 조금 이상했다. 수염과 얼굴의 윤곽들이 부조화스러웠다. 꼭 가면 같았다.

“얼굴을 뜯어봐!”

횃불이 어른대는 속에서 벽력대원들은 시체들을 살폈다. 곧 상황이 파악됐다. 얼굴은 변장이었다. 돼지 가죽으로 만든 면구가 벗겨지고 죽은 자들의 진면목이 드러났다.

“어라? 이자들은……? 그렇군!”

이수는 그제야 알 수 있었다, 자신이 상대한 자들이 누구라는 걸. 그

들은 해남파의 자랑인 해남사검이었다. 장로급의 대우를 받는 자들이
여기서 죽은 것이다. 그렇다면 그들이 소주라고 부른 자가 누군지는
당연했다.

반절이 난 시체를 다시 한 번 보며 확인했다. 앳된 얼굴이 십오륙 세
로 보였다. 그 얼굴을 내려다보며 이수는 중얼거렸다.

"내가 큰일을 했군. 소 발로 쥐 잡았다고 해야 하나?"

큰일을 당할 뻔한 상황이기도 했다. 의표를 찌른 기습 공격이 아니
었다면 수월히 상대할 자들도, 저렇게 쉽사리 죽임을 당할 자들도 아니
었다.

아마 자신들의 행보를 아무도 모르리라고 생각했을 것이다. 또한 모
르게 하기 위해서, 이목을 속이기 위해서 저들만이 길을 나선 것이기도
했다. 목전에 놓여진 배를 타고 떠나가면 위험은 사라지리라고 여겼을
것이다. 하지만 그것이 이런 결과를 만들었다. 한 조각의 방심이 죽음
을 부른 것이다.

"사마용추와 정소연이 알면 혀를 물겠군."

혼잣소리를 내며 시선을 돌린 이수는 철무련을 보았다. 그런데 눈길을
돌린 그 순간, 철무련의 제일 높은 전각인 철무전의 지붕이 터져 올랐다.

밤하늘에 흩어지는 그 파편들은 마치 검은 마왕의 분노처럼, 높고
멀리 퍼져 나갔다.

『일격필살』 4권에 계속…

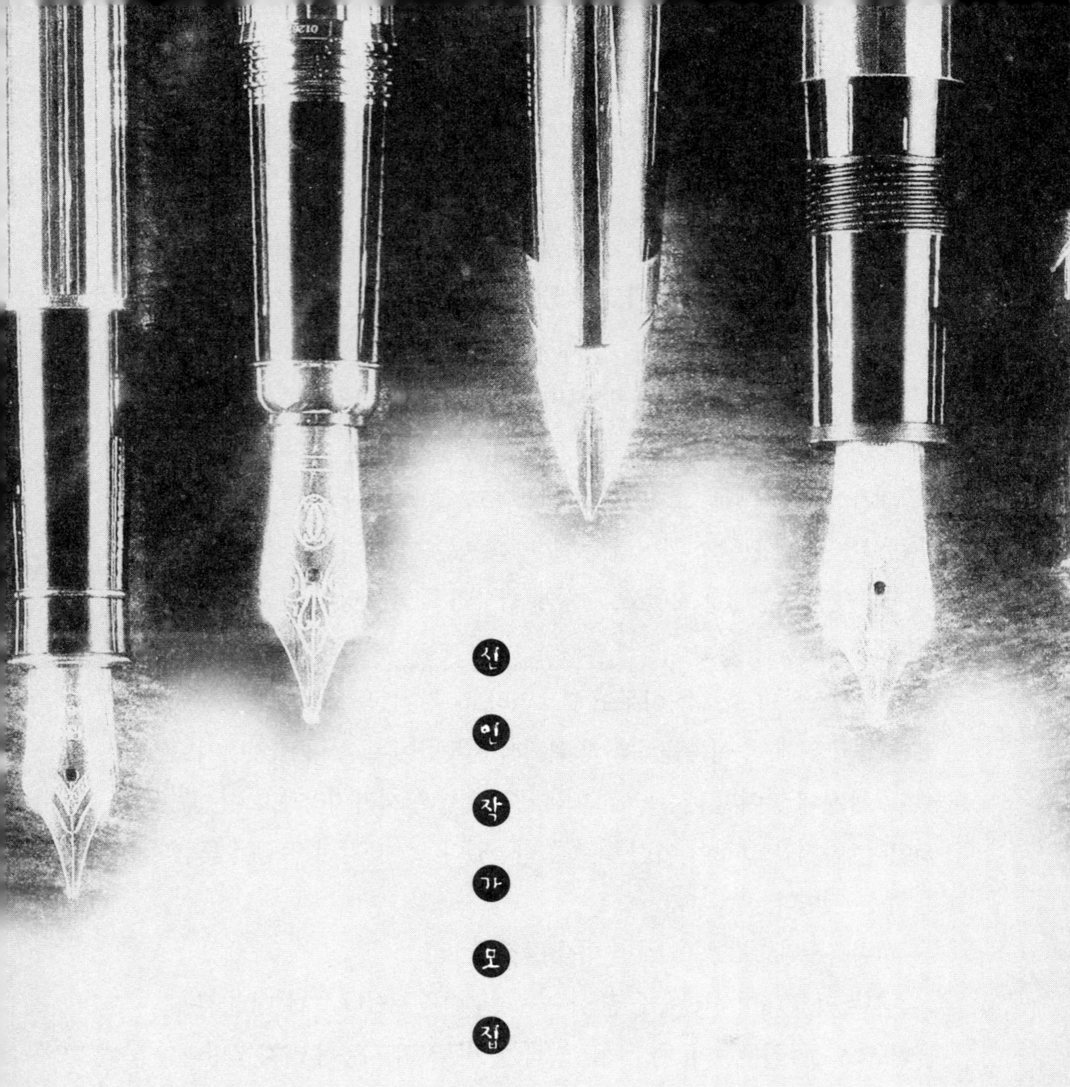

신
인
작
가
모
집